KB096251

어느
날
난
민

어느 날 난민

표명희 장편소설

창비

깃발을 꽂다

해나는 제방에 올라섰다. 희붐한 새벽 공기 속에 진흙 개펄이 끝 간 데 없이 펼쳐져 있었다. 탄성이 절로 나왔다. 조물주가 거대한 붓을 묽은 먹물에 흠뻑 적셔 가로로 쭉 ─ , 마치 자를 대고 그어 놓은 것처럼 반듯했다. 수평선이라 해야 할지 지평선이라 해야 할지, 하늘과 맞닿으면서 생겨난 선이 세상을 위와 아래로 나누어 놓았다. '자연에는 직선이 없다.'라는 명언이 가당치 않음을 일깨워 주는 풍경이었다. 막막할 정도로 드넓은 개펄 지 끝을 해나는 바라 보았다. 개펄이 하늘과 맞닿는 부분에 뭔가가 반짝이고 있었다. 여 명에 보일 듯 말 듯 가느다란 띠를 이루며 희미하게 빛을 발하는 그것은 바닷물이 분명했다.

딛고 선 제방 아래 개펄에는 드문드문 물길이 보였다. 바닷물이 머물다 간 지 얼마 안 되는지 개펄은 촉촉하게 젖어 있었다. 천연 머드팩이라도 하듯 바닥에 뒹굴다가 저 끝에 펼쳐진 바닷물에 헹구고 나오면 피부까지 새롭게 태어날 것만 같았다. 미친 척하고 한 번 뛰어들어 봐? 충동이 솟구치기도 했다. 하지만 사월의 새벽 바다는 이내 차가운 바람을 쏟아 냈다. 차고 끈끈한 바닷바람이 온몸을 휘감으면서 어패류 속살의 구수하고 비릿함이 밴 갯내가 맡아졌다.

──어디야, 여기?

옆에 바싹 붙어 있던 아이가 눈을 비비며 물었다. 아이는 오들오들 떨며 한 손을 해나의 틀어진 청바지 무릎에 집어넣은 채였다.

──신대륙!

해나가 선언하듯 말했다. 그렇게 말하고 나니 자신이 꼭 콜럼버스라도 된 기분이었다. 미스 콜럼버스. 나직하게 그 말을 읊조리자 거대한 해적선이라도 한 척 빼앗은 듯 우쭐해졌다.

──섬에 간다고 했잖아?

아이가 따지듯 물었다.

──섬 맞거든!

해나가 짜증스레 받아쳤다. 미스 콜럼버스의 명예가 손상되기라도 한 듯…….

──치, 무슨 섬이 이래?

아이가 입을 비죽거렸다. 그림책 혹은 텔레비전에서 보던 섬과는 달랐다. 눈부신 백사장이나 야자수는커녕 바닷물조차 보이지 않았다. 그러니 열대어나 거북, 상어, 수다쟁이 앵무새 같은 것도 있을 리 없었다.

—내가 너한테 구라 쳤겠니? 섬 맞아. 저어기 있는 바닷물이 나중에 여기까지 밀려온다니까.

해나가 손으로 수평선 쪽을 가리켰다. 그 손끝에는 시커먼 진흙 개펄만 아득하게 펼쳐져 있었다.

아이는 완전히 속은 기분이었다.

우리, 멋진 곳으로 가자.

잠든 아이를 깨우며 해나는 분명 그렇게 말했다.

멋진 곳…… 어디?

잠이 싹 달아난 목소리로 아이가 되물었다.

섬!

그 말에 아이는 언뜻 로빈슨 크루소의 섬을 떠올렸다. 무인도! 사람만 빼놓고 없는 게 없는 곳이었다. 에메랄드빛 바다가 펼쳐진 해변과 열대 과일 풍성한 환상의 섬이 종합 선물 세트처럼 아이의 마음에 들어와 안겼다. 로빈슨 크루소가 되고 싶었다. 보물섬을 가슴에 품은 아이는 해나 손에 이끌려 눅눅한 지하방을 나왔다. 비몽사몽간에 춥고 어두운 새벽 골목을 빠져나오자 은빛 자동차가 아이를 맞았다. 가로등 불빛을 받으며 홀연히 서 있는 그것은 자동차가 아니라 우주선이었다. 그 신비로운 탈것에 몸을 싣고 달리는 내 내 아이는 열대 섬의 달콤한 꿈에 젖어 있었다. 차는 한강을 건너고 또 바다를 건너 이곳에 닿았다. 이 시커멓고 막막한 진흙 개펄 앞에.

해나는 주머니에서 담배를 꺼내 물었다. 라이터 불이 자꾸 꺼지는 탓에 바람을 등지고서야 간신히 불을 붙일 수 있었다.

─쉬 마려워.

아이가 부르르 몸을 떨며 해나의 청바지 무릎에서 손을 빼냈다.

해나는 담배가 끼워진 손가락으로 앞쪽을 가리켰다. 아이는 그 자리에서 바지를 내리고 오줌을 내뿜었다. 완만한 포물선을 그리며 오줌 줄기가 뻗어 나갔다.

─짜식, 영역 표시 한번 크게 하네.

담배꽁초를 던지며 해나가 말했다. 진흙 위에 떨어진 꽁초의 남은 불빛이 희미하게 반짝이다 꺼졌다. 해나는 시선을 다시 개펄로 옮겼다. 무채색의 드넓은 평지가 서서히 가슴을 파고들면서 어수선하던 마음이 차분해졌다. 바다의 흑진주를 몽땅 갈아 개 놓은 것처럼 개펄에는 군데군데 광채가 번득였다.

아이는 연신 눈을 비벼 보았지만 시커먼 진흙밭이라는 현실은 그대로였다. 거무튀튀한 늪에 내동댕이쳐진 기분이었다. 그때였다. 하늘 저쪽에서 뭔가가 날아가는 게 보였다. 하늘 한쪽을 가로지르고 있는 그것은 새가 아니라 비행기였다. 오른편 하늘에서 나타난 비행기는 왼편으로 서서히 날아가 사라졌다. 조금 있으니 또 다른 비행기가 나타나 앞선 비행기가 갔던 길을 그대로 따라갔다. 허공에 선이 그어져 있기라도 한 것처럼 반듯하게 같은 길을 날았다.

── 이야, 진짜 신기하지?

흘끗 옆을 보는데 해나가 보이지 않았다. 아이는 주위를 두리번거렸다. 막막한 개펄 한가운데 자기 혼자 남은 것 같았다. 겁이 난 아이는 눈을 더 크게 떴다. 저 멀리 개펄 한쪽에서 어떤 움직임이 잡혔다. 붉은 물결. 자세히 보니 제방을 내려선 해나가 머플러를 휘날리며 개펄 위를 걸어가고 있는 모습이었다. 붉은색 머플러가 아니었으면 알아보지 못했을 것이다. 해나는 한 발 한 발 조심스레 걸음을 옮겨 놓았다. 그 몸짓이 아이의 눈에는 금방이라도 바닥으로 빨려 들 것처럼 불안해 보였다.

── 누나아!

아이가 목청껏 외쳤다.

해나는 못 들은 척 멀어지기만 했다. 아이는 다시 한번 애타게 누나를 불렀다. 이번에도 마찬가지였다. 아이는 초조해졌다.

멀어지던 해나가 어느 지점에서 걸음을 멈췄다. 대꼬챙이 같은 가느다란 막대들이 울타리처럼 둘러쳐져 있는 곳이었다. 해나는 제일 높은 막대를 향해 손을 뻗었다. 아이는 숨죽인 채 누나의 행동 하나하나를 지켜보았다. 허공에서 뭔가가 휘날리기 시작했다. 해나의 목에 둘려 있던 붉은 머플러였다. 그것이 제일 높은 막대기

에 묶여 깃발처럼 펄럭였다. 마침 솟아오른 해가 빛을 비추자 그것
은 횃불처럼 타올랐다.

해나가 아이를 향해 돌아섰다.

──깃발 꽂았어! 여긴 이제 우리가 접수한 거야!

정거장에서

해나는 보도에 납작 몸을 엎드려 휴대용 가스버너를 들여다보았다.

―이런, 불길이 영 안 잡히는 게 영 불길한걸.

말장난하듯 내뱉으며 혼자 웃어 댔다. 바람 탓인지 가스버너에 올린 물이 도무지 끓을 기미가 없었다. 보도 옆에 바싹 대놓은 자동차를 바람막이 삼았지만 별로 소용없었다. 섬이라 그런지 어디나 바람이 많았다. 해나는 좋은 생각이 떠올랐다는 듯 불을 끄고 일어섰다. 코펠과 휴대용 가스버너를 챙겨 들고 도로 건너편 버스 정거장으로 향했다. 그곳은 유리 벽으로 둘러싸인 부스라서 바람을 웬만큼 피할 수 있을 것 같았다. 평평한 나무 의자는 조리대 겸

식탁으로 딱이었다. 해나는 긴 의자 위에 가스버너를 놓고 그 위에 코펠을 올린 다음 불을 켰다. 딸각, 소리와 함께 파란 불꽃이 일더니 안정적으로 타올랐다.

─진작 여기서 할 걸.

안도하며 해나가 중얼거렸다.

정거장 부스는 갓 설치한 것처럼 보였다. 세상에 막 나온 것들이 주는 생기와 윤기가 감돌았다. 프레임은 도도해 보일 만큼 도발적인 빨강이었고 유리 벽은 있는지 없는지 구분이 안 될 정도로 깨끗했다. 갈색 나무 의자는 엉덩이 한번 걸치지 않은 새것이었다. 정거장 표시판도 금방 페인트칠한 듯 깨끗했다. 버스 노선은 아직 생겨나지 않았는지 사람들 발길은 없었다. 정거장 앞으로 나 있는 왕복 4차선 아스팔트 도로 역시 공사를 끝낸 지 얼마 되지 않은 듯 노란 중앙선과 하얀 차선이 검은 도화지 위에 그린 그림처럼 매끈하고 선명했다. 주변 풍경이 촬영용 세트장처럼 보였다. 그래, 난 지금 드라마에 출연 중인 거야. 해나는 자기 최면이라도 하듯 중얼거렸다.

─와, 비행기다!

아이가 외치며 보도 위로 달려갔다.

그래, 넌 아역 배우,라고 선심 쓰듯 배역을 주며 해나는 하늘을 쳐다보았다. 비행기는 아랫부분이 훤히 보일 정도로 가까이 날았다. 갈매기처럼 하얗고 매끈한 유선형 몸통에, 날개와 꼬리는 빨강과 노랑이 번갈아 빗금을 이루어 앵무새 꽁지처럼 화려했다. 이렇게 가까이서 비행기를 보는 건 처음이었다. 공항이 있는 섬다웠다. 무심코 하늘을 올려다보면 어딘가에 꼭 비행기가 있었다. 낯선 땅에서 돌아오고 있거나, 또는 이곳을 벗어나 어느 낯선 도시를 향해 날아가는 중일 것이었다. 해나는 그중 한 비행기에 올라 어딘가로 떠나는 자신을 상상해 보았다. 런던에서 파리로, 파리에서 로마로 스위스로, 이집트에서 이스탄불로, 하와이, 라스베이거스로…….

보글보글 물 끓는 소리가 거침없는 여행에 제동을 걸었다. 유리 벽에 어느새 보얗게 김이 서려 있었고 물은 끓어 넘치기 직전이었다. 해나는 서둘러 가스버너 불을 끈 다음 자동차로 다가갔다. 트렁크를 열자 캔 맥주와 청량음료가 한 상자씩, 컵라면이 두 박스, 그리고 초코파이와 간식거리 등이 쌓여 있었다. 풍성한 곳간을 들여다보는 기분이었다. 이 정도면 무인도에 발이 묶이더라도 한 달은 버틸 수 있겠지. 해나는 뿌듯해하며 컵라면과 캔 몇 개를 챙겨 들었다.

해나는 라면에 차례로 뜨거운 물을 부어 놓았다. 라면 스프 특유의 화학조미료 냄새가 감돌았다. 햇볕까지 따뜻하게 비쳐 들어, 부스는 아늑한 주방 같았다.

라면 냄새를 맡은 아이가 득달같이 달려왔다. 언제 만들었는지 아이 손에는 종이비행기가 들려 있었다.

—여기, 베이스캠프로 짱이지?

해나가 코펠 뚜껑 든 손으로 부스 안을 가리켰다.

아이는 컵라면부터 집어 들고는 자리에 앉았다.

─편의점 같애.

아이가 유리 벽을 향해 돌아앉으며 말했다.

─지랄. 편의점 쓰레기통에 라면 국물 넘치는 소리 하고 있네.

해나가 불쑥 욕을 뱉어 놓으며 아이를 흘겨보았다. 편의점 생각만 해도 울화가 치밀었던 것이다.

─기다려! 아직 덜 익었어.

해나가 버럭 소리를 질렀다.

아이는 들은 척도 않고 나무젓가락 포장지를 벗겼다. 한나절 내내 아무것도 먹지 않았으니 허기가 질 만도 했다. 그렇다고 그냥 넘어갈 수는 없었다. 해나는 서둘러 콜라 캔을 하나 따서 아이에게 건넸다.

─자, 건배부터 하자!

해나는 자신의 캔 맥주를 아이의 콜라에 가볍게 부딪쳤다. 성공적인 탈출을 자축하고 싶었다. 지긋지긋한 서울을 벗어났다는 것만으로도 쾌재를 부를 일이었다. 해나는 첫 모금을 쭉 들이켰다. 허기에 갈증, 해방감까지 더해져 맥주 맛은 더없이 짜릿했다.

─어?

콜라를 마시던 아이가 놀란 눈으로 동작을 멈추었다. 맥주를 들이켜느라 뒤로 젖혀진 해나의 목을 본 것이다. 해나의 목에는 송충

이 한 마리가 들러붙은 것처럼 검은 피딱지로 말라붙은 상처가 나 있었다. 아이는 사래라도 들린 듯 캑캑거렸다. 해나는 아차 싶었다. 서둘러 셔츠 깃을 세우며 목을 감쌌다. 머플러를 끌러 낸 걸 깜빡했던 것이다.

──신경 끄고 라면이나 처먹어!

해나가 쏘아붙였다.

아이는 식욕이 싹 가신 표정이었다. 콜라 캔은 물론 젓가락까지 내려놓았다. 그러고는 겁먹은 표정으로 한동안 해나를 노려보기만 했다.

──라면 불어 터진다니까!

거듭된 다그침에도 아이는 눈도 깜짝하지 않았다. 눈에 조금씩 물기가 고여 갔다. 원망과 걱정, 경고의 의미까지 담긴 눈이었다. 어린애답지 않은 녀석의 눈빛은 한 번씩 해나를 긴장시켰다. 그럴 때는 누가 보호자인지 헷갈릴 정도였다.

──처먹지 마! 기껏 끓여 놨더니 무슨 돼먹지 않은 트집이냐?

해나의 악다구니도 무시한 채 아이는 자리에서 일어났다.

──야, 잘 들어. 보호자는 나야. 착각하지 말라고!

멀어져 가는 아이의 등 뒤에 대고 해나가 소리쳤다.

한번 심사가 꼬이면 끝장을 보고야 마는 녀석의 성격을 해나는 잘 알고 있었다. 허기져 고꾸라질 때까지 물 한 방울 마시지 않았다. 제풀에 나가떨어지기 전까지는 어떤 방법도 통하지 않을 터였다.

해나는 맥주를 홀짝이며 부스 바깥을 멀거니 내다보았다. 뛰쳐나간 녀석은 어디로 사라졌는지 보이지도 않았다. 공터 여기저기 웃자란 풀 중에는 아이의 키를 훌쩍 넘는 것도 있었다. 네모반듯하게 구획된 공터와 아스팔트 길이 끝도 없이 펼쳐져 있었다. 그 적막감과 황량함이 새벽녘 보았던 개펄을 닮은 듯했다. 시커먼 진흙을 메마른 회색 시멘트가 대신하고 있는 셈이었다.

아스팔트와 보도 가장자리를 따라 일정한 간격으로 가로수가 심어져 있긴 했지만 아직은 앙상한 가지뿐인 어린 나무들이었다. 반듯하게 구획 지어진 대부분의 공터는 흙과 돌멩이투성이였다. 그 틈새를 비집고 잡초들이 자라 있었다. 햇빛이 집중 포격하듯 그 위로 쏟아져 내렸다. 잿빛 일색인 세상에 그것들은 도발적일 만큼 눈이 부셨다.

─그놈의 잡초, 때깔 한번 끝내주네.

해나는 새 맥주 캔을 따며 중얼거렸다. 척박한 땅을 헤치고 파릇파릇 올라온 모습이 대견하기도 했지만 그래 봤자 잡초지,라는 생각도 들었다. 그런 비웃음 따위엔 아랑곳없다는 듯 잡초는 싱그러운 초록을 연신 뿜냈다.

알라후 아크바르

창자가 꽈배기처럼 배배 꼬이는 것 같았다. 눈물이 찔끔 나왔지만 그는 다시 한번 더 아랫배에 힘을 주었다. 이번에는 항문이 찢어지는 느낌이었다. 비명과 통증을 참느라 이를 꽉 깨물었다. 깨문 이 사이로 신음이 침과 함께 흘러내렸다. 식은땀이 났다. 여자가 아이를 낳을 때의 고통이 꼭 이럴 것 같았다. 진통하는 산모처럼 다시 한번 아랫배에 힘을 주었더니 마침내 덩어리 하나가 빠져나왔다. 괄약근이 죄어들며 약간 시원해 오는 느낌이었지만 이제 시작에 불과했다. 그는 또다시 젖 먹던 힘까지 짜내 아랫배에 힘을 주었다. 찢어지는 듯한 통증과 함께 덩어리가 하나 더 빠져나왔다. 아찔했지만 멈출 수 없었다. 다시 힘을 주었다. 문제의 덩어리가 연달아 하나씩 밑으로 빠져나왔다. 셋, 넷……. 마지막으로 열두 번째 것이 빠져나왔다. 아랫배 통증은 거짓말처럼 사라졌지만 몸은 거의 탈진 상태였다. 그나마 다행이었다. 더 끔찍한 일도 일어날 수 있었다. 속에서 덩어리가 하나라도 터졌더라면……. 독약을 그대로 삼킨 거나 다름없을 터였다. 일을 끝낸 그는 휴지로 뒤를 마무리하고 어기적거리며 변기에서 일어섰다. 이마의 땀을 닦으며 자신이 밑으로 쏟아 낸, 문제의 황금 알을 한동안 바라보았다. 물고기 부레 같은 그것들이 붉은 피와 거무튀튀한 똥으로 범벅이 된 채 휴대용 변기에 뒹굴고 있었다. 가슴 저 깊은 곳에서 뜨거운 것이 울컥, 이번에는 목구멍으로 치밀어 올랐다.

한국을 경유하는 비행기였다. 일생일대의 기회가 아닐 수 없었다. 환승을 위해 인천 공항에 내리면서 그는 오랫동안 갈망해 왔던 일을 감행할 기회를 엿보았다. 동행인이 배를 감싸 안고 급하게 화장실을 찾을 때 그는 자신의 튼튼한 위장에 감사하며 드디어 기회가 왔다고 생각했다. 그는 재빨리 출국 게이트로 향했다. 한국이어서 여러모로 편했다. 일단 말이 통하자 모든 게 순조로웠다.

— 저는, 난민입니다. 국적은 없지만 한국인이에요.

그는 자신의 처지를 또렷한 한국말로 설명했다. 문제의 불법 황금 알 열두 개를 다 쏟아 내고 난 다음이었다.

담당관은 차근차근 그에게 질문을 해 왔고 그는 솔직하게 모든 걸 털어놓았다. 하지만 긴 조사 끝에 내려진 결과는 그리 희망적이지 않았다.

—송환 대기실이라고요?

그는 당혹감을 감추지 못했다. 왜 체포나 수용이 아니라 제삼의 지역인 그곳인지 이해할 수 없었다. 일명 '유령 공간'으로 일컬어지는 곳이 바로 그 송환 대기실이었다. 어느 나라의 영토에도 속하지 못하는, 허공에 붕 뜬 장소. 목숨을 걸고 공항 게이트를 빠져나와 자수했건만 그는 여전히 한국 땅으로 들어서지 못한 것이다.

—저를 그냥 감옥에 보내 주시면 안 될까요.

지푸라기라도 잡듯 그가 간청했다. 지금껏 무국적자 신세로 살아왔던 한을 풀고자 죽음을 무릅쓰고 감행한 일이었건만, 여전히 국적을 갖는 일은 실낱같은 희망으로만 남아 있었다.

—일단 조사가 완전히 끝날 때까지 기다리세요. 희망을 잃지 마시고.

담당관은 차분하고도 사무적인 어조였다.

*

인천 공항 송환 대기실에는 피부색도 말도 서로 다른 사람들이, 하나같이 그와 꼭 닮은 희망을 품은 채 모여 있었다. 삼십여 명의 사람들이 의자와 화장실만 있는 공간에 복작대고 있었다. 십중팔구는 그곳에 머물다 자기 나라로 추방된다고 했다. 하지만 그는 그

'십중팔구'의 '팔구'에 해당되지 않을 거라는 기대가 있었다. 무엇보다 그는 송환 대기실에서 한국말을 할 줄 아는 유일한 사람이었으며 실제로 한국인의 피가 흐르고 있다는 사실 때문이었다.

— 헤이, 미스터 킴.

회색 터번을 쓴 옆자리 남자가 그를 나직이 불렀다. 성도 이름도 밝힌 적 없건만, 한국말을 한다는 이유로 그는 그곳에서 미스터 킴으로 불렸다. 그건 한국인의 대명사나 다름없는 호칭이었다. 낯설긴 했어도 자신의 국적을 인정해 주는 듯한 그 호칭이 그는 마음에 들었다. 그 '킴'이야말로 확실한 신분증이었다.

옆자리 남자는 햄버거를 통째로 그에게 내밀었다. '먹을 거요?'라는 의미였다. 부리부리한 눈에 희끗한 구레나룻을 기르고 머리에 회색 터번을 두른 남자는 검은 피부의 중늙은이였다. 이슬람교도인 남자는 입술 위에 갖다 댔던 손을 가로저으며 자신은 그걸 못 먹는다는 시늉을 해 보였다.

금식을 밥 먹듯 하다니. 그는 그들의 문화에 신기해하면서도 터번이 내민 햄버거를 넙죽 받았다. 난생처음 먹어 보는 음식이었지만 그렇게 맛있을 수 없었다. 식사는 매번 햄버거였다. 한 가지 메뉴에 넌더리를 내는 이들도 많았지만, 콘돔 덩어리 열두 개를 삼켰다 밑으로 쏟아 낸 경험이 있는 그로서는 감지덕지였다. 터번은 '알라후 아크바르'를 입에 달고 살았다. 잠잘 때만 빼고는 온종일 예배로 시간을 보냈다. 그런 터번 때문에 유령 같은 공간이 기도실인지 대기실인지 잠깐씩 헛갈렸다.

터번은 늦은 밤에 한 끼만 먹었다. 그것도 햄버거 빵 한쪽 덮개와 사이에 낀 야채 쪼가리가 고작이었다. 거구의 남자가 그것만 먹고 버티는 게 신기했다. 신이 돌보지 않는 한 하루에 빵 한 조각으로 그 커다란 몸집의 목숨을 부지한다는 건 불가능해 보였다. 난민 인정 문제도 자신의 알라후에게 전적으로 맡긴 것 같았다. 터번은 오로지 예배에만 매달렸다. 모두의 우려와 염려 속에 드디어 터번의 송환 여부가 결정 나는 날이 왔다. 그런 날은 당사자뿐 아니라 대기실의 다른 사람들도 똑같이 긴장과 흥분에 사로잡혔다.

── 자기 나라로 돌아가야 한대.

사람들 사이에서 흘러나온 얘기였다. 터번에겐 사형 선고나 다름없는 통보였다. 그의 알라후 아크바르가 기도를 들어주지 않은 것이다. 주변 사람들조차 실망과 안타까움을 금치 못했다. 알라후 아크바르. 터번은 그 말만 나직이 반복해 읊조렸다. 금식이 끝났지만 여전히 아무것도 입에 대지 않았다.

번번이 터번의 햄버거를 받아먹었던 그는 어떻게 위로의 말을 건네야 할지 몰랐다. 그날은 햄버거가 도무지 목구멍으로 넘어가지 않아, 그도 금식 아닌 금식을 해야 했다. 그날 밤도 터번은 변함없이 한쪽 구석에서 밤늦게까지 예배만 드렸다. 알라후 아크바르 알라후 아크바르 알라후 아크바르 알라후 아크바르 알라후 아크바르 알라후 아크바르 알라후 아크바르……. 여느 날보다 긴 예배였다. 터번의 기도가 끝나기를 기다리다 지친 그는 먼저 잠들었다.

다음 날, 눈을 떴을 때 옆자리의 회색 터번이 보이지 않았다. 주위가 어수선한 게 낌새가 이상했다. 화장실 쪽에 사람들이 몰려 웅성거리고 있었다. 그는 불길한 예감에 선뜻 그쪽으로 향하지 못했다. 잠시 망설이다 사람들이 모여 있는 쪽으로 간신히 다가갔으나 경찰과 구급대가 들이닥치는 바람에 이내 밀려났다. 겨우 사람들을 비집고 현장을 볼 수 있었다. 반백의 부드러운 곱슬머리를 가진, 이목구비가 수려한 남자였다. 머리에서 터번이 풀려나간 남자의 얼굴은 낯설었다. 목에 감겨 있는 회색 터번이 아니었더라면 알아보지 못했을 것 같았다. 울컥 뜨거운 것이 치밀었다. 그는 나직이 '알라후 아크바르'를 읊조렸다. 회색 터번은 이 유령 공간에서 또 다른 유령 공간으로 옮겨 가느니 차라리 하늘나라가 낫겠다고 생각한 것 같았다.

그 사건이 있고 며칠 뒤, 미스터 킴인 그는 송환 대기실을 벗어나 난민 신청자 대기실로 옮겨갈 수 있었다. 주변 사람들의 부러워하는 시선에 그는 대놓고 기뻐할 수도 없었다. 회색 터번이 그에게 건네준 건 햄버거만이 아니었다. 알라후 아크바르 알라후 아크바르……. 난민 신청자 대기실로 옮겨 가면서 그는 연신 터번의 신을 읊조리는 자신을 깨달았다.

난민 신청자 대기실은 송환 대기실에서 복도 하나 건너에 있었다. 하지만 완전히 다른 세계였다. 식사와 잠자리부터 달랐다. 송환 대기실이 임시 감옥이었다면 이곳은 안락한 임시 거주지였다.

─여기는 대한민국 법의 보호를 받는 곳입니다.

담당관 목소리도 다르게 느껴졌다.

가슴 저 깊은 곳에서부터 안도의 숨이 흘러나왔다.

─그렇다고 난민 인정을 받았다고 할 수는 없습니다.

담당관의 말에 또 한 번 가슴이 오그라들었지만, 그는 더 이상 일희일비하지 않기로 했다. 천국과 지옥을 수시로 드나드는 건 일종의 고문이었다.

조사는 처음부터 다시 시작되었다. '미스터 킴'이라는 호칭은 더 이상 따라붙지 않았다.

─한국말은 어디서 배웠죠? 여권엔 태국인으로 나와 있는데.

─그거 가짜 여권이고요. 사실은, 아버지가 한국 사람이에요.

담당관은 일차적 궁금증이 풀린 듯 고개를 끄덕이더니 아버지 문제에 관해 구체적으로 물어 왔다.

─원래 베트남 참전 용사였어요.

─참전 용사?

담당관은 눈을 빛냈다.

─그런데, 나중에 탈영, 하셨대요.

불명예스러운 가족사가 그의 입을 통해 떠듬떠듬 흘러나왔다.

담당관은 차분하고 냉정하게 그의 진술을 기록해 나갔다.

─국적 갖고 싶어서요. 아버지 나라 한국의…….

말끝에 뜨거운 것이 울컥 치밀었다. 이상하게 아버지보다 회색 터번 생각이 떠올랐다.

— 거기서부터 쓰면 되겠네요.

담당관은 A4 용지를 몇 장 내밀고는 구체적인 사례를 들어 가며 자술서 쓰는 방법을 일러 주었다.

그는 펜도 들지 않은 채 멀거니 흰 종이만 바라보았다.

— 부담 갖지 말고 그냥 생각나는 대로 적어 나가면 돼요. 어릴 적 고향 얘기도 좋고 가족이나 친구 얘기도 좋고. 최대한 자세하게 써 보세요.

담당관이 독려하듯 말했다.

여전히 그는 펜에 손도 대지 않았다.

— 아무렇게나 편하게 써도 괜찮다니까요.

재차 권유하자 그는 난처한 표정으로 담당관을 올려다보았다.

— ……글은 못 써요. 말만 할 줄 알아요.

난데없는 난민센터

─난·민·센·터·결·사·반·대.

아이가 차창 밖을 내다보며 플래카드에 적힌 글자를 또박또박 읽었다.

─웬 사람들이 떼거리로 모여 있대?

주차를 위해 속도를 늦춘 해나가 대형 마트 정문 쪽에 사람들이 모여 있는 걸 보며 중얼거렸다.

난민센터 반대, 주민 총궐기의 날!

플래카드가 가로수와 가로수 사이에 걸려 있었다. 결의에 찬 구호를 나타내듯 플래카드 윗선도 팽팽하게 날이 서 있었다. 플래카드 앞에는 확성기 든 사람이 서 있고 그를 중심으로 사오십 명가량의 사람들이 좌우로 열을 맞추어 보도에 앉아 있었다. 남녀노소가 골고루 섞여 있었지만 낮 시간대라 그런지 주부와 노년층이 많았다.

─반대한다! 반대한다!

확성기가 선창을 하자 나머지 사람들이 뒤따라 구호를 외쳤다.

'난·데·없·는· 난·민·센·터'

아이는 플래카드 글자를 다시 또박또박 읽었다.

해나는 그런 아이가 신기하기도 하고 대견하기도 했다. 유치원 구경도 못 해 본 녀석이 벌써 한글을 깨친 것이다. 그 사실도 해나는 뒤늦게 알았다. 어느 날 아이가 다 마신 우유 팩을 들고 거기에 적힌 문구를 떠듬떠듬 읽는 걸 보고 놀라지 않을 수 없었다. 그때까지 해나는 아이에게 한글 자모도 가르친 적이 없었다. 일하러 나갈 때 텔레비전을 켜 둔 게 다였다.

─난민이 뭐야?

아이가 차창에서 눈을 돌려 해나를 쳐다보았다.

─글쎄, 일단 어디 먼 데서 온 사람이겠지?

해나는 자신의 대답이 충분치 않음을 아이의 표정에서 읽을 수 있었다.

─그러니까, 낯선 곳에 와서는 쉽게 자리 잡지 못하고 떠도

는…….

해나는 대충 얼버무렸다.

―우리도 난민이야?

아이 목소리가 너무도 진지해 해나는 주춤했다.

―아냐. 그냥 넌, 민이야.

순간적으로 받아친 해나는 자신의 재치에 만족하며 웃었다.

―맞아 난, 민! 민이야. 강민.

아이도 재미있어하며 해나의 말을 흉내 냈다.

주차를 끝낸 해나는 아이와 함께 마트 쪽으로 다가갔다. 시위대 앞을 지나자 구호 소리가 더 우렁찼다.

'반대한다 반대한다! 난민센터 반대한다!'

구호와 함께 피켓이 여기저기서 올라왔다.

―안 와? 빨리 와!

해나는 시위대 구경에 정신이 팔려 있는 아이를 이끄느라 몇 번이나 다그쳐야 했다. 시위대라면 신물이 났다. 날마다 광화문을 오가느라 신호등만큼이나 흔하게 봐 온 게 시위대와 경찰 진압대였다. 해나가 일했던 편의점이 광화문과 시청 사이에 있어서 집회가 열리는 날이면 통제된 길을 피해 오가느라 여간 성가시지 않았다.

―안 따라오면 혼자 가 버린다?

해나가 으름장을 놓자 아이는 그제야 마지못해 따라붙었다.

매장 안으로 들어서자 해나는 마치 나비가 꽃밭을 찾은 듯한 기분이 들었다. 편의점 수십 배 크기의 매장 규모에서부터 가슴이 확 트였다. 고시원에 살다가 넓은 아파트 거실에 들어선 기분이랄까. 물건들이 질서 정연하게 쌓여 있는 상품 진열대 사이로 규칙적인 길을 오가며 카트에 물건을 담고 있는 사람들 모습이 그렇게 평화로워 보일 수 없었다. 실내를 둘러보며 해나는 이곳을 베이스캠프로 삼으면 어떨까 생각했다. 버스 정거장 부스는 이미 실패로 돌아갔기 때문이다. 편의성으로 따지자면 이곳은 그 정거장과는 비교도 안 되었다. 독차지할 수 있을 것만 같았던 유리 부스가 눈에 어른거리자 해나는 속이 쓰렸다. 첫날, 판을 너무 과하게 벌인 탓이었다. 자축한다고 맥주부터 따는 게 아니었는데……. 생각할수록 후회막급이었다. 지나치게 마신 이유도 있었지만 그보다는 사월 한낮의 나른한 햇살, 그게 진짜 원흉이었다. 눈꺼풀을 짓누르며 잠으로 내몰던…….

　　—저, 실례합니다!

　낯선 목소리에 놀라 해나는 깨어났다. 제일 먼저 눈에 보인 건 어지럽게 돌아가는 순찰차 표시등이었다. 그 다음으로 앞쪽 창문 와이퍼에 끼워 두었던 손수건, 다음으로 옆의 경찰 제복이 눈에 들어왔다. 젊은 경관이 운전석 옆 차창에 서 있었다. 미소년 같은 인상과는 달리 짐짓 심각한 표정이었다. 해나는 서둘러 몸을 일으켰다. 조수석 좌석과 바닥에 빈 캔이 나뒹굴고 있는 게 눈에 띄었다.

맥주를 홀짝이다 취기와 피로에 나가떨어졌었나 보다. 해는 한풀 꺾여 바깥은 어느새 어스름이 내리려 하고 있었다.

　―이렇게 공공 기물을 함부로 더럽히면 곤란하죠. 이거 경범죄 처벌법에 해당하는 겁니다.

　경관이 주변을 둘러보며 제법 권위가 담긴 어조로 말했다.

　정거장 쪽으로 눈길을 돌리자 상황은 더 가관이었다. 부스 모서리에 말리려고 널어놓았던 체크 남방이 바람에 펄럭이고 있었다. 의자 위에는 휴대용 가스버너와 코펠이 그대로 놓여 있고, 바닥에는 온갖 쓰레기들이 나뒹굴고 있었다. 노숙자가 떼거리로 머물다 간 자리 같았다. 해나가 잠에 빠져 든 사이 아이가 저질러 놓은 짓이 분명했다. 아이는 차 뒷좌석에 압사당한 개구리처럼 널브러져 있었다. 실컷 먹고 놀며 난장판을 쳐 놓고는 포만감에 곯아떨어진 모양이었다.

　―근데, 어린애가 저지른 일도 경범죄 처벌을 받나요?

　운전석에서 내려선 해나가 뒷좌석에 잠들어 있는 아이를 들여다보며 되물었다.

　―아, 그건 경우가 다르죠.

　경관은 손을 내저었다. 아이를 깨울세라 목소리까지 낮췄다. 신참인 듯 어리바리해 보이는 젊은 경관이었다. 경찰 제복보다는 백화점 명품관 실내조명에 더 잘 어울릴 듯한 인상이었다. 그렇다고 제복의 권위가 없어지는 것은 아닌지라 해나는 서둘러 부스부터 치우기 시작했다. 공권력 앞에서는 일단 적당히 따지면서 만만한 상대가 아니라는 걸 확인시켜 주고 난 뒤, 곧 순응하는 태도를 보이는 게 상책이었다. 편의점 알바에 독서실 총무, 주방 보조 등등 온갖 일을 거치며 그녀가 터득한 처세술이었다.

처음 먹으려 했던 컵라면 용기 두 개는 이미 깨끗이 비워져 있었다. 불어 터진 걸 뒤늦게 아이가 다 먹어 치운 모양이었다. 거기다 초코파이 한 박스와 콜라까지 말끔히 해치운 채였다. 캔이 여기저기 뒹굴고 '정(情)'이라는 글자가 문양처럼 인쇄된 빨간 포장지가 정신없이 흩어져 있었다. 녀석은 포장지로 비행기까지 만들어 여기저기 날려 놓았다. 빈집의 고양이처럼 제멋대로 놀아 댄 흔적이 역력했다.

쓰레기를 주우며 해나는 연신 혀를 찼다. 겨울잠 준비하는 곰도 아니고⋯⋯. 어떻게 이 많은 걸 한 번에 먹어 치울 수 있었을까 싶었다. 녀석에겐 폭식하는 괴상한 버릇이 있었다. 쫄쫄 굶다가 한번 식욕이 동하면 닥치는 대로 먹어 치웠다. 새끼 고라니만 한 녀석이 식탐은 매머드급이었다.

─이제 됐죠?

해나는 물티슈로 나무 의자를 한 번 더 훔치며 말했다.

─거의 빛의 속도로 해치웠네요.

경관은 해나의 빠른 손놀림에 감탄했다. 난장판 현장의 범인이라는 첫인상에 비하면 일 처리 솜씨가 기대 이상으로 깔끔하고 날렵했던 것이다.

　—그럼 수고하세요, 경관님.

　해나는 이내 차에 올라 시동을 걸었다. 아무리 친절하고 미소년처럼 해맑아 보이는 경관이어도 제복 입은 사람 옆에 오래 머물고 싶지는 않았다.

　—아, 잠깐만요!

　경관이 팔을 휘저으며 뭔가 외치는 듯했으나 해나는 모른 척 시동을 걸고 가속 페달에 발을 올렸다. 빨리 달아나야 했다. 짐짓 태연한 척했어도 손놀림이 바빴던 데는 다 이유가 있었다. 경관이 소리치며 팔을 더 힘차게 저었지만 해나는 더 힘껏 내달렸다.

*

　—언니, 서명 좀 하고 가지.

　마트 밖으로 나서는 해나에게 주부 하나가 끈질기게 따라붙었다. 처음엔 호객꾼인 줄 알았다. '난데없는 난민센터'라는 글자가 오른쪽 어깨에서 왼쪽 허리 아래쪽까지 사선으로 길게 쓰인 어깨띠를 보기 전까지는.

　시위대는 이미 해산한 후였다. 플래카드 앞에는 긴 테이블이 놓여 있고 그 주위에 피켓을 든 사람과 어깨띠 두른 몇 명이 남아 반대 서명 운동을 벌이고 있었다. 그냥 가려던 해나는 어느 주부가 서명을 하고 사은품 받는 걸 보고는 못 이기는 척 테이블 쪽으로 걸음을 옮겼다. 서명 노트에는 주소와 전화번호를 적게 돼 있었다. 해나는 먼저 서명한 사람의 것을 대충 짜깁기해 쓰고는 사은품을 받아 챙겼다.

해나보다 일찍 마트 밖으로 나온 아이는 주변의 플래카드와 피켓에 담긴 글자를 하나하나 읽으며 그녀를 기다리고 있었다.

난민은 잠재적 테러리스트! 세금 갉아먹는 불청객
난민위한 난상복지 주민들은 난감 & 황당
난데없는 난민센터 갈데없는 공항주민

— 벌써 다 끝냈어?

해나는 자기보다 먼저 나와 있는 아이를 보고 신기해하며 물었다. 아이는 대답 대신 고개를 끄덕여 보였다. 그러고는 해나가 테이블에서 뭘 했는지 묻기라도 하듯 테이블과 해나를 번갈아 보았다.

— 난민센터인지 뭔지 내가 알게 뭐냐. 사은품 챙기면 됐지.

해나는 중얼거리며 사은품으로 받은 휴대용 티슈를 장바구니에 챙겨 넣었다. 그러고는 길가에 주차해 놓은 자동차를 향해 앞장서서 걸어갔다.

— 너, 뭐든 한꺼번에 먹어 치우면 이젠 진짜 국물도 없어!

해나는 으름장 놓듯 아이에게 이르고는 자동차 트렁크에 장 본 물건을 챙겨 넣었다. 집을 나설 때만 해도 그득했던 비상식량이 그새 동나 버렸던 것이다.

— 네놈이 낙타야, 황소야? 되새김질하는 짐승도 아닌 게 어떻게 음식만 보면 단번에 아작을 내 놓냐?

— 누나도 맥주 다 마셔 버렸잖아.

아이가 따지듯 되받았다.

술이랑 음식이랑 같아? 하고 받아치려다 해나는 눈만 흘겼다. 술 얘기만 나오면 녀석이 예민하게 반응한다는 걸 잘 알고 있었던 것이다.

— 그건 그렇고, 시킨 건 다 했어?

해나는 아이의 어깨에 얹힌 작은 배낭을 벗겨 냈다. 꽤 묵직한 그것을 조수석에 올려놓은 다음 차에 올랐다. 해나는 운전석에 앉아 배낭부터 끌러 보았다. 물이 가득 담긴 페트병 일곱 개가 뚜껑이 단단히 잠긴 채 들어 있었다. 가방에는 물기 하나 묻어나지 않았다. 일곱 살짜리 사내 녀석이 일 처리는 어른 뺨칠 정도로 깔끔했다. 어릴 적부터 혼자 집에 방치해 둔 탓에 생긴 듯한 폭식이나 불규칙적인 수면 같은 괴상한 습관만 빼면 어디 내놓아도 빠지지 않을 아이였다. 이번 기회에 아이의 괴벽만큼은 확실하게 바로잡을 생각이었다.

해나는 페트병 중 하나를 열고 물을 벌컥벌컥 마셨다.

— 으, 시원하다. 앞으로도 이 마트 정수기 물 먹으면 되겠다.

합격!

해나는 아이를 보며 엄지를 척 세워 보였다.

장 본 걸 손에 든 주부들이 걸음을 재촉하고 있었다. 저녁 준비
를 하러 가는 모양이었다. 누구는 자동차를 향해, 누구는 횡단보도
를 건너 저마다 갈 길로 갔다. 해나는 갈 곳을 정하지 못한 채 라디
오부터 켰다. 다섯 시를 알리는 시그널 음과 함께 해금인지 아쟁인
지 국악 현악기 소리가 청승맞게 흘러나와 차 안을 가득 채웠다.
갑자기 막막한 기분이 들었다. 해나는 채널을 다른 데로 돌렸다.
잡음이 계속 지지직거리며 흘러나오자 라디오를 꺼 버렸다.

차 안이 다시 조용해졌다.

─집에는 언제 가, 누나?

아이가 해나 눈치를 살피며 물었다.

─차에서 사는 거 좋다면서?

해나가 통명스럽게 반문했다.

아이는 어깨를 으쓱하더니 천천히 고개를 끄덕였다. 사실 자동
차 생활이 나쁘진 않았다. 차에서 자는 것도, 마트에서 씻는 것도
불편했지만, 빈집에 혼자 있는 것보다는 훨씬 나았다. 무엇보다 달
리는 재미가 있었다.

─동굴 같은 그런 우중충한 집은 잊어버려. 이젠 이 차가 우리
집이야.

해나가 핸들을 탁탁 치며 말했다.

─사장님 차잖아?

아이가 눈을 크게 떴다.

해나가 일했던 편의점 사장을 일컫는 말이었다. 그곳에 아이를 몇 번 데리고 간 적이 있었다. 일이 밤늦게 끝났을 때는 사장이 먹을 걸 트렁크에 가득 싣고 집까지 태워다 주기도 했다. 그 기억이 아이에게 '사장님'이라는 말이 호빵처럼 달콤하고 따뜻하게 들리는 이유였다.

─사장은 무슨 개뿔, 멍청이 사기꾼이지. 이제 이건 우리 차야. 그러니까 곰팡내 나는 집도, 그 돼먹지 않은 인간도 싹 다 잊어버리라고.

해나는 생각할수록 부아가 났다. 꿈에 부풀어 그 좁아터진 편의점에서 일 년 넘게 몸 바쳐 일했던 사실이 떠오르면 그렇게 억울할 수 없었다. 그깟 시급 칠천 몇백 원짜리 일당 받으려고 밤낮을 바꿔 가며 고생한 게 아니었다. 일 년만 지나면 다섯 개 편의점을 관리할 수 있는 매니저 자리를 주겠다는 꾐에 넘어갔던 게 잘못이었다. 설령 그 말이 거짓이 아니었다고 하더라도 은행 빚 많은, 처자식 딸린 바람둥이 남자의 변덕을 어떻게 믿을 수 있는가 말이다.

─이젠 이게 우리 집이야. 쌩쌩 거침없이 달리는 집!

해나는 가속 페달을 더 힘껏 밟았다. 대형 마트와 상가들이 즐비한 중심가를 지나자 여기저기 타워 크레인이 솟아 있는 평지가 나타나기 시작했다.

유령 도시, 미래 도시

—뭐야, 순 찌라시로 도배한 동네잖아.

속도를 낮추며 보도 쪽을 바라보던 해나가 중얼거렸다. 곳곳에
전단지와 플래카드가 나붙어 있었다. 공항 신도시가 있는 섬의 중
심부에서 동쪽 끝을 향해 달려온 참이었다. 집 지을 땅으로 다져
놓은 평지와 도로만 하염없이 펼쳐지다가 동쪽 해안에 다다르자
고층 아파트 단지가 갑자기 나타났다. 그런데 쇼핑센터와 전철역
이 있는, 생활 편의 시설이 잘 갖춰진 공항 신도시와는 또 다른 분
위기였다. 황량해 보일 만큼 드넓은 평지에 30층짜리 고층 아파트
들이 그야말로 '출몰'하듯 솟아 있었다.

평생 모아 마련한 집, 유령 도시 웬 말이냐?

과장 광고 사기 분양, 입주민은 절규한다!

건설사와 정부는 즉각 피해 보상에 나서라!

새로 만들어지는 신도시 같았다. 차를 달릴 때마다 해나는 섬이 생각 이상으로 넓다는 사실에 놀랐다. 해안 곳곳에 제방을 쌓고 매립지를 만드는 공사가 계속 이루어지고 있는 걸로 미루어 땅이 날마다 넓어지고 있는 건 분명해 보였다.

아파트 단지들이 몰려 있는 쪽으로 방향을 바꾸어도 분위기는 마찬가지였다.

30% 할인 분양 — 회사 보유분 매각

전단지와 플래카드가 곳곳에 휘날리고 있었다.

거리에는 거대한 콘크리트 구조물과 넓은 도로가 전부였다. 사람도 차도 거의 눈에 띄지 않았다. 텅 비어 있는 널찍한 도로를 마주하고 있는 신호등의 빨간불과 초록불이 일정한 간격으로 번갈아 켜졌다. 기계의 무심한 정확성이 한층 더 유령 도시 분위기를 자아냈다.

해나는 어느 아파트 단지 입구에 차를 세웠다. 아파트 입구를 장식하는 커다란 조형물 옆에 잘 지어진 경비실이 있었지만 거기도 텅 비어 있었다.

─잘됐다. 여기서 좀 놀다 가자.

해나는 놀이공원에라도 온 듯 아이와 함께 아파트 단지로 들어섰다. 하늘을 찌를 듯한 아파트 건물이 사방에 둘러 있고 가운데는 멋진 정원이 만들어져 있었다. 커다란 바위로 이루어진 화단에는 울긋불긋한 꽃나무들이 심어져 있고 시냇물을 본뜬 수로가 둘러져 있었다. 마당 가운데는 분수대도 있었다. 건물 지하 유리창으로는 실내 수영장과 헬스 시설도 들여다보였다. 첨단 부대시설을 갖춘 초현대식 건물과 수려한 조경의 정원이 어우러진 단지였다. 하지만 수로와 분수대, 수영장 어느 곳도 물기라고는 없이, 하나같이 메말라 있었다. 시멘트 벽과 바닥, 파란 타일로 마감한 수영장 내부만 눈에 들어왔다. 아파트 마당에도 사람들 모습은 보이지 않았다. 건물만 완성되고 입주민은 거의 들어오지 않은 모양이었다.

화려한 성의 지붕처럼 보이는 곳으로 가 보니 그곳은 놀이터였다. 미끄럼틀 꼭대기가 성의 지붕 모양이었다. 그걸 중심으로 그네와 정글짐, 시소 등이 빙 둘러 가며 있었다. 해나와 민은 나란히 놓인 그네를 하나씩 차지하고 앉았다. 놀이 기구도 하나같이 화려한 색상에 새것이었다. 이곳으로 오고 해나는 지금껏 낡은 걸 본 기억이 없었다. 해나는 하늘을 찌를 듯 거침없이 솟은 건물들이 사방을 에워싸고 있는 모습을 둘러보았다.

─꼭 SF 영화에 나오는 도시 같다, 그치?

해나의 말에도 아이는 들은 척 않고 큐브 맞추기에 빠져 있었다.

아파트는 거의 비어 있는지 커튼이나 블라인드가 쳐진 유리창은 아주 드물었다. 저렇게 빈 채로 둘 거라면 우리처럼 집 없는 사람한테 빌려주면 얼마나 좋아. 유령 도시라는 오명도 안 쓰고…….

한 층 한 층 시선을 옮겨 놓으며 해나는 중얼거렸다.

갑자기 발치 위로 뭔가가 휙 스쳐 갔다. 놀라서 보니 어디선가 날아온 전단지 한 장이 바닥에 떨어져 뒹굴고 있었다. 어느 벽에 붙어 있던 게 떨어져 여기까지 날아온 모양이었다. '파격 할인'이라는 짙은 고딕 글자 밑에 '전세 보증금 삼천만 원'이라는 전단지 내용이 들어왔다. 신기했다. 25평짜리 새 아파트 전세금이 삼천만 원이라니. 통장의 잔고를 떠올리며 해나는 생각했다. 서울에서는 지하방이나 옥탑방 월세 보증금에 불과한 돈이었다.

기회의 땅! 그걸 들여다보던 해나에게 떠오른 말이었다.

— 어, 지난번 그분이네?

느닷없는 말소리에 해나는 고개를 돌렸다. 웬 젊은 남자가 옆에 다가와 있었다. 전단지 내용만큼이나 비현실적으로.

— 왜 지난번 버스 정거장에서…….

남자가 짧게 설명을 덧붙였다. 그러고는 자신을 경계하듯 흘끗 쳐다보는 아이에게 찡긋 눈인사를 해 보였다.

그제야 해나는 남자가 지난번 마주친 어리바리해 보이던 젊은 경관임을 알아차렸다. 경찰복 아닌 사복 차림이어서 금세 못 알아

본 것이다. 남자는 운동이라도 하고 오는지 트레이닝복 차림이었다. 동네 오빠처럼 친근한 모습이었다.

—섬이라 역시 좁긴 좁네요, 경관님.

해나가 긴장을 누그러뜨리며 인사를 건넸다.

—그날은 별 문제 없었어요?

그의 질문을 언뜻 이해하지 못한 해나가 눈을 멀뚱거렸다.

—술도 덜 깼을 텐데, 급하게 운전해 갔잖아요.

경관은 지난번 상황을 또렷이 기억하고 있었다.

—술? 에이, 맥주 한 캔 마신 건데요, 뭐.

해나가 능치듯 말했다.

—내가 주운 빈 맥주 캔만 다섯 개였는데요?

—에이, 경관님도 참, 설마 그걸 내가 다 마셨을 거라고 생각했어요?

해나는 넉살 좋게 받아쳤다. 이왕 내민 오리발이라면 끝까지 잡아떼는 게 상책이었다.

—아, 그럼 그때 같이 마신 술친구가 새였나?

경관이 허공을 올려다보며 능청을 떨었다. 마침 비둘기 한 마리가 미끄럼틀 꼭대기 위로 날아가고 있었다. 해나는 피식 웃음을 터뜨렸다. 풋풋한 그의 태도에 무장 해제당하는 기분이었다.

—근데, 이 아파트엔 어떻게, 혹시 이곳 주민……?

경관이 화제를 돌렸다.

―아뇨. 구경 좀 하고 있었어요. 여기로 이사 오면 어떨까 하고요.

해나가 그럴싸하게 둘러대며 바닥의 전단지를 흘끗거렸다.

―어, 그럼 나중에 이웃이 될 수도 있겠네요.

경관이 반색했다. 그러더니 뒤쪽 건물 맨 꼭대기 층을 가리켜 보이며 자신이 사는 곳이라고 알려 주었다.

―근데, 저렇게 높은 곳에 살면 기분이 어떤가요?

―세상을 왕따시키고 있는 기분이죠.

그가 웃으며 대꾸했다.

―크, 진짜 멋있는 집이네.

해나는 부러운 표정으로 집을 올려다보았다.

―나중에 이사 오면 한번 놀러 와요.

그가 지갑에서 명함을 한 장 꺼내 건넸다.

명함에는 '경사 허진수'라고 찍혀 있었다.

―여기는 이웃이 워낙 귀하거든요.

오해를 피하려는 듯 그가 이유를 덧붙였다.

―안녕, 꼬마. 담에 봐.

허 경사가 큐브에 빠져 있는 아이에게 작별 인사를 건넸다. 아이는 그를 흘끗 한 번 보고는 이내 눈길을 돌렸다.

―참! 그런데요, 허진수 경사님…….

해나가 돌아서서 가던 그를 급히 돌려세웠다.

―저, 집 구경 좀 할 수 없을까요?

명예 살인

날카로운 삽날이 정면으로 날아왔다. 금속의 차가운 번득임…… . 아아악 ── 온몸을 비틀며 소리를 질렀다. 비명은 목구멍으로 터져 나오는 게 아니라 도로 몸속으로 파고들듯 뼈에 사무쳤다. 용광로 속 같은 뜨거운 열기와 오한이 번갈아 찾아왔다. 꿈과 가위 눌림의 연속. 깨어나면 언제나 속옷이 땀으로 축축하게 젖은 채였다. 난폭하고 억센 손아귀에서 그녀는 여전히 풀려나지 못하고 있었다. 잠만 들면 되풀이되는 악몽, 이 끔찍한 꿈에서 언제나 벗어날 수 있으려나. 찬드라는 습관과도 같은 질문을 떠올렸다.

그건 잠복 경찰이 범인을 체포하듯 기습적인 일이었다. 양쪽에서 불쑥 날아든 억센 손이 어깨와 팔을 단번에 꺾어 낚아채자 그녀는 옴짝달싹할 수 없었다. 고심 끝에 내린 고향행이었다. 그것도 십 년 만에. 사랑하는 가족을 만나 용서를 빌고 화해도 할 수 있는 절호의 기회라고 생각했다. 십 년 전 고향을 등질 때와는 세상이 많이 바뀌었다. 명예 살인을 행한 자는 극형에 처해지도록 이미 정부에서 법으로 엄격하게 금지해 놓았다. 여자가 집안 어른이 정한 결혼을 거부하는 것이 아무리 이슬람 전통에 어긋나고 가문의 명예를 더럽히는 일이라 하더라도 이제 명예 살인은 구시대의 악습에 지나지 않았다.

'어머니 위독. 귀향 바람.'

거두절미한 짧은 비보였다. 가슴 한 편에는 한 가닥 희망도 있었다. 모처럼 가족과 정든 고향 마을을 볼 수 있는 기회였다. 자신의 젊은 날의 선택이 비록 그들을 실망시켰을지언정 이제는 모든 걸 잊고 화해할 때가 되었다고 생각했다. 그것도 병든 어머니를 앞에 둔 상황이라면……. 긴장된 마음으로 고향집 문을 열고 들어섰다. 하지만 그 순간, 모든 생각은 그녀 자신의 기대가 낳은 환상에 불과했으며 모든 것이 계획된 함정이었음을 깨달았다. 오빠들은 단번에 그녀를 덮쳐 옭아맸다. 덫에 걸려든 토끼 신세나 다름없었다. 놀랍게도 그들은 예복까지 갖춰 입은 채였다. 하얀 정장에 모자까지 쓰고 제단에 제물을 올리는 의식이라도 거행하듯 그녀의 처단을 주도면밀하게 준비해 놓았던 것이다. 그들은 아직도 명예 살인이 가문의 명예를 회복한다고 믿고 있었다. 법이란 시골 마을 사람들에게는 여전히 종잇장에 적힌 문구에 지나지 않았다. 그녀는 집 안에 한 발짝도 들여놓지 못했고 엄마 얼굴을 볼 기회도 없었다.

오빠들은 그녀를 마을 뒷산으로 끌고 갔다. 어린 찬드라가 친구들과 함께 뛰놀던 곳, 어린 시절 오르내리며 타고 놀았던 수백 년 묵은 아름드리나무가 무심히 그늘을 드리운 채 끌려가는 찬드라를 지켜보고 있었다. 이웃 사람들이 하나둘 모여들었지만 그들은 진지한 얼굴의 구경꾼에 지나지 않았다. 오빠들은 아름드리나무를 지나 더 뒤쪽으로 그녀를 끌고 갔다. 거기에는 이미 구덩이가 파여 있었다.

아찔해하는 순간 찬드라는 그 속에 던져졌다. 그녀는 비명과 절규로 발버둥 쳤지만 무지막지한 손아귀 힘이 기어이 그녀를 구덩이 속에 처넣었다. 그녀는 구덩이 벽을 기어오르기 위해 필사적으로 몸부림쳤다. 하지만 역부족이었다. 피와 눈물로 범벅이 된 얼굴 위로 돌멩이와 흙이 쏟아져 내렸다. 그걸 헤집고 얼굴을 내밀려는 순간, 번득이는 삽날이 그녀의 얼굴과 어깨를 연거푸 내리찍었다. 단번에 뒤로 나둥그러진 그녀는 흙과 돌무더기 속에서 정신을 잃었다. 무정한 알라신의 세계로 빠져드는 순간이었다.

── 잘 쓰셨어요. 감동적이에요.

찬드라의 자술서를 훑어보고 난 담당관은 칭찬과 격려를 아끼지 않았다. 찬드라의 불행에 담당관은 같은 여성으로서 더 깊이 감정 이입을 한 것 같았다. 2박 3일에 걸쳐 쓴 자술서는 모두 서른 장이었다. 쓰는 내내 한숨도 자지 않고 물 한 모금 마시지 않았지만 끝내고 나니 날아갈 것 같았다. 그 전까지만 해도 그녀는 아무런 삶의 의욕이 없었다. 병원을 탈출해 나와 제삼국행을 결심한 일조차 후회스러웠다. 그릇된 이슬람 문화의 희생자로 사라지는 게 차라리 편했을 것 같았다.

정신을 차렸을 때는 하얀 가운과 경찰 제복이 번갈아 보였다. 병원 응급실이었다. 생매장 현장의 끔찍한 소용돌이가 휘몰아치고 간 뒤였다. 경찰은 달아난 오빠들과 범죄에 적극 가담한 일부 마을 사람을 추적 중이라고 했다. 어머니가 위독하다는 사실도 그녀를 유인하기 위한 구실이었을 뿐, 어머니는 이미 몇 년 전 세상을 떠났다. 찬드라의 몸과 마음은 만신창이가 돼 있었다. 삽날에 찍힌 왼쪽 뺨은 찢겨졌고 어깨뼈는 부러졌으며 온몸 곳곳이 생채기와 피멍투성이였다.

병원 신세를 지는 내내 그녀는 생매장의 악몽을 떨쳐낼 수 없었다. 잠만 들면 뒤에서 누군가가 덮치거나, 아니면 번득이는 삽날이 얼굴을 향해 날아오는 악몽에 시달렸다. 언제 다시 집안 남자들 손아귀로 들어갈지 알 수 없었다. 퇴원을 앞두고 그녀는 병원을 탈출했다. 생매장의 악몽은 경찰도 의사도, 병실 침대조차 믿지 못하게 했다. 집으로 돌아갈 수도 없었다. 그녀는 더 이상 남편도 믿기 어려웠다. 남편 역시 오빠나 아버지처럼 내면 깊이 이슬람 문화와 종교 의식이 뿌리 내린 남자라는 깨달음이 찾아왔다. 만신창이가 된 아내를 이전처럼 사랑해 줄지도 의문이었다. 아이가 없었던 게 그나마 다행이었다.

모든 걸 낙관한 자신의 불찰도 있었다. 섣불리 너무 많은 걸 믿었다. 정부가 공표한 법을 믿었고 변화한 시대를 믿었고 가족들의 사랑을 믿었다. 그런 믿음을 바탕으로 결심한 고향행이었건만 현실은 냉혹했다. 이슬람 율법은 여전히 그들의 생각을 단단히 옭아매고 있었다.

─율법이 먼저다. 나머지는 모두 그 다음이다.

아버지의 바위 같은 믿음이었다.

─율법이 아니라 잘못된 해석이 문제인 거지요.

젊은 딸의 한마디에 아버지의 억센 손이 얼굴로 날아들었다.

더 이상 대화는 불가능했다. 딸이 대학에 가는 것도 아버지는 원치 않았다. 그는 알라신의 경전만이 인간을 완성시킨다고 믿었다. 나머지는 다 부질없거나 하찮은 것들이었다. 세속적 교육은 카스트 제도를 부정하고 율법에 도전하며 인간을 망치는 짓이라고 생각했다. 하지만 찬드라는 기어이 혼자 힘으로 대학을 갔다.

고향을 떠나 대도시의 대학에 들어가면서 모든 것이 달라졌다. 그녀는 차도르도 더 이상 쓰지 않았다. 캠퍼스에는 자신처럼 북부 지역에서 온 이슬람권 여대생들이 제법 있었다. 그들 중 절반은 당당하게 얼굴을 내놓고 다녔다. 하지만 그들도 고향을 찾을 때는 전통을 지키는 시늉을 해야 한다고 했다.

─가족들에게 봉변을 당하지 않으려면 그 수밖에 없어.

어떤 친구는 가족을 변화시키는 건 일찌감치 접었다며 위장술을 택했다.

대학 시절 찬드라가 고향을 찾았을 때, 가족들은 학교를 그만두고 고향으로 돌아와 부모가 정해 준 가문의 사람과 결혼하라고 권했다. 하지만 그녀에겐 이미 남자 친구가 있었다. 찬드라가 자신이 택한 남자와 결혼을 하겠다고 했을 때, 가족들은 허락은커녕 바로 그녀를 감금했다. 남자 집안과 계급이 맞지 않는다는 이유에서였다. 공부도 당장 그만두라고 불호령이었다. 하지만 찬드라는 다시 도시로 도망쳐 나와 사랑하는 남자와 기어이 결혼을 했다. 그걸로 그녀는 가문에서 완전히 낙인찍혀 버렸다.

누가 신고를 했을까? 상처가 아물자 찬드라는 그것이 가장 궁금했다. 살려고 발버둥 칠 때 마주했던 친지와 이웃의 태도를 그녀는 또렷이 기억하고 있었다. 어느 누구도 그녀에게 도움의 손길을 내밀지 않았다. 도움은커녕 마을 사람들 간의 암묵적인 동의를 바탕으로 한 살의가 냉랭하게 감돌았다. 그 완고한 시선들 사이에서 유난히 도드라지는 눈길이 하나 있긴 했다. 구덩이 속에 내동댕이쳐지기 직전, 찬드라는 우연히 어떤 여자아이의 두 눈과 마주쳤다. 꼭 사춘기 시절 자신의 눈을 닮은 여자아이였다. 모든 걸 지켜보고 있던 여자아이의 예사롭지 않은 눈빛에는 불안과 분노가 같이 서려 있었다. 훗날 자기 일이 될지도 모른다는 공포와 두려움, 그러면서도 사람들의 야만적 태도에 분노하듯 결의에 찬 눈빛이었다.

깨어난 후에도 찬드라는 그 눈빛이 잊히지 않았다. 공포와 분노가 교차하던 그 눈빛이 자신을 살려 냈던 건 아니었을까. 만약 그렇다면 찬드라는 그 눈빛에 답하기 위해서라도 살아남아야 한다고 생각했다. 파괴적 충동이 불쑥불쑥 들 때마다 찬드라는 그 눈빛을 떠올렸다. 그러면 이상하게도 삶의 욕구가 조금씩 꿈틀거렸다.

지구 꼭대기에 올라선 기분

—안 내려? 이게 무슨 청룡 열차 줄 알아?

해나가 다시 한번 다그쳤다.

아이는 고집스러운 눈빛으로 고개를 저었다.

엘리베이터를 탈 때부터 아이는 그 움직이는 철제 공간에 넋을 빼앗긴 눈빛이었다. 버리고 갈 거라는 해나의 위협에도 아이는 눈 하나 깜짝하지 않았다. 이 엘리베이터 안이라면 미아가 되어도 상관없다는 듯 손잡이를 꽉 쥐고 있었다.

—그래, 실컷 타라. 그 대신 절대 내리면 안 돼. 알았지? 내가 오기 전에 내리면 우린 바로 이산가족 되는 거야.

해나의 말에 아이는 고개를 크게 끄덕였다.

우주선이라도 꿰찬 듯 아이는 의기양양한 표정으로 재빨리 닫힘 버튼을 눌렀다.

31, 30, 29, 28, 27…….

해나는 아이가 멀어져 가는 걸 숫자로 확인했다. 불과 몇 분 전까지 아파트 외벽을 올려다보던 자신이 건물 안에 들어와 있다는 사실이 믿기지 않을 만큼 신기했다.

—지구 꼭대기에 올라선 기분이죠?

허 경사가 넋 놓은 표정의 해나를 보며 말했다.

해나는 눈을 크게 뜬 채 고개만 끄덕였다. 발아래 바다가 펼쳐져 있었던 것이다. 해무 탓에 선명하지는 않았지만 햇빛에 반짝이는 바닷물을 보자 정말 세상의 꼭대기에 올라선 기분이었다. 아파트 마당에서 뒹굴던 전단지와 통장 잔고를 떠올렸다. 당장은 불가능하지만 이런 집도 그림의 떡만은 아니라는 생각이 들었다.

허 경사의 집 실내는 새 아파트답게 세련되고 깔끔했다. 생활의 온기가 묻어나진 않았지만 그렇다고 썰렁하게 방치돼 있지도 않았다. 최소한의 가구에 자그마한 허브 화분이 군데군데 자리하고 있어 무심한 듯 세심한 손길이 느껴지기도 했다. 깔끔한 성격의 남자라는 걸 단번에 알 수 있는 분위기였다.

—어, 영화배우 사진이네.

해나가 어느 방문 앞에서 멈칫하며 말했다. 열린 문 사이로 비친 대형 브로마이드를 보면서였다. 반사적으로 걸음을 들여놓고 나서야 그 방이 침실이라는 걸 알았다.

　—아, 그 난닝구 입고 춤추던 남자 배우 맞죠?

　해나가 알은체하며 말했다. 만우절에 자살한, 그래서 그 죽음이 더 실감나지 않는다던, 전설적인 배우의 쓸쓸한 표정이 담긴 얼굴이 침대 머리맡 쪽 벽면을 넓게 장식하고 있었다.

　—네. 아까운 배우죠.

　허 경사가 안타까워하며 말했다.

　—유산도 어마어마했다던데, 남 좋은 일만 시키고…….

　해나는 그의 엄청난 유산이 동성 연인에게 넘어간 사실을 떠올리며 말했다.

　—워낙 명작을 많이 남겼으니 그나마 다행이긴 하지만…….

　허 경사가 자신의 원래 의도를 설명하듯 덧붙였다.

　그제야 해나는 허 경사와 자신이 엇갈린 말을 하고 있었음을 깨달았다.

　정면 벽에 걸린 대형 브로마이드 외에도 좌우측 벽면에는 작은 엽서와 사진들이 빼곡히 붙어 있었다. 그 배우가 출연했던 모든 영화의 스틸 컷이 다 모여 있는 것 같았다.

　—그나저나 취향도 특이하네요. 남자들은 대개 여배우 사진으로 도배하던데.

　—숙면에 방해만 될 걸요.

　허 경사가 웃으며 대꾸했다.

─이게 그 호텔…….

해나는 그 배우가 추락한 비극의 장소일 법한 사진을 손으로 가리켰다.

─네, 이곳이 마지막이 된 곳이죠.

열성 팬다운 슬픔이 묻어나는 목소리였다.

─참, 내 정신 좀 봐.

해나는 문득 엘리베이터에 두고 온 아이를 떠올렸다. 그리고 서둘러 문제의 침실을 벗어났다.

─실례가 많았어요.

그의 집 현관을 나서며 해나가 말했다.

허 경사는 개의치 않는다는 듯 어깨를 으쓱해 보였다.

해나는 남의 집 구경을, 그것도 즉흥적으로 청한 자신의 오지랖을 깨달으며 엘리베이터를 향했다.

─가능하면 이 섬 벗어나지 마요.

엘리베이터 앞에서 허 경사가 갑자기 진지한 어조로 말했다.

해나는 눈을 치켜떴다.

─그 자동차, 도난 차량으로 신고돼 있어요.

해나의 가슴이 철렁 내려앉았다.

마침 아이가 탄 엘리베이터가 도착했다. 해나는 인사도 하는 둥 마는 둥 이번에도 도망치듯 그를 벗어났다.

엘리베이터에 들어서자 온갖 생각이 얽혀 들었다. 허 경사와의 만남이 우연이 아닌 것 같기도 했다. 그것도 모르고 경찰관 집에 들어가 구경을 하겠다고 가당찮게 호기를 부렸으니. 해나는 하강하는 엘리베이터와 함께 추락하고 싶었다.

*

해나는 가속 페달을 정신없이 밟았다. 허 경사의 아파트가 있는 유령 도시를 등지고……. 서울을 떠나 섬이라는 안전지대를 택했건만, 여전히 곳곳에 복병이 도사리고 있었다. 이 광활한 매립지 섬에서, 그것도 유령 도시처럼 비어 있는 신도시 아파트에서 그를 만날 줄이야.

해나는 구도심을 둘러싸고 있는 대형 공원 입구에 차를 멈추었다. 자동차가 아니라 두 발로 달려온 것처럼 피로가 몰려왔다. 공원은 봄기운에 한창 물이 오르는 중이었다. 안개가 말끔히 걷힌 공기는 투명했다. 신록들 위로 햇살이 마구 쏟아져 내렸다. 가지마다 연두와 초록의 투명한 잎들이 하늘거렸다. 갓 세상에 나온 것들이 뿜어내는 싱그러운 풋내가 온 천지에 그득 흘러넘쳤다.

──대책 없이 잔인한 사월이네.

해나가 중얼거리며 넓고 푸릇푸릇한 잔디밭에 털썩 주저앉았다. 밤낮 운전석 좌석에서 자느라 찌뿌드드했던 몸을 해방시키듯 큰대자로 쭉 뻗고 누웠다. 잔디는 적당한 온기와 탄력을 지닌 천연

양탄자였다. 아이도 바닥에 한껏 몸을 뻗고 드러눕더니 이리저리 굴러다녔다.

　그 차, 도난 차량으로 등록돼 있어요. 잔디밭에 등을 붙이고 눈은 푸른 하늘에 고정시키고 있어도 허 경사의 말이 맴돌았다. 해나는 이 밝고 환한 세상에서 아이와 함께 추방당한 기분이었다. 아니, 추방당한 게 아니라 세상을 왕따시키는 거지. 허 경사의 말을 떠올리며 생각을 바꿨다.

　──윽, 따가워.

　아이의 소리에 해나는 잠을 깼다.

　아이는 갑자기 벌떡 일어나 앉더니 온몸을 긁어 대기 시작했다. 나중에는 참기 힘든 모양인지 메뚜기처럼 뛰어다녔다. 얼마 뒤에는 아이의 얼굴까지 벌겋게 부어올랐다. 이상하게 여긴 해나가 옷을 들추고 아이의 몸을 살펴보았다.

　──세상에!

　아이의 몸을 들여다본 해나는 소름이 돋았다. 잔디밭에서 뒹구는 사이 풀밭의 벌레인지 진드기인지가 아이의 연한 살갗을 사정없이 물어뜯어 놓은 것이다. 허벅지며 몸 곳곳이 벌레에 물려 벌겋게 부어올라 있었다. 거기다 손톱으로 사정없이 긁어 대 여기저기 피멍까지 잡혀 있었다.

　──우리가 개미들 집을 깔아뭉갰나 봐.

아이가 잔디밭 한쪽을 가리키며 말했다. 자세히 보니 개미집이 보이기도 했다.

　—우리가 지금 남의 집 걱정하게 생겼어?

해나가 짜증스레 내뱉었다.

자연의 품 안에서 실컷 뒹굴고 난 결과는 참혹했다.

　—세상에 진짜 공짜 없네. 우리가 이놈들 밥상에 올라앉아 있었던 거야.

자연이 아낌없이 준다는 건 사람들 욕심이 빚어낸 착각에 지나지 않았다. 그곳이야말로 살아남기 위한 먹이 사슬이 끊임없이 이어지는 생존 현장이었다. 숲이 생명의 기운을 내뿜을 때는 거기에 기생하는 생명체들도 제철을 만난 거나 다름없다. 해나와 아이가 초록 잔디를 즐기는 동안 그곳에 사는 벌레들 역시 그들의 살과 피를 한껏 즐겼던 것이다.

해나는 원망 어린 눈으로 하늘을 쳐다보았다.

　—진짜 잔인한 사월이다.

영어 캠프가 끝나고

　―강민, 엄마가 데리러 온다고 했지?

진소희 소장이 아이를 보며 물었다.

큐브 맞추기에 빠져 있는 아이는 여전히 들은 척 만 척이었다.

　―엄마가 데리러 오기로 한 거 맞지, 강민?

소장이 다시 물었다.

　―엄마 아니고 누나요.

아이는 고개도 들지 않은 채 소장의 말을 바로잡았다.

소장은 신청서를 다시 확인했다. 보호자란에 '강해나'라고 적혀 있었다.

　―그럼 이 강해나가 누나야? 엄마가 아니…….

질문을 하고 보니 강민, 강해나라는 이름만 봐도 사실 관계를 짐작할 수 있었다.

소장은 창밖으로 눈길을 돌렸다. 밖은 벌써 어둑해지려 하고 있었다. 4박 5일간의 영어 캠프가 끝나고 다른 아이들은 다들 보호자와 함께 집으로 돌아간 뒤였다. 민의 보호자만 한 시간이 훌쩍 넘도록 나타나지 않고 있었다. 처음엔 뭔가 사정이 있어 늦나 보다 생각했다. 삼십 분이 지나도 아무런 연락이 없자 소장은 신청서에 적힌 연락처로 전화를 해 보았다.

— 강해나 씨 휴대폰……?

말이 끝나기도 전에 전화 저쪽 편에서 아니라는 답이 돌아왔다.

전화를 끊고 난 소장은 번호를 잘못 눌렀나 싶어 신청서에 적힌 번호를 천천히 다시 눌렀다. 역시 아까와 같은 사람 목소리였다. 잘못 걸린 전화를 두 번째 받은 상대편이 무슨 일이냐며 따지고 드는 바람에 소장은 전후 사정을 말해야 했다.

— 난민 보호 센터요?

상대는 뭔가 짚이는 게 있다는 듯 반문했다. 그러더니 그녀는 얼마 전, 마트 앞에서 난민 보호 센터 개원 반대 서명을 했던 기억은 있다고 덧붙였다.

— 영어 캠프 신청이 아니라 반대 서명요?

이번에는 소장이 의아해하며 되물었다.

— 네. 제가 반대 서명까지 해 놓고 염치없이 거기서 여는 영어

캠프에 아이를 보냈겠어요, 설마?

상대가 신랄하게 받았지만 진 소장은 그저 듣고만 있었다. 이번 프로그램은 사실 그런 사람들을 위해 기획한 것이었다.

─근데 어떻게 내 전화번호가 거기 가 있죠? 혹시 반대 서명한 사람한테 무슨 불이익이 가거나 그런 건 아니겠죠?

상대가 도용된 전화번호에 대한 우려와 의심까지 하는 바람에 소장은 그걸 진화하느라 진땀을 흘렸다. 소장 역시 어떻게 해서 보호자의 전화번호가 공교롭게도 반대 서명한 사람의 것으로 적혀 있는지는 확인할 방법이 없었다.

지역 주민 자녀를 대상으로 하는 닷새간의 어린이 영어 캠프였다. 난민센터가 들어서는 데 거부감을 느끼는 주민들을 위해 기획한 프로그램이었다. 난민에 대해 제대로 홍보도 할 겸 센터의 문턱을 없애, 주민들이 이곳을 좀 더 친근하게 느끼도록 하기 위해서였다. 예상대로 젊은 주부들 사이에서 영어 캠프는 열렬한 관심을 불러일으켰다. 신청을 받기 시작한 지 한나절도 안 돼 정원이 찼다. 마감이 끝나고도 전화 문의가 계속 이어지는 바람에 추가로 열 명을 더 받아야 했다. 외국어에 대해서는 관심과 열성을 보이면서도 정작 난민은 지나치게 경계하는 이중적 태도가 아쉬웠지만 어쨌든 행사는 성공적으로 마무리되었다.

진 소장은 아이를 흘끗 바라보았다. 아이는 내내 큐브 맞추기에 빠져 있었다.

―강민, 누나가 올 거 같아?

소장이 다시 조심스럽게 물었다.

아이는 여전히 들은 척 만 척했다.

―누나가 올 거 같으냐니까?

소장이 한 번 더 다그쳤다.

―꼭 와요.

아이는 짧고 명료하게 답했다.

―언제? 오늘 온다고 했어?

아이는 고개를 저었다.

―그럼 오늘 안 올 수도 있다는 얘기야?

―꼭 와요. 언젠가는.

흔들림 없는 아이의 대답이었다. 그건 오늘 오지 않을 거라는 얘기나 다름없이 들렸다. 더 이상한 건, 아이가 누나를 기다리는 기색조차 보이지 않는다는 사실이었다. 대개는 보호자가 오지 않으면 불안해하거나 심한 경우 칭얼대기까지 하는데 이 아이는 너무도 태연했다. 자신은 이런 기다림에 익숙하니 당신도 적응하라는 투였다.

소장은 마지막으로 캠프를 진행했던 담당 영어 선생에게 전화를 걸었다.

―아, 그, 맨날 큐브 만지작거리는 아이요.

영어 선생은 민이라는 아이를 잘 알고 있었다.

—특이하긴 했어요. 캠프 내내 그거 맞추는 데만 빠져 있고 다른 아이들과 어울리는 일에는 별로 관심이 없었어요. 식사 시간에도 어떤 때는 엄청나게 먹어 대다가 어떤 때는 물 한 방울 안 마시기도 했고요. 무슨 일이든 종잡을 수 없었어요. 영어로 말하는 것도 처음엔 시큰둥해했지만 한번 말문이 트이니까 제법 잘하더라고요. 그러다 입을 한번 닫으면 벙어리나 다름없고……. 좀 이상하긴 했어요. 정상적인 가정에서 자란 아이 같지 않다고 할까…….

담당 강사는 뒷말을 얼버무리며, 조금만 잘 이끌어 주면 아이는 영어에 두각을 나타낼 거라는 영어 선생다운 얘기로 마무리했다.

—민아, 누나가 안 오면 어떡하지?

소장이 은근슬쩍 아이를 떠보았다.

—꼭 온다니까요.

의심하는 소장을 나무라는 투였다.

—누나 전화번호 몰라?

—…….

—누나한테 휴대 전화가 있을 거 아냐?

—…….

—집이 어디야? 내가 데려다줄게. 여기 청구 5단지 303호 맞아?

소장이 신청서에 적혀 있는 주소를 댔지만 아이는 여전히 고개만 가로저었다.

─여기 신도시 아파트에 사는 거 아냐?

─누나가 돼먹지 않은 집은 더 이상 찾지 말랬어요. 차에서 살 거라며.

─차에서?

갈수록 수수께끼 같은 말만 나왔다.

한 가지 분명한 사실은 지금껏 한 시간 넘게 기다린 건 헛수고였다는 것이다. 한 시간이 아니라 하루, 아니 한 주, 한 달을 기다려야 할지도 몰랐다. 그 생각에 이르자 진소희 소장은 그동안의 피로가 한꺼번에 밀려드는 느낌이었다. 영어 캠프 프로그램을 기획해 내던 일이며 그걸 문제없이 치러 내느라 지난 한 달간 밤잠을 설쳤던 일까지. 그뿐 아니었다. 센터 문을 열기 위해 준비해 왔던 일과는 전혀 별개의, 예상치 못한 일들이 끊임없이 생겨났다. 건물이 완공되었다는 것과 물품이 갖춰졌다는 것 말고는 해결된 게 없었다. 이 새로운 일에 선뜻 나섰던 게 자만이었음을 깨달았다. 지난 이십 년간의 공무원 생활에 변화를 주려고 자원했던 일이건만, 너무 쉽게 봤다는 생각이 들었다. 주민들과의 벽을 허물기 위한 이 첫 프로그램만큼은 완벽하게 성공적이라고 믿었는데…….

창밖에는 해가 막 넘어가려 하고 있었다.

─누나가 여기 꼼짝 말고 있으랬어요. 데리러 올 때까지.

아이는 그제야 진 소장을 쳐다보았다. 손에 든 정육면체 큐브의 각 면이 색깔별로 완벽하게 맞춰져 있었다.

─그러니까 저 젖비린내 나는 녀석과의 한시적 동거, 그런 얘
기지?

경비실 김영묵 주임이 텔레비전에 빠져 있는 아이 쪽을 흘끗거
리며 되물었다.

─예, 김 주임님.

진소희 소장이 깍듯이 답했다.

─나야 나쁠 거 있나. 숙직실에 온기도 돌고 심심치도 않고. 귀
여운 반려동물이랑 지내는 셈 치면 되려나?

왼쪽 턱수염을 손등으로 쓸어내리며 김 주임이 장난스럽게 말했
다. 일명 털보 주임으로 불리는 그는 대화할 때 수염을 손등으로 쓰
다듬는 버릇이 있었다. 맨 처음 경비실에 들어섰을 때 아이는 그를
보고 주춤하더니 소장 곁으로 바싹 붙어 섰다. 거구의 몸집에 텁수
룩한 검은 수염이 언뜻 산적 두목을 연상시켰던 것이다. 하지만 그
의 선한 눈매와 부드러운 미소가 이내 경계심을 풀게 만들었다.

─어쩌면 이곳의 비공식 1호 난민이 될 수도 있어요.

─공식이든 비공식이든 우리로서야 반가운 손님이 아닐 수 없
지. 텅 빈 건물에 한 사람 온기만 더해도 그게 어디야.

그의 목소리는 점점 생기를 띠었다.

진 소장은 목소리를 한껏 낮추어 그에게 영어 캠프 행사와 관련한 앞뒤 사정을 자세히 들려주었다. 상황을 대충 짐작한 김 주임은 고개를 끄덕였다.

─거참, 별의별 난민이 다 있네. 혹시 전세 난민은 아니냐. 요즘 부쩍 성행하는…….

아이가 들을세라 목소리를 한껏 낮춘 김 주임의 한마디에 소장은 어깨만 으쓱해 보일 뿐이었다.

난민센터 최고 책임자인 진소희 소장과 경비 실장인 김영묵 주임, 둘은 이곳 조직 서열로는 최고위직과 말단직 관계이지만 과거로 거슬러 가면 같은 대학 동아리 선후배 사이였다. 둘은 학번이 열 단계나 차이가 났지만 대학 시절 수업을 같이 들은 적도 있었다. 운동권이었던 김 주임은 십일 년 만에 대학을 졸업했는데, 막판에 고시에 뜻을 두는 바람에 삶이 영 순탄치 않았다. 꼬이긴 했어도 일관성은 있었다는 게 그의 항변이었다. 평생 고시 준비생으로 살 뻔했으나 뒤늦게 9급 공무원으로 백수 탈출에 간신히 성공한 경우였다. 그에 비해 진소희는 모든 게 빨랐다. 십 년 선배인 김영묵보다 훨씬 일찍 높은 직급으로 공무원 생활을 시작했고 공직에 들어와서도 초고속 승진이었다. 완벽주의 성격의 그녀는 실력에 친화력에 현실 감각까지 있었으니 성공의 요소를 두루 갖춘 셈이었다. 여자가 두각을 나타내기 쉽지 않은 조직에서 일찍부터 승승장구해 왔던 데는 그만한 이유가 있었던 것이다.

— 행사는 성공적으로 끝났는데, 옥에 티가 남은 꼴이구만.

김 주임이 걱정을 늘어놓았다. 난민센터 오픈을 둘러싸고 그동안 겪었던 난관을 누구보다 잘 알고 있었다. 건물이 완공되자 제일 먼저 발령받아 온 사람이 경비실 책임자인 그였다. 한 달 뒤 뜻밖에도 진소희가 이곳으로 발령받아 왔다. 법무부 '성공 가도 넘버 쓰리' 중 하나였던 그녀가 이 난민센터 소장으로 온 것이 김 주임은 너무도 의외였다. 더 놀라운 건 그녀가 이곳에 자원해 왔다는 사실이었다.

인생이 한번 꼬이니까 세상이 다르게 보이더라고요. 그래서 좀, 다르게 살기로 했어요. 진소희가 무심한 어조로 자신의 과거사를 털어놓았다. 한동안 그녀와는 다른 계급의 사회에 속해 있었던 김 주임은 진 소장이 한때 암 선고를 받았다는 것, 그리고 일 년 만에 담당 의사를 놀라게 하며 극적으로 회복되었다는 사실을 알게 되었다. 그 드라마가 둘을 십수 년 전 선후배 관계로 돌아가게 만들어 준 셈이었다.

진소희는 고민거리가 있으면 곧잘 경비실을 찾았고 그럴 때마다 김영묵은 대학 시절처럼 해결사 역할을 해냈다.

— 그나저나 이 난민센터 명칭을 바꾸는 게 어떨까? 주민들 거부감 덜 느끼도록.

김 주임이 뜻밖의 얘기를 꺼냈다.

— 영어 캠프가 먹혀드는 걸 보니 차라리 이국적인 명칭이 낫

지 않을까? 일단 난민이라는 말부터 빼고…….

— 음, 의외로 일이 쉽게 풀릴 수도 있겠는데요.

소장은 김 주임의 제안에 솔깃해하더니 좀 더 고민해 보겠다며 경비실을 나섰다. 그녀의 표정은 들어설 때와는 달리 환해져 있었다. 아이 문제는 물론, 또 다른 문제 해결의 실마리까지 얻은 것이다. 소장인 그녀가 이 경비실을 즐겨 찾는 이유가 거기 있었다.

대한민국 경비실 통틀어 나만 한 아이디어맨 있으면 나와 보라 그래. 김 주임이 농담처럼 하는 말이었다. 대학 시절에도 그의 해결사 기질은 남달랐다. 대학 생활 내내 그는 조언을 구하러 오는 후배들에게 둘러싸여 있었고 까마득한 후배였던 진소희도 그중 하나였다. 굴곡 많은 인생을 살았던 만큼 김영묵은 어떤 문제든 유연하게 해결했다. 법 관련 지식도 전문가 못지않았다. 고시 십수생 아니냐. 후배들 족집게 선생 노릇까지 하며 내가 배출한 법관만 해도 열두 명이다. 정작 내 머리는 못 깎았지만……. 실패담이나 넋두리조차 그를 통하면 성공 스토리로 들리는, 묘한 카리스마가 그에게 있었다.

*

— 그래, 꼬마야. 이름이 뭐라고?

김 주임이 아이에게 첫마디를 건넸다.

텔레비전 앞으로 빨려들 듯 다가선 아이는 다른 건 안중에도 없는 듯 보였다.

—이름이 뭐냐니까?

아이는 그의 수염을 흘끗 쳐다보더니 다시 텔레비전 화면으로 고개를 돌렸다.

—이름 까먹었구나. 띨띨하게.

김 주임이 아이를 놀리듯 말했다.

—민이요. 강민!

이내 또렷한 반격의 말이 튀어나왔다.

—그래? 거, 이름 한번 거국적이네. '백성 민'의 민 아니냐.

—백성 민, 아니고 강민이요.

아이는 그의 말을 바로잡고는 다시 텔레비전 화면으로 고개를 돌렸다.

김 주임은 껄껄 웃었다. 내심 다행이라 생각했다. 아이가 낯선 환경에 적응 못 하고 보채기라도 하면 더 곤란할 터였다. 낯선 곳에 낯선 사람과 함께 있다는 사실을 의식하지 못하도록 텔레비전이 훌륭한 최면술사 노릇을 해 주고 있었다.

—테레비 그만 보고 자야지.

이불을 깔아 주며 김 주임이 말했다. 밤이 깊어도 아이는 텔레비전에서 눈을 뗄 줄 몰랐다. 특이한 것은 여느 아이들과 달리 뭐든 가리지 않고 다 본다는 사실이었다. 드라마와 토크 쇼, 개그 프로는 물론 뉴스와 다큐멘터리까지 보았다. 어른들처럼 내용을 이해하면서 보는 듯 눈이 또릿또릿했다.

　　—안 잘 거야?

　밤이 깊었건만 아이는 졸린 기색이 없었다. 김 주임은 텔레비전을 끄고 억지로라도 아이를 자게 만들까 고민하다가 첫날이니 일단 지켜보기로 했다. 그러다 자신이 먼저 곯아떨어졌다.

그들도 우리처럼

마당을 두른 하얀색 철책을 따라 걷던 아이는 정문 근처에서 멈춰 섰다. 입구에 사람들이 모여 웅성거리고 있었다. 사람들이 북적이는 건 이곳에 오고 처음이었다. 피켓을 든 사람도 있었고 카메라를 든 사람, 마이크를 든 사람도 있었다. 아이는 철책에 바싹 붙어서서 사람들이 들고 선 피켓에 쓰인 문구를 하나하나 읽어 나갔다.

'난민은 멀리서 온 우리의 이웃. 통제나 감시의 대상이 아닙니다.'

'난민, 그들도 우리처럼……'

방송용 카메라를 어깨에 멘 남자가 그 장면을 담고 있었다. 기자가 먼저 마이크를 들고 카메라 앞에 섰다. 말을 끝낸 기자는 옆에 서 있는 어깨띠 두른 사람에게 마이크를 넘겼다.

—난민센터가 이렇게 외진 곳에 들어선다는 건 말이 안 됩니다. 이건 난민들을 격리 수용한다는 거나 다름없습니다. 일반적으로 난민센터는 외교부 소속입니다. 유독 우리나라만 법무부 아래에 두고 있다는 건 그들을 통제하고 감시하겠다는 권위주의적 발상에서 나온 것 아니겠습니까.

그러면서 남자는 철제 펜스를 가리켰다.

카메라는 남자가 가리키는 방향을 따라 철책을 담기 시작했다.

어느덧 카메라 렌즈가 아이가 선 곳까지 왔다. 아이는 펜스 사이로 렌즈를 빤히 쳐다보았다. 마이크 든 남자가 아이를 발견하고는 다가왔다.

—꼬마야, 여기 살아?

그가 철책 안쪽 건물을 마이크로 가리키며 물었다.

아이는 남자의 손에 들려 있는 마이크를 뚫어지게 쳐다보았다.

—꼬마, 이름이 뭐지?

아이는 여전히 마이크에서 눈을 떼지 않았다.

—한국말 모르는 거 아냐?

카메라 든 남자가 마이크 든 남자에게 말했다.

—난민인가?

마이크 든 남자가 아이에게로 바싹 다가섰다.

—난민 아니고 강민이요, 강민.

—아, 우리나라 어린이구나.

마이크가 씩 웃으며 한 발 뒤로 물러났다.

아이는 하얀 철책을 등지고 건물 앞쪽 마당으로 방향을 바꾸었다. 건물로 향하는 보도블록을 가운데 두고 마당은 좌우로 나뉘었다. 왼쪽 마당은 주차 공간이었고 오른쪽 마당은 잔디밭과 운동장이 있었다. 운동장의 반은 운동 기구, 나머지 반은 어린이용 놀이 기구가 차지하고 있었다. 놀이터에는 시소와 미끄럼틀과 정글짐, 그리고 여러 동물 모양의 탈것이 있었다. 아이는 놀이 기구는 거들떠보지 않고 미끄럼틀 기둥 안쪽에 기대고 앉아 큐브를 맞추기 시작했다.

김 주임은 경비실에 앉아 민을 지켜보고 있었다. 좀체 경비실을 벗어나는 일이 없던 아이가 웬일인지 오늘 처음 밖으로 나선 것이다. 여느 사내아이와 달리 녀석은 밖에 나가 노는 걸 좋아하지 않았다. 큐브 맞추기 아니면 텔레비전에 빠져 내내 방에만 틀어박혀 있었다. 잠도 잘 자지 않고 올빼미처럼 한밤에 깨어 있는 때도 많았다.

첫날 밤, 아이가 잠들기를 기다리다 먼저 곯아떨어졌던 김 주임은 다음날 깨어나 보니 아이가 보이지 않아 당황했다. 이부자리도 처음 자신이 깔아 놓은 그대로였다. 아이를 찾으러 황급히 숙직실 방을 나섰더니 녀석은 경비실 의자에 앉아 태연히 큐브를 맞추고 있었다. 김 주임은 한참이나 우두커니 서서 아이를 바라보았다.

──안 졸려?

그의 물음에도 아이는 들은 척 만 척이었다. 처음에는 낯선 곳이라 아이가 낯가림을 하는 게 아닌가 했지만, 얼마 뒤 녀석의 괴벽이라는 걸 알게 되었다. 옆에 누군가 있다는 사실 자체를 의식하지 않을 때가 많았다. 경비실을 나선 것도 사흘 만이었다. 정문 앞에 모여 서서 구호를 외치던 시위대 움직임이 아이를 밖으로 이끈 것이다.

이틀 전에는 이곳 신도시 주민들로 이루어진 시위대가 와서 몇 시간 시위를 하고 돌아갔다. 그들 역시 철제 펜스를 문제 삼았지만 시민 단체와는 달리, 자신들의 치안을 우려해서였다.

김 주임은 아이가 기대앉은 미끄럼틀 기둥 옆에 자리를 잡고 앉았다.

─반대하는 사람이 이렇게나 많으니, 제때 문이나 열 수 있을지, 원.

넋두리하듯 말하며 김 주임은 담배를 꺼내 입에 물었다.

─뭘 반대해요?

아이가 불쑥 물었다.

웬일로 녀석이 질문을 다 하나 싶어 그는 반갑게 눈길을 돌렸다. 아이는 그새 큐브를 완벽하게 맞추어 놓았다.

─아, 뭘 반대하냐고? 이 멋진 건물이 여기 있는 걸……. 주민들은 집값 떨어진다고 반대하지, 시민 단체는 외진 섬에 있다고 반대하지.

─이사 가면 되잖아요.

─어디로, 민이네 집 근처로? 민이네 집은 어디지?

김 주임의 물음에 아이는 고개만 저었다. 집이 없다는 얘긴지 모른다는 얘긴지 알 수 없었다.

─어디서든 자긴 했을 거 아니냐? 밥도 먹고 하면서, 누나랑…….

─…….

김 주임은 아이를 보며 빙그레 웃었다. 아이의 태도가 확실히 달라져 있어 기분이 좋았다. 뭘 물어도 못 들은 척하거나 내킬 때만 겨우 대꾸하곤 했던 녀석이 질문까지 해 온 것이다.

─김 주임님, 상의드릴 일이 좀 있어서요.

어느새 진소희 소장이 그들 곁에 다가와 있었다. 그녀는 경비실 쪽으로 눈길을 주며 조용한 장소로 갈 것을 원했다.

─시민 단체까지 우리가 신경 쓸 일은 아니지?

경비실로 향하던 김 주임이 바깥의 시위대를 흘끔거리며 말했다.

─우리야 이곳 주민들 문제가 우선이죠.

소장이 대수롭지 않게 받았다.

그동안 여러 일을 겪으며 진 소장도 웬만큼 면역이 생긴 것 같았다. 처음에는 일이 터질 때마다 민감한 반응을 보이던 그녀였다. 자신이 기획했던 영어 캠프가 좋은 반응을 얻은 이후로 자신감을 회복한 것 같았다.

— 왜, 지난번에 우리 센터 명칭을 바꾸면 어떨까 하셨잖아요.

경비실로 들어선 진 소장이 용건부터 꺼냈다.

— 난민 보호 센터 대신 '외국인 지원 캠프' 어때요?

김 주임은 새 명칭을 소리 내어 몇 번 읊조려 보았다.

— 음. 괜찮네. 일단 난민이 빠지니 거부감이 없어 좋아. '보호'보다는 '지원'이 더 생산적인 것 같고……. 캠프라는 말은 센터보다 덜 부드럽긴 하지만 그래도 생동감이 느껴져서 괜찮고……. 음, 맘에 들어.

김 주임이 확신을 담아 말했다.

— 그럼, 그걸로 갑니다.

자신감을 얻은 소장은 가벼운 발걸음으로 경비실을 나섰다.

*

시위대는 출근이라도 하듯 오늘도 정확한 시간에 정문 앞에 섰다. 경비실을 나와 마당을 서성이던 김 주임은 그들이 서 있는 정문 앞에서 이곳까지가 몇 걸음이나 될지, 눈으로 대충 가늠해 보았다. 스무 걸음 남짓 될까. 같은 편에 서서 목청을 높이던 일이 불과 얼마 전인 것 같은데, 어느새 그들 반대편에 자리하고 있다는 사실에 김 주임은 격세지감을 느꼈다. 공무원이 되지 않았다면 아마 수염이 희끗한 채로 아직 시민 단체에서 일하고 있을 것 같았다. 하지만 운동가의 열정은 역시 젊음에 더 어울리는 것 아닐까. 늙수그레한 운동가보다는 늙수그레한 경비 쪽이 자신에게 더 자연스러운 삶 아닐까. 그런 생각이 들자 김 주임은 말단직일지언정 자신의 일에 만족감이 생겼다. 사실 이쪽 편에 서서 보니, 저쪽이나 이쪽이나 바라보는 방향만 다를 뿐 어차피 같은 시소에 올라 앉아 오르락내리락하고 있는 것 같았다. 맞서서 힘을 겨룬다는 게 넓게 보면 균형을 맞추느라 안간힘 쓰는 것에 다름 아니라는 생각이 들었다. 젊었을 때는 상상조차 어려운 생각이었다.

김 주임은 울타리 격인 하얀 펜스로 눈길을 돌렸다. 언뜻 보면 유럽의 예쁜 정원 담장처럼 보이는 나직한 펜스였다. 나무처럼 보이지만 재질은 철제였다. 그걸 놓고도 의견이 분분했다. 인근 주민들은 펜스가 너무 낮고 허술하다며 치안을 걱정했다. 사실 지나친 우려였다. 난민들은 어느 나라보다도 엄격한 이 나라 출입국 관리소의 일차 심사를 거쳐야 이곳에 올 수 있기 때문이었다. 시민 단체는 주민들과는 다른 관점에서 펜스를 반대했다. 철제 펜스가 강제 수용 시설을 연상시킨다는 것이었다. 주민은 자신들의 안전에, 시민 단체는 난민의 권익에. 각자의 시각에 초점을 맞춘 비판이었다.

이곳에서 일하면서 김 주임은 어느 것도 절대적인 건 없다는 사실을 새삼 절감하고 있었다. 이러저러한 시각들이 모여 진실이라는 실체에 조금씩 접근해 가는 것이라는 생각을 하게 됐다. 희끗해지는 머리칼처럼 그 자신도 점점 회색분자가 돼 가고 있음을 깨달았다. 원색이 빛에 조금씩 바래면서 달라진, 이쪽 편에도 어울리고 저쪽 편에서 봐도 크게 튀지 않는, 동화되기 쉬운 회색……. 그것이 노화나 퇴색이 아니라 유연성이길 바랐다.

사소한 의견 차이는 조직위 안에서도 넘쳤다. 펜스 문제 하나만 해도 그랬다.

— 콘크리트 담장은 아니죠. 여긴 수용소가 아니라 생활하는 곳인데.

진 소장이 맨 먼저 조직위의 결정에 이의를 제기했다. 생활공간인 만큼 편안한 주택 마당 분위기를 내야 한다는 것이었다. 그러면서 그녀는 친환경적인 쥐똥나무 울타리를 제안했다. '난민 보호는 인권 차원에서의 외교 활동'이라는 소신을 품고 소장 자리에 지원해 온 만큼 진소희는 이 일에 각별한 애정과 자부심이 있었다.

— 소장님의 전원주택 로망을 여기에다 실현하시려는 건 아니겠죠?

부하 직원도 진 소장 의견을 에둘러 반대했다.

윗선에서도 전원생활은 은퇴 후에나 하라는 둥, 갑론을박 끝에 담장은 하얀색 철제 펜스로 결론이 났다.

절반의 성공에 만족하면서 진 소장이 한마디 덧붙였다.

— 나중에 펜스 위로 흑장미 넝쿨 올라가면 쥐똥나무 울타리 못지않을 거예요.

어린 시위꾼

　─오, 명망 있는 시민 단체 지도자 같은데요.

　소장이 감탄하며 말했다.

　─다이어트 실패한 카스트로 같지 않아?

　김 주임이 어깨에 두른 띠를 조절하며 되물었다. 외국인 지원 캠프 홍보와 난민 이해를 돕는 캠페인에 그가 직접 나서기로 한 것이다.

　─그동안 시민 단체랑 주민들 시위하는 거 보시면서 벤치마킹 많이 하셨네요.

　진 소장이 피켓 문구를 들여다보며 한마디 했다.

　─이런 일이라면 내가 원조니까 그 사람들이 날 따라한 거지.

김 주임이 덧붙였다. 80년대 학생 시위의 선봉에 섰던 그의 전설적 이력이 모처럼 진가를 발휘할 기회였다.

― 강민, 잘할 수 있겠어?

김 주임이 피켓을 건네기 전 다시 한번 확인하듯 물었다.

민은 피켓을 건네받으며 고개를 끄덕여 보였다. 김 주임은 민이 선뜻 하겠다고 나선 게 의외였다.

― 오늘은 민이가 주인공이겠는걸. 인기 확 끌겠어.

진 소장이 민의 사기를 북돋았다.

― 어디가 좋을까? 네가 가고 싶은 곳으로 하자.

김 주임의 말에 민은 피켓 문구만 계속 들여다보았다.

― 어디 생각나는 곳 없어?

소장이 한 번 더 물었다.

― 엘마트요.

그제야 민이 대꾸했다.

― 역시 똑똑해. 이 공항 신도시의 중심지가 거기라는 걸 잘 꿰고 있네.

― 집에서 냉장고 중심으로 식구들 동선이 짜이는 거랑 같은 이치지, 뭐.

김 주임이 그럴듯한 비유를 댔다.

'난민, 그들도 우리처럼!'

민이 들고 선 피켓 문구였다.

'난민은 먼 곳에서 찾아온 우리의 이웃입니다!'

김 주임은 큰 피켓을 들었다. 그것 외에도 그는 '외국인 지원 캠프'라는 문구가 인쇄된 어깨띠도 둘렀다.

—이 문구들, 저작권 관련 문제는 없는 거죠?

진 소장이 최종 점검하듯 말했다.

김 주임이 그동안 시민 단체 시위대에서 인상 깊게 보았던 걸 응용해 만든 문구였던 것이다.

—온갖 시위에 나서 봤지만 저작권 다툼은 본 적이 없다. 시위 도중에 주운 전경 헬멧을 서로 써 보려고 다툰 적은 있었지만.

김 주임의 대꾸였다.

현장에 가서도 일은 순조롭게 진행되었다. 대형 마트 앞에서 판을 벌인 지 한 시간 만에 김 주임은 자신의 예상이 적중했음을 깨달았다. 사람들은 털보 아저씨보다 옆에서 피켓을 들고 선 어린 아이에게 더 관심을 보였다.

—어머, 어린이 시위꾼이잖아. 요런 귀요미.

젊은 주부 하나는 신기해하며 피켓 든 민이 옆에 바싹 붙어 서서 셀카를 찍기도 했다. 어떤 아이는 엄마에게 민이 든 피켓을 사 달라며 보채기도 했다. 어떤 상황이 벌어져도 민은 진지함을 잃지 않았다. 미리 교육을 시킨 것도 아니었건만 녀석은 익숙한 일처럼 잘 해냈다. 김 주임은 가끔 녀석 안에 중늙은이 하나가 들어앉은 것처럼 느껴질 때가 있었다. 그럴 때면 그 기특함이 반가우면서도 어린애답지 않은 모습에 착잡하기도 했다.

정오가 가까워 오면서 마트 앞을 오가는 사람들이 점점 늘었다.

─ 어, 누나다!

민이 갑자기 소리치더니 피켓을 든 채 뛰었다. 횡단보도를 건넌 아이는 건너편 보도를 빠르게 달려가 이내 시야에서 사라졌다. 순식간에 일어난 일이었다. 김 주임도 내심 염두에 둔 일이었지만 이렇게 빠를 줄은 몰랐다. 민을 굳이 앞세우고 나선 건 캠페인 효과를 고려한 것이기도 하지만 민의 보호자를 찾기 위한 의도도 있었던 것이다.

─ 민이 문제까지 해결되면 일석이조죠.

소장도 김 주임의 아이디어에 적극 찬성이었다.

피켓과 함께 사라진 민은 좀체 나타나지 않았다.

시간이 갈수록 김 주임은 초조해졌다. 이 일을 기획할 때부터 자신이 두 가지를 의도했던 것처럼 민이 녀석도 다른 가능성을 생각하고 따라나선 건 아니었을까, 하는 의구심마저 들었다.

*

─ 대체 거기 뭐 하는 데예요?

난데없이 날아든 말이었다.

─ 난민 보호 센터에 전화하신 거 아닌가요?

소장이 되물었다.

─보호 센터면 보호가 먼저지 왜 아이를 바깥으로 돌리고 그래요? 세상 물정 모르는 어린애를 시위꾼으로 내세우기나 하고.

젊고 당돌한 목소리의 주인을 소장은 그제야 알아챌 수 있었다.

─강민 누나죠? 마침 전화 잘하셨네요.

─…….

─그저께 일은 시위가 아니라 캠페인이었어요. 사실 더 중요한 목적은 민이 보호자를 찾기 위한 일이었고요.

진 소장이 서둘러 해명부터 했다. 그날 민이 쫓아갔던 사람이 누나였음이 확실히 증명된 셈이었다. 놓친 누나를 두고 민이 잘못 본 거라는 둥 주위 사람들 의견이 분분했던 터였다.

수화기 저편이 계속 잠잠했다.

─강해나 씨 맞죠? 우리 생각이 적중했네요. 그래도 이렇게 연락하셔서 다행이에요.

─…….

─강해나 씨, 영어 캠프 끝난 지가 한 달이 가까워 오는데, 왜 아직 민이를 안 데려가죠? 여기는 난민들 보호하는 곳이지 미아보호소가 아니거든요.

진 소장이 간곡한 목소리로 말했다.

─난민 맞아요, 그 앤!

─난민도 자격 조건이 있어요. 일단 한국인은 해당이 안 돼요.

─그런 게 어딨어요. 인종 차별, 아니 국적 차별하는 것도 아니고…….

수화기 저편은 어느새 따지는 어조였다.

─우리도 민이를 계속 데리고 있을 순 없어요, 강해나 씨. 안 데려가면 고아원이나 다른 시설에 보낼 수밖에 없어요.

─안 돼요, 그런 덴…….

불쑥 튀어나온 말은 마치 그녀가 심사숙고해서 아이를 이곳에 맡기기로 결정한 것처럼 들렸다.

─강해나 씨, 부모님은 안 계신가요?

─…….

─그러니까 제 얘기는, 민이한테 누나 말고 엄마나 아빠는…….

─내가 보호자라고요. 민이한텐 나밖에 없고요, 나한텐 그 애밖에 없어요.

격앙된 어조였다.

─강해나 씨, 우리 전화로 이럴 게 아니라 만나서 얘기해요. 민이도 볼 겸 한번 찾아오세요. 누나를 애타게 기다리고 있어요.

─그럴 형편이 안 된다고 했잖아요.

─형편이 안 되면 우리가 만나러 갈게요. 머리를 맞대고 잘 얘기해 보면 더 나은 방법을 찾을 수 있을 거예요.

소장이 달래듯 말했다.

─지금은 안 돼요. 어쨌든 내가 데리러 갈 때까지 잘 좀 보살펴

주세요.

따지던 목소리가 어느새 간청으로 바뀌어 있었다.

— 강해나 씨…….

소장 역시 간절한 어조였다.

— 참, 이건 그냥 참고로 드리는 말씀인데요, 그 애 아직 출생 신고 안 돼 있어요. 그럼 국적도 문제없는 거죠?

그 말을 끝으로 전화는 끊겼다.

내 아버지는……

　　—최대한 상세하게, 그리고 솔직하게 써야 해요. 난민 자격 얻
는 데 결정적 판단 근거가 되니까요.

　　통역사는 담당관의 당부를 그대로 전했다. 그러고는 A4 용지를
넉넉하게 책상 위에 올려놓고 방을 나갔다. 혼자 남겨진 그는 시험
준비가 덜 된 수험생처럼 펜을 만지작거리며 멀거니 흰 종이를 들
여다보았다.

　　모샤르. 45세. 중국 신장위구르 자치구 출신.

　　그렇게 써 놓고 난 뒤부터 글이 막혔다. 어디서부터 써야 할지

막막했다. 어릴 적 평화로웠던 고향 마을과 가족 얘기부터? 아니면 아버지의 죽음과 독립운동 조직에 몸담을 때부터 시작할까? 차라리 한족인 아내와 결혼하던 날부터 시작하는 게 낫지 않을까? 아니, 그보다는 공안에 쫓기기 시작한 날부터 쓰는 게 나을지도 몰라. 불쑥불쑥 솟구치는 생각이 첫 문장을 쓰지 못하게 계속 발목을 잡았다.

엉킨 기억의 실타래를 푸느라 끼적거리던 그는 어느새 펜으로 사람 얼굴을 그리고 있었다. 글이 아니라 그림을 그리라고 했으면 더 쉬웠을걸, 하는 생각이 들었다. 화가가 되었더라면 어땠을까? 그는 어릴 적 꿈을 떠올렸다. 든든한 지원자였던 아버지를 잃는 불행을 겪지만 않았어도 그는 평생 사원 천장에 그림을 그리면서 살았을 것이다. 물감을 풀고 부드러운 붓에 그걸 묻혀 사원의 천장과 벽을 채워 나가는 일을 업으로 했더라면 이렇듯 예측 불허의 삶에 내몰리진 않았을 것이다.

끓어오르던 젊은 피는 그를 독립운동 무장 단체에 가담하게 했고 그때부터 붓은 총으로 바뀌었다. 차가우면서도 단단한, 그 작고 듬직한 무기가 손에 오롯이 잡히던 순간을 그는 잊을 수 없었다. 아릿한 슬픔을 타고 묘한 쾌감이 손에서 심장으로 자르르 옮겨 갔고 그는 이내 흥분에 사로잡혔다. 벽에 첫 붓질을 하던 순간만큼이나 짜릿하고 설렜다.

그새 얼굴 하나가 완성되었다. 부리부리한 눈에 집안 내력인 매

부리코, 거기다 콧수염을 그리자 위구르족 특유의 골격이 담긴 자화상이 만들어졌다. 그 옆에 아내를 그렸다. 작고 가느다란 눈매에 살짝 불거져 나온 광대뼈, 오밀조밀한 이목구비를 갖춘 갸름한 얼굴의 한족 여자. 뿌리가 각자 다른 민족의 혈통을 고스란히 보여주는 부부의 초상화가 만들어졌다. 이슬람 문화권의 터키계 남자와 유교 문화권의 자존심 센 한족 여자. 이 낯선 세계의 남녀가 만나면서 삶의 전환점이 마련된 셈이었다. 불화의 씨앗과 함께……

젊은 날의 그는 결혼조차 조직의 이념과 목적에 맞도록 선택했을 만큼 민족정신으로 무장돼 있었다.

— 한족인 여자를 아내로 맞아들이면 정말 감쪽같지 않겠어?

공안의 감시를 피하기에 그보다 효과적인 건 없을 것 같았다. 여자에게 미안하긴 하지만 살다 보면 아내도 동지로 만들 수 있을 거라고 생각했다. 지인이 소개해 준 여자를 한족이라는 이유만으로 선뜻 아내로 맞았다. 한족에 대한 적대감이 결혼 생활을 하더라도 조직을 등한히 하는 개인적 삶으로 빠져들지 않도록 해 줄 것 같기도 했다. 하지만 그건 순진한 생각에 지나지 않았다. 결혼을 하고 한 여자와 살을 섞고 산다는 건 결코 간단한 일이 아니었다. 그건 어떤 이념이나 종교, 민족에 앞서는 일이었다.

— 아기를 가진 것 같아요.

실수로 피붙이마저 생기고 나서는 더더욱 많은 것이 바뀌었다. 사람과 조직에 대한 생각 또한 완전히 달라졌다. 투철한 사명감을 지닌 독립투사였던 그는 점점 평범한 중국인 소수 부족 가장을 꿈꾸게 되었다. 첫아이가 태어나면서 그런 생각은 훨씬 더 절실해졌다. 가족과 가정을 지키는 일이 급기야 위구르족의 독립보다 중요한 일로 다가왔다.

결국 그는 조직을 등졌다. 변절자라는 낙인과 위협, 자책에 한동안 시달렸다. 그럴수록 더 가족에 집착하게 되었다. 변절자라는 오명을 감수할 수밖에 없었다. 위구르족은 점점 변방으로 밀려났으나 그는 한족 세계로 조금씩 다가섰다.

어느새 고집불통의 아버지 얼굴이 자신을 노려보고 있었다. 수염을 자르라니. 차라리 목을 내놓으라고 하시오! 마을 이장이었던 아버지는 관청에서 온 담당관과 대화를 나누던 도중 버럭 소리를 질렀다. 문화 말살 정책의 조짐은 그때부터 있었다. 위구르족한테 라마단을 금지한다는 게 말이 돼? 차라리 밥줄을 끊어 놓으라지. 이건 중국이 약소국을 집어 삼키기 위해 테러를 하는 것과 뭐가 달라! 다혈질이었던 아버지는 고위 공무원이든 정치 지도자든 가리지 않고 비난을 퍼부었다. 정부의 지시에 따르지 않은 데다 마을 사람들을 선동했다는 죄목까지 아버지에게 덧씌워졌다. 이듬해, 공안 당국에 소환된 아버지는 영영 돌아오지 못했다.

그 일 이후 위구르인의 입지를 축소시키기 위한 공안의 탄압과 문화 말살 정책은 좀 더 체계적으로 이루어졌다. 탄압이 심해질수록 위구르족의 독립운동도 훨씬 치열해졌다. 방어형에서 공격형으로 바뀌었다. 그가 조직에 몸담고 있을 때는 상상하기 힘든 일이었다. 급기야는 민간인을 상대로 한 테러도 서슴없이 일어났다. 대도시 중심가나 철도역에서 자살 테러 사건이 잇따르기도 했다. 쿤밍 역 테러 사건도 그중 하나였다.

— 모샤르 씨, 조사할 게 있으니 잠깐 가 주실까요.

어느 날 공안 경찰이 그를 찾아왔다. 쿤밍 역 테러 사건이 있고 며칠 뒤였다. 조직을 떠난 지 십 년이 넘었건만 난데없이 그가 용의선상에 올라 있었던 것이다.

— 뭔가 착오가 있는 게 분명해요. 전 조직에서 손 뗀 지 십 년이 넘었습니다. 변절자로 낙인 찍혀 한때는 조직으로부터 위협을 받기까지 했다고요.

공안도 그걸 모르지 않을 터였다.

그럼에도 모샤르를 용의자로 지목한 데는 분명 어떤 음모가 있을 것이었다. 공안의 감시와 제재는 점점 더 심해졌다. 인터넷에 정부를 비판하는 의견을 올린 교수에게 무기 징역이 내려지는 상황이니 인권 같은 건 생각조차 할 수 없었다. 언론은 통제되어 자치구 안의 일은 해외는 물론이요 중국 내에도 알려지지 않았다. 그런 상황이 이어지자 독립운동 조직도 해외로 많이 빠져나갔다.

어느 순간 그는 자신이 오래 전 등졌던 조직의 음모일 수도 있다는 생각이 들었다. 조직이 공안 당국에 거짓 정보를 흘렸을 수도 있었다. 자신들의 동지를 보호하면서 동시에 변절자를 응징하기 위한 일석이조의 방법. 쫓기면서도 그는 어느 누구에게도 도움의 손을 내밀 수 없었다. 어느 쪽이 진짜 적인지 알 수 없어서였다. 아버지처럼 한순간에 사라질 수도 있다는 불안에 시달려야 했다. 가족들 얼굴이 스칠 때마다 온몸이 얼어붙었다. 제삼국행! 그것만이 유일한 살길이었다. 사춘기에 접어든 큰아들의 반발이 크긴 했으나 가족들을 다 데리고 올 수 있었던 건 천운이었다. 그렇다고 아직 안심할 수 있는 상황은 아니었다. 공안 세력, 또는 무장 독립운동 단체의 점조직이 전 세계 구석구석 뻗어 있었다. 공안의 탄압을 피해 국외로 옮겨 간 조직이 어느새 이슬람 극단주의 세력과 손잡았다는 얘기도 들렸다. 테러는 이제 전 세계 어디서든 일어날 수 있는 일이었다.

마침내, 가족 모두의 얼굴이 완성되었다. 그는 가족의 초상화가 담긴 종이를 한쪽에 펼쳐 놓았다. 그리고 통역사의 말을 곰곰 되새겼다. 이 낯선 땅에서 그들 가족이 살아남을 수 있는 한 가닥 희망, 그건 어쨌든 난민 자격을 인정받아 이 땅에서 살아갈 길을 찾는 것이었다. 눈앞의 과제를 되새기며 그는 다시 자신의 이름이 맨 위에 적힌 흰 종이를 앞으로 당겨 놓았다.

모샤르. 45세. 중국 신장위구르 자치구 출신.

그래, 아버지 이야기부터 쓰자. 행복했던 기억도 가슴 아팠던 기억도 뿌리를 더듬어 가면 아버지에 가닿았기 때문이다. 또한 아버지에 얽힌 가족사는 위구르족 수난사이기도 했다.

내 아버지는,

하고 쓰고 나니 뜨거운 눈물이 종이 위에 뚝 떨어졌다.

엄마와 누나 사이

　　―강해나가 누나가 아니란 건 확실하네.

　소장에게서 전화 얘기를 전해 들은 김 주임이 말했다.

　　―미혼모 같아요.

　진 소장은 짧게 답하고 한숨을 내쉬었다.

　　―거참, 번지수 잘못 찾아도 한참 잘못 찾았구만.

　김 주임은 아이의 출생과 연결 지어 생각하니 민의 기이한 행동
이 이해가 되기도 했다.

　　―고아원이나 다른 시설보다 여기가 낫다고 생각하고 맡긴 것
같아요.

　　―허, 참. 그거 말 되네.

— 형편이 나아질 때까지만 맡아 달라지만 그게 언제까지일지도 모르고, 그렇다고 보호자 동의 없이 우리 마음대로 결정할 수도 없는 일이고…….

— 정말 출생 신고가 안 돼 있다면 말이지, 강민이 난민 자격이 없다고 할 수도 없는 거잖아.

— 그래서요?

— 법적으로 결격 사유에 해당되는 게 없으니, 그저 우리가 만들기에 따라서……. 필요하면 허 경사한테 부탁을 좀 해도 되고.

— 김 주임님, 엉뚱한 생각은 마세요. 여긴 엄연히 난민을 위한 공적 기관이에요.

— 엉뚱한 생각은……? 알고 보니 난민 중의 난민이구만, 강민이…….

김 주임이 투정 부리듯 말했다.

진 소장은 여전히 한숨만 내쉬었다.

원칙론자에 완벽주의 기질이 있는 그녀는 자신이 이런 일로 오래 고민한다는 것 자체가 여전히 낯설었다. 한편으로는 못마땅하기도 했다. 누구보다 빠른 판단력과 추진력을 갖춘 자신의 일 처리 방식이 일찍이 조직에서 인정받을 수 있었던 원동력이었는데.

보기 좋은데 뭘 그래. 김 주임은 소장이 고민에 빠져 있을 때면 인간적으로 후하게 봐주었다. 난민들과 일정 부분 동고동락해야 하는 캠프 책임자로서는 더없는 자질이자 덕목이라고 추어올리면서.

―이젠 소장 지위에 걸맞은 일이나 신경 쓰소. 민이 일은 내가 알아서 할 테니.

김 주임이 소장의 고민을 덜어 주듯 말했다.

＊

비상구 표시등이 어두운 복도를 희미하게나마 밝히고 있었다. 민은 방문마다 붙은 야광 숫자를 하나하나 읽으며 복도 끝을 향해 걸었다. 103·105·107·109……. 모퉁이를 돌자 거기서부터는 세탁실, 컴퓨터방, 레크리에이션 홀, 헬스장이 차례로 있었다. 건물은 가운데 마당을 두고 정사각형 틀 모양을 이루었다. 복도를 걸을 때마다 민은 건물이 꼭 큐브를 닮았다고 생각했다. 사각의 꼭짓점을 찍듯 이쪽에서 저쪽 끝까지, 한 층 한 층 바꿔 가며 걷는 건 꼭 발로 큐브를 맞추는 것 같았다. 각 방은 큐브의 네모 칸 하나, 네 개의 방이 동서남북으로 배치되어 네 개의 층을 이루었다. 큐브를 맞추듯 민은 복도와 계단을 오르내렸다. 그럴 때면 자신이 꼭 이 건물의 주인이 된 기분이었다.

김 주임이 잠들고 나면 민은 숙직실을 나와 이 건물을 헤매 다녔다. 꼭대기 층인 4층은 벽과 지붕이 유리로 되어 있어 바다도 볼 수 있었다. 민은 바다가 잘 보이는 곳에 섰다. 물기 머금은 개펄이 달빛을 받아 금속 철판처럼 번득였다. 누나랑 맨 처음 개펄 앞에 섰을 때 생각이 났다. 진흙 벌판에 내동댕이쳐진 것 같은 실망감…… 하지만 영어 캠프 때 했던 개펄 체험은 달랐다. 시커먼 진흙을 파헤쳤더니 그 속에 온갖 신기한 것들이 살고 있었다.

와, 소라다! 어떤 아이는 소라를 잡았고 어떤 아이는 게를 손에 들고 소리쳤다. 민은 엄청나게 큰 조개를 들어 올렸다. 처음엔 돌덩이인 줄 알았다. 모양이 괴상하게 생겨 보고 있으니 선생님이 키조개라고 알려 주었다. 껍데기를 벌리자 속은 더 신기했다. 우윳빛 속살과 알록달록한 빛깔의 내장이 드러났다. 시커먼 껍데기 속에 그토록 곱고 부드러운 조갯살이 들어 있을 줄 상상도 못했던 것이다. 민은 손가락으로 그걸 살짝 건드려 보았다. 간지럼이라도 타듯 노르스름한 속살이 천천히 오므라들었다. 더 놀라운 건 조개껍데기 안쪽 면이었다. 겉에서 보는 것과는 달리 안쪽은 무지개처럼 곱고 화려한 빛깔이었다. 속에 품고 있는 보물을 들키지 않으려고 일부러 거무튀튀한 껍데기를 쓰고 있는 것 같았다.

민은 계단을 한 층 한 층 내려가 지하로 향했다. 꼭대기 층 다음으로 좋아하는 곳이 이 지하층이었다. 어둠침침한 데다 곰팡내와 시멘트 냄새가 희미하게 묻어났다. 민은 지하층 맨 구석 쪽에 있는 '기도실'이라는 팻말이 붙은 방문을 살며시 열었다. 건물 내에서 유일하게 문이 늘 열려 있는 방이었다. 바닥에는 마루가 깔려 있고 한쪽 옆에는 회색 담요도 쌓여 있었다. 민은 담요 위에 드러누웠다. 희미하게 곰팡내가 났다. 집에 온 것 같은 기분이 들었다.

큐브를 만지작거렸다. 빈방에 누워 큐브를 만지고 있다 보면 어느 순간 누나가 나타났다. 잠결에 불쑥 '선물!' 하면서 뭔가를 내밀지도 몰랐다. 그렇게 등장한 게 이 큐브였다. 매직 큐브. 잘 봐. 이렇게 하는 거야! 알록달록한 그것을 손에 들고 누나가 맞추는 방법을 가르쳐 주었다. 작은 네모 칸을 이리저리 돌려 가며 맞추니 뒤섞여 있던 색이 하나의 색으로 변했다.

작은 네모를 원래의 자리로 되돌려 놓는 것, 그것이 큐브 맞추기 놀이였다. 그걸 하고 있으면 시간 가는 줄 몰랐다. 기다리지 않아도 어느 순간 누나가 나타났다. 내가 안 올 줄 알았어? 천만에. 난 네 보호자라고. 혀 꼬부라진 말과 함께 술 냄새가 풍겼다. 그럴 때면 횡설수설 괴상한 말도 흘러나왔다. 넌 변기 구멍으로 사라질 수도 있었어. 네 녀석이 요 주먹만 했을 때……. 쪼글쪼글한 피부, 미끌거리는 빨간 점액질을 뒤집어쓴 꼼지락거리는 동물. 제비 새끼처럼 빽빽 울어대는, 요괴인지 외계인인지 동물인지 구분도 어려운 이상한 생명체에 관한 이야기는 어지럽게 뒤섞인 큐브 같았다.

그런 이야기가 흘러나오는 밤이면 아이는 잠이 오지 않았다. 잠든 사이 변기 구멍 속 혹은 벽 틈새로 자신이 사라질까 봐 무서웠다. 그때마다 큐브를 맞추었다. 알록달록 뒤섞여 있는 것들을 빨강은 빨강끼리 노랑은 노랑끼리 한곳에 모아야 했다. 그것들이 집을 찾듯 제자리에 빠짐없이 돌아오면 마음이 놓였고 그러면 잠을 잘 수 있었다.

*

　　—유엔 사무총장 때문이라고요?

　　담당관 남자가 눈을 동그랗게 뜨며 반문했다.

　　—네. 반기문 전 사무총장이 한국인이잖아요.

　　왜 한국행을 택했느냐는 질문에 대한 흑인 여자의 솔직한 답이었다.

　　—텔레비전에서 사무총장을 보는 순간, 느낌이 왔거든요. 눈이 작고 코가 낮은 민족은 겸손하고 평화적이어서 그런 나라라면 안심할 수 있겠다는 확신이 들더라고요.

　　프랑스어 통역을 맡은 여자가 난감한 표정으로 흑인 여자의 말을 담당관에게 옮겼다. 그 말을 전해 들은 담당관은 어이없어했다.

　　—근데, 막상 와서 보니 눈 크고 코 높은 한국인들이 꽤 많던데요.

　　옆에 앉은 백인 남자가 농담으로 분위기를 풀며 흑인 여자의 말에 힘을 실어 주었다. 담당관의 얼굴이 점점 굳어 가더니 그는 급기야 담배를 집어 들고 나가 버렸다.

　　통역사가 난감한 표정으로 그들을 쳐다보았다.

　　—여긴 프랑스식 유머가 통하는 나라가 아니에요. 특히나 이곳 공무원들 정서상 그런 얘기가 접수가 잘 안 될 거예요. 조금만

진지하게 답해 주세요.

통역사가 그들에게 언질을 주었다.

—솔직하게 말하라고 해서 사실 그대로 옮겼을 뿐이에요. 농담도 아니었고요.

흑인 여자가 어깨를 으쓱했다.

—여기서 받아 주지 않으면 우린 다른 나라로 갈 수도 있지만, 저는 이 나라가 마음에 들어요. 일단 공항 청사 건물부터 인상적이었어요.

백인 남자가 말했다.

—이 친구는 그 나라 문화, 특히 건축에 관심이 많아요.

흑인 여자가 덧붙였다. 그러고는 백인 남자에 대해 수다에 가까운 정보를 늘어놓기 시작했다. 프랑스식 유머와 끝없이 이어지는 수다를 익히 잘 알고 있는 통역사는 그녀의 이야기를 자연스레 끊는 게 상책이라고 생각했다.

—친구 사이인가요, 아니면 부부?

두 사람을 보며 통역사가 조심스레 물었다.

—미래의 부부! 그러니까 지금은 동거 커플이죠.

백인 남자가 흑인 여자의 목덜미에 살짝 키스를 해 보이며 말했다.

통역사는 잠시 생각에 잠겼다. 이 젊은 커플에게 한국의 관공서 직원 스타일을 이해시키는 것과 담당 공무원에게 이들 프랑스 커

플의 정서를 이해시키는 것, 둘 중 어느 것이 더 빠를지……. 그녀
는 갑자기 머리가 지끈거렸다.

I호 난민

드디어 그날이 왔다. '외국인 지원 캠프'라는 공식 명칭으로 첫 난민을 받아들이는 날. 법무부 소속 차량이 1호 난민을 태우고 정문으로 들어서자 김 주임은 가슴이 뭉클했다. 그동안의 노고가 첫 결실을 맺는 셈이었다. 지난 며칠간 캠프 사무실은 분주했다. 경비실과 사무실 직원부터 식당 요리사까지, 직원들도 두 배 가까이 늘었다. 새 업무에 대한 기대로 김 주임은 약간 들뜬 기분이기도 했다. 신입 경비가 오면서 그도 비상근무에서 풀려나 새 업무를 맡기로 돼 있었던 것이다.

뜻깊은 날이었건만, 김 주임은 아침부터 의외의 일로 속을 끓여야 했다. 잠에서 깨어났을 때 민이 보이지 않았다. 처음엔 일찍부터 개펄에 조개를 잡으러 갔으려니 했다. 최근 들어 아이의 행동반경이 점점 넓어지고 있었다. 김 주임은 내심 다행스러워하며 민을 최대한 자유롭게 풀어놓기로 했다. 하지만 퇴근 시간이 가까워 오도록 민은 감감무소식이었다. 다른 사람들은 경황이 없어 그 사실을 눈치 채지 못하고 있었지만 김 주임은 점점 조바심이 났다.

밤늦도록 민은 나타나지 않았다. 김 주임은 아이가 도망을 갔을 리는 없다고 생각했다. 지금까지 민은 의외로 이곳에 잘 적응해 왔다. 누나가 여기 있으랬어요. 꼭 데리러 온다고요. 그때까지 절대 이곳을 벗어나면 안 된다고 자신이 오히려 주변 사람을 일깨우곤 했던 것이다. 지난번 마트 앞에서 벌였던 캠페인 때도 뒤쫓던 누나를 놓치고 나서는 원래 있던 자리로 돌아왔다.

어디선가 큐브 놀이나 책에 빠져 있을 게 분명했다. 뭐든 한번 빠져들면 딴 건 안중에도 없는 아이니까. 하루는 민이 경비실 책상에 펼쳐져 있던 법전을 떠듬떠듬 읽고 있는 걸 본 김 주임이 저학년용 그림책을 몇 권 구해다 주었다. 민은 그 자리에서 그림책을 다 읽어 치웠다. 밤을 꼬박 새우면서였다. 어린 녀석치고 집중력이 놀라웠다. 제법 싹수가 보이는 아이였다. 괴상한 버릇 몇 가지만 바로잡고 제대로 가르치면 훌륭하게 자라 줄 것 같았다.

―지난번 캠페인 때도 제 몫 해내는 거 봐. 아마 이 캠프에서도 역할이 분명히 있을 거야.

진 소장이 민의 문제를 걱정할 때면 김 주임은 민의 필요성을 일깨웠다.

—선배님, 민이한테 너무 집착하시는 거 아녜요? 꼭 늦둥이 본 아빠처럼.

소장이 넘겨짚듯 말했다.

—집착은 무슨?

되받아치면서도 김영묵은 내심 뜨끔했다. 사실, 그런 마음이 없지도 않았다. 늦은 결혼에 아이는 꿈도 꿔 볼 수 없었던 그는 한때 아내와 함께 입양을 생각했던 적도 있었다. 은연중에 민에게서 대리 만족을 느꼈을 수도 있었다.

*

민은 잠에서 깼다. 낯선 곳이라는 느낌에 잠시 두리번거리다 그곳이 어디인지 깨달았다. 이곳을 찾아들 때의 기억은 났지만 얼마나 잠들어 있었는지는 알 수 없었다. 자리에서 일어나자 배 속이 꼬르륵거리며 아우성이었다. 꽤 오래 잠들었던 모양이었다. 기도실 문을 살며시 열고 나왔다. 복도에서 음식 냄새가 났다. 이상했다. 텅 빈 건물에서……. 민은 냄새에 이끌려 걸음을 옮겼다. 웬일인지 복도 맨 끝 식당 쪽에서 불빛이 희미하게 흘러나오고 있었다. 꼬르륵 소리가 복도까지 들리는 바람에 민은 놀랐다.

조심조심 식당 쪽으로 걸음을 옮겼다. 아니나 다를까, 주방 조리실에 비상등이 켜져 있었다. 전기밥통과 알루미늄 냄비와 야채 바구니가 조리대 위에 놓여 있는 게 보였다. 사람은 보이지 않았다. 살금살금 조리실로 들어간 민은 냄비 뚜껑을 열었다. 카레가 그득했다. 밥통에는 따뜻한 밥도 담겨 있었다. 꿈인가 싶었지만 카레 향도 손에 닿는 냄비 뚜껑의 감촉도 또렷했다. 냄비와 밥통을 들여다보며 민은 머뭇거렸다. 카레를 밥통에 부을지 밥을 카레 냄비에 담아 비벼야 할지…….

그때였다. 식당 테이블 쪽에서 끼익하고 소리가 났다. 동시에 뭔가가 후다닥 튀어 나가는 게 보였다. 민은 그 자리에 얼어붙었다. 머리에서 발끝까지 검은 천으로 휘감은, 저승사자 같았다. 어둠침침한 식당 한쪽에 누군가가 있었던 모양이다. 누구지? 그런 시커먼 망토 같은 걸 두른 사람은 지금껏 한 번도 본 적이 없었다. 카레 냄새가 또다시 허기를 자극해 왔다. 주방 바닥에 그대로 앉은 채 민은 냄비의 카레를 밥통에 주르륵 부었다. 밥주걱으로 카레와 밥이 섞이도록 대충 비비고는 허겁지겁 퍼먹기 시작했다. 따뜻한 밥이 배 속을 채우면서 무서움도 차츰 가라앉았다. 그릇이 완전히 바닥을 드러냈을 때는 검은 망토의 주인이 누군지 궁금증까지 일었다.

주방을 나온 아이는 계단을 올라가 다시 복도를 조심조심 걸었다. 102, 104, 106, 108…… 방문 앞을 차례로 지났다. 복도 끝까지 걸어간 아이는 위층으로 향하는 계단을 올랐다. 꼭대기 층에 올라서자 유리 지붕 너머 하늘이 보였다. 하늘 한 편이 어렴풋이 밝아 오고 있었다. 그때였다. 복도 한쪽 끝에서 시커먼 뭔가가 스르르 사라졌다. 검은 옷자락이었다. 식당에서 보았던 그 저승사자의…….

아이는 조심조심 아래층으로 걸음을 옮겨 놓았다.

─강민, 너 이 녀석!

대뜸 날아든 외침에 민은 깜짝 놀랐다.

돌아보니 김 주임이었다. 어느새 민은 1층 현관 입구까지 와 있었던 것이다.

─내 이럴 줄 알았지. 대체 그동안 어디에 꽁꽁 틀어박혀 있었던 거냐?

김 주임은 반가움과 노여움이 반반씩 섞인 표정으로 민의 양 어깨를 움켜쥐었다. 사흘 내내 애면글면 속 끓였던 걸 생각하면 그냥 넘어갈 수 없었다.

─겨울잠 자는 동물도 아니고 어떻게 사흘씩이나, 거참.

김 주임은 끌끌 혀를 찼다. 민이 녀석이 지하 기도실에 잠들어 있었을 줄은 상상도 못 한 것이었다.

─숙직실도 이 생활관 건물로 옮겨 왔어. 앞으론 우리도 이 캠프 건물에서 지낼 거야.

김 주임은 1층 맨 끝 쪽 방에 있는 새 보금자리로 민을 이끌었다.

이전 숙직실보다 훨씬 넓고 깨끗한 숙소를 보고도 민은 기분이 좋지 않았다. 자기 건물을 통째로 남한테 빼앗긴 기분이었다.

침묵하는 가족

식당 맨 구석 자리에 네 명이 앉아 밥을 먹고 있었다. 엄마 아빠로 보이는 어른 둘이 벽을 보고 앉아 건너편에 앉은 아이들을 감싸듯 가린 채였다. 둘 중에서도 유난히 몸집이 큰 남자의 커다란 등판과 아내의 길쭉한 등이 서로 맞닿아 벽을 이루고 있었다. 수저질 사이로 가끔 어린 아이 목소리가 조잘조잘 흘러나왔다. 다른 이들의 침묵이 아이의 말을 억누르기라도 한 듯 그 말소리도 이내 뚝 그쳤다. 가족은 고개 한번 들지 않고 묵묵히 밥만 먹었다. 먹기 싫어도 먹어야 하는 형벌이라도 받은 것처럼······.

식사가 끝나자 부부는 식당에 있는 어느 누구와도 눈을 마주치지 않은 채 아이의 손을 잡고 재빨리 식당을 빠져나갔다. 콧수염을 기른 건장한 체구의 남자가 유난히 눈에 띄었다.

캠프에는 아홉 명의 난민이 들어와 있었지만 지난 며칠 동안 공동 생활공간에 나타난 이들은 그들 가족이 유일했다.

—생과 사를 넘나든 사람들이라 외부 사람을 아주 경계해요. 정상으로 돌아오려면 시간이 좀 걸릴 거예요.

인권 관련 전문가가 직원들에게 미리 난민들의 심리 상태에 대해 알려 주었다. 그런 그들을 위해 직원들 식사 시간도 30분씩 앞당겨야 했다.

—식당에 오는 것만 해도 어디야.

캠프 주방을 책임지고 있는 '주 여사'에 따르면 식당에 정해진 시간에 나타나는 사람은 그들 중국인 가족이 유일하다고 했다.

—자식들 굶길 수야 없었겠지.

김 주임이 식판에 밥을 덜며 말했다.

—늦은 밤에 몰래 와서 먹는 사람도 있어요.

주 여사는 일급비밀이라도 털어놓듯 목소리를 깔았다. 그런 이들을 위해 먹을 걸 늘 챙겨 놓고 퇴근해야 한다며 주방 일의 고달픔을 은근슬쩍 덧붙였다.

—민이 녀석도 한 번씩 출몰해 음식을 싹쓸이해 버리잖아요. 하여간 난민 기질, 타고났어.

김 주임은 텔레비전에 빠져 있던 민을 억지로 식당에 데리고 온 참이었다.

─그건 그렇고, 중국 사람인데 남자는 왜 오마 샤리프처럼 생겼대요?

그들을 가까이서 접한 주 여사가 말했다. 영화 중에서도 고전 명작만 골라 본다는 명화 마니아인 그녀는 사람들 외모를 곧잘 전설적인 명배우에 빗대곤 했다.

─중국 땅덩어리가 좀 넓어야죠. 북서쪽 끝에 있는 신장위구르 사람들은 조상이 터키계거든요.

─온갖 부족들 다 끌어모아 만든 오랑캐 나라구나. 하긴 그러니 인구가 십억이 넘지.

주 여사가 이해가 간다는 듯 고개를 주억거렸다.

*

복도는 어둡고 조용했다. 이전처럼 텅 빈 건물 같았다. 사람들이 각자의 방에만 꼭꼭 틀어박혀 있어서였다. 꼭대기 층으로 향하는 3층 계단 앞에서 민은 등 뒤로 이상한 낌새를 챘다. 흘끗 돌아보자, 모퉁이 뒤쪽으로 검은 천 자락이 날렵하게 사라졌다. 지난번 그 옷자락 같았다. 누나? 문득 해나의 머플러가 떠올랐다. 붉은색은 아니었지만 휘날리던 끝자락이 비슷했다. 민은 재빨리 그 뒤를 쫓았다. 꺾어진 복도로 들어섰지만 이미 검은 천은 사라지고 없었다. 잘못 봤나? 하는 순간, 복도 맨 끝 방에서 불빛이 비치는 게 보였다. 열린 문틈으로 새어 나오는 빛이었다. 지금껏 한 번도 열려 있었던 적이 없는 방…… 더럭 겁이 났다. 뒤로 물러서던 민은 이내 호기심에 이끌려 그쪽으로 천천히 걸음을 옮겼다.

'무지개 방'이라는 글자 옆에 하얀 구름 뭉치와 무지개 그림이 그려진 팻말이 보였다. 민은 비스듬히 열린 문으로 방 안을 조심스레 들여다보았다. 커다란 앉은뱅이 탁자에 사내아이 하나가 앉아 있었다. 뜻밖이었다. 탁자 위에는 도화지와 색색의 크레파스가 놓여 있었다. 새로운 세계를 발견한 기분이었다.

사내아이가 문 쪽으로 고개를 돌렸다. 민을 본 아이는 놀라 움찔했다. 놀란 건 민도 마찬가지였다. 아이의 눈이 토끼 눈처럼 빨갰던 것이다. 둘은 한동안 서로를 뚫어지게 쳐다보았다.

아이가 뭐라고 짧게 중얼거렸다. 민은 무슨 말인지 도무지 알아들을 수 없었다. 꼭 외계어 같았다. 잠시 뒤에야 민은 그것이 식당에서 밥을 먹던 중국인 가족 사이에서 흘러나오던 말소리라는 걸 알 수 있었다. 아빠 엄마의 커다란 등에 가려 안 보였던 그 집 아이가 분명했다. 아이의 눈은 눈물로 얼룩져 있었다. 탁자 위에는 아이가 그린 그림들이 놓여 있었다. 사람인지 짐승인지 분간하기 어려운 괴상한 모양의 괴물도 있었고 갈기갈기 찢긴 동물이 피로 범벅이 되어 있는 끔찍한 형상도 있었다. 섬뜩했다. 민은 슬금슬금 뒷걸음질 쳤다.

별난 동거

부우우—

뱃고동 소리였다. 바다 저 밑으로 잠수하듯 낮게 깔리는 소리. 해나는 오늘도 해변 휴양지에 와 있는 기분으로 깨어났다. 이 나른한 평화에 낯설어하며……. 남들 눈에는 더 낯설고 이상하게 비칠 터였다. 경찰의 집에 얼치기 절도범이 얹혀사는 이 별난 동거가.

맨 처음, 이 집에서 눈 뜨던 날이 떠올랐다. 허 경사의 집이라는 걸 깨닫는 순간 심장이 덜컥 내려앉았다. 반사적으로 이불부터 뒤집어썼다. 무슨 일이 있었던 거지? 지끈거리는 두통과 함께 지난밤 기억이 띄엄띄엄 떠오르긴 했지만 어떻게 자신이 그의 집에 왔는지 도무지 알 수 없었다.

아이를 영어 캠프에 맡기고 오던 날, 작심하고 허 경사를 찾아간 일부터 떠올랐다.

─그러니까 처음부터 이게 도난 차량이라는 걸 알았단 말이잖아요?

해나가 다짜고짜 따지고 들었다.

아이한테서 벗어나자 갑자기 이상한 오기와 배짱이 생기면서 그에게 자초지종을 듣고 싶었다.

그 차, 도난 차량으로 신고돼 있어요. 처음 그 말을 들었을 때는 놀랍고 당혹스러워 도망치기에 급급했다. 하지만 시간이 갈수록 허 경사가 처음부터 그 사실을 알고도 왜 모른 척했는지 궁금해 견딜 수 없었다. 아파트 마당에서 우연히 그와 마주치지 않았더라면 영영 몰랐을 일 아닌가?

─얘기하려 했는데 횡하니 가 버렸잖아요.

첫날, 정거장에서 빠져나올 때 황급히 손을 내젓던 허 경사의 모습이 사이드 미러에 비쳤던 기억이 났다.

─아무리 그래도, 차량 절도범을 그렇게 쉽게 보내 줘요?

해나는 마치 그의 직무 유기를 문제 삼는 듯한 어조였다.

─어린애도 잠들어 있었던 데다, 뭐라 말할 틈도 없이 사라졌고…….

그가 뒷말을 얼버무렸다.

─정말, 경찰관 맞아요?

파출소 앞에서 전화로 그를 불러내, 제복 차림의 그가 파출소 문을 열고 나오는 걸 직접 목격하고도 그런 물음이 나왔다. 그 몹쓸 편의점 사장과 눈앞의 이 어리석어 보일 정도로 선량한 경관이 대비되면서 현재 상황이 더더욱 현실감 없게 느껴졌던 것이다. 퇴직금에 위자료도 안 챙기고 떠나왔건만……. 사장이 도난 차량 신고까지 했으리라곤 꿈에도 생각지 못했다.

허 경사는 그저 어깨를 으쓱해 보일 뿐이었다.

―어쨌든 난, 그 도난 차량, 주인 찾아 주라고 가져온 거예요. 일 년 넘게 일했던 그 빌어먹을 편의점 사장 놈 차……. 훔친 게 아니고 빌려 타고 온 거니까, 난 아무 잘못 없어요.

해나는 자동차 열쇠를 그에게 내밀었다.

―동생은요?

허 경사가 엉뚱한 걸 물었다.

해나는 남의 사생활에 웬 참견이냐는 듯 그를 흘겨보고는 이내 돌아섰다.

―잠깐만요, 동생은 어디 있어요?

허 경사는 서둘러 해나를 따라붙었다.

―남의 집안일 참견 말고 경찰 업무나 잘하세요.

허 경사가 거듭 해나를 불렀지만 그녀는 모른 척 걸음을 재촉했다. 그는 끈질기게 뒤쫓아 오더니 해나 곁에 바싹 붙어 섰다.

―저, 맥주나 한잔 할래요?

황당한 제안이 해나의 기분을 확 잡쳤다.

— 웬 수작이셔요?

눈을 부라리며 해나가 되쏘았다.

해나의 반응에 멈칫하면서도 허 경사는 포기하지 않고 그녀를 따라붙었다.

사거리 횡단보도 앞에서 해나는 걸음을 멈출 수밖에 없었다. 신호등이 바뀌기를 기다리던 해나는 불쑥 궁금해졌다. 이 경찰관이 왜 아이 문제에 이토록 관심을 보이는지⋯⋯. 녹색등이 켜지고 사람들이 일제히 횡단보도로 발을 들여놓을 때 해나는 허 경사를 향해 돌아섰다.

— 좋아요! 맥주 한잔 정도야 못할 것도 없죠.

마주 앉아 잔을 기울인 지 오 분도 안 돼 해나는 허 경사에 대한 자신의 예측이 들어맞지 않았다는 걸 알았다. 그는 신참이 아니라 칠 년 경력의 베테랑 경사였다. 경사라는 직급이 어떤 건지도 처음으로 알았다.

— 처음엔 사실 좀 기가 막혔죠.

허 경사는 정거장 앞에서 해나의 자동차와 맞닥뜨렸을 때를 떠올렸다. 아이는 자동차 뒷좌석에 잠들어 있고, 운전석에는 술에 취한 사람이 곯아떨어져 있는 데다 부스 주변은 난장판이었다. 거기다 조회 결과 자동차는 이미 도난 차량으로 신고돼 있었다.

— 그나저나 동생은요?

해나는 짜증이 치밀어 다시 자리를 박차고 일어났다.

그가 왜 남의 치부를 자꾸 건드리는지, 대체 왜 남의 아이한테 집요하게 관심을 보이는지 궁금하다기보다는 기분이 나빴다.

허 경사가 그녀의 팔을 붙잡아 다시 자리에 앉혔다. 갑작스러운 완력에 해나는 털썩 주저앉았다. 여릿여릿해 보이는 인상과는 달리 손힘이 셌다.

─아, 미안해요.

허 경사는 자신의 돌출 행동을 사과하며 손목을 놓았다.

해나는 도로 앉아서는 안주 접시에 담긴 노가리를 집어 들었다. 그리고 신경질적으로 그걸 찢기 시작했다. 작은 노가리가 더 잘게 잘게 찢겨 갔다.

─실은, 나도 내 동생, 못 지켰거든요…….

뜬금없는 고해성사였다.

그 뒤로는 공범들끼리 마주 앉아 죄의식을 안주 삼아 술잔만 비워 댔다. 더는 아무런 기억도 나지 않았다.

─도로로 자꾸 뛰어드는 사람을 어떻게 그냥 두고 가요.

허 경사를 통해서야 해나는 자신이 그의 집에 오게 된 결정적 이유를 알 수 있었다.

─술 끊어야겠더라고요. 더 큰일 나기 전에…….

오빠가 누이동생 타이르듯 그가 말했다.

자존심이 구겨질 대로 구겨진 해나는 더는 내려앉을 바닥이 없다고 생각하니 오히려 마음이 편해졌다. 차라리 허 경사를 철부지 여동생의 오빠로 인정하는 게 나을 것 같았다.

—딱히 갈 곳도 없는 것 같으니, 당분간 여기 머물며 대책부터 세워 봐요.

그의 제안이 진정한 배려인지 사심의 위장인지 헷갈려하며 해나는 절대 미끼에 걸려들면 안 된다고 스스로를 채근했다. 자신의 인생이 이 지경에 이른 건 모두 남자 문제 때문이었음을 잘 알고 있었다. 일진 시절, 쩨려보기의 명수이자 넘버 투였던 '번개'한테 넘어가 인생이 꼬이기 시작했다. 하룻밤 불장난의 대가가 그렇게 클 줄은 몰랐다. 어느 날 정신을 차려 보니, 자신의 어깨에는 엄청난 바위가 얹혀 있었고 이마에는 '불량품' 낙인이 떡하니 찍혀 있었다.

열일곱 나이에 저지른 하룻밤 실수 치고는 너무 큰 형벌이었다. 한때는 거기서 헤어나려고 발버둥 쳐 보기도 했다. 하지만 매번 허사였다. 빌어먹을 세상과의 관계를 끝내려고도, 힘 있는 남자한테 기대려고도 했으나 구원의 여신은 번번이 그녀를 저버렸다. 불량품 낙인은 결국 스스로 지고 가야 할 그림자 같은 것이었다. 밝고 환한 곳일수록 그림자는 짙게 따라다녔다.

—사실 난 여자한테는 관심 없어요.

해나의 의중을 헤아린 듯 그가 말했다.

그의 침실 벽에 걸린 슬픈 눈빛의 배우가 허 경사와 겹쳤다. 그 건 허 경사 자신의 성적 정체성에 얽힌 내밀한 고백이기도 했다. 그의 집에서 유난히 따로 노는 분위기의 침실에 대한 의문이 그제 야 풀렸다. 다행스럽기도 하면서 한편으로는 연민과 서운함이 얽 힌 혼란스러운 감정이 밀려왔다.

— 잘됐네요. 나도 남자라면 신물이 나니까.

해나는 냉정을 되찾으며 말했다.

그렇게 시작한 동거 아닌 동거였다.

*

민은 살며시 무지개 방 문을 열었다. 샤샤를 떠올리면서였다. 날 마다 커다란 앉은뱅이 탁자에 앉아 색색의 크레파스를 늘어놓고 그림을 그리던 자기 또래 사내아이. 하지만 웬일인지 탁자는 텅 비 어 있었다. 바닥에 뒹굴던 크레파스도 스케치북도 없었다. 아이는 어디로 간 걸까? 얼핏 창가 책상 쪽에서 뭔가가 어른거렸다. 커튼 이려니 여겼던 민은 책상에 앉은 사람을 알아보고 깜짝 놀랐다.

머리에서 발끝까지 검은 천으로 몸을 감싸고 눈만 내놓은 사람 이었다. 검은 베일……. 민이 한동안 찾아다녔던 바로 그 주인공이 었다. 여자였다. 그녀 역시 놀란 눈으로 민을 쳐다보았다. 맨 처음 지하의 어두컴컴한 식당에서 후다닥 달아났던, 그리고 밤이면 곧

잘 복도를 맴돌던 그 검은 자락의 주인공이 분명했다. 민이 혹시나 하며 기대를 품었던, 누나는 아니었다.

검은 베일의 여자가 앉은 책상 위에는 글이 적힌 종이가 여러 장 놓여 있었다. 얼굴을 감싼 베일 사이로 드러난 여자의 눈은 낙타처럼 크고 속눈썹이 길었다. 흰자위 속에서 유난히 반짝이는 검은 눈동자의 기세에 눌려 민은 슬금슬금 뒷걸음질 쳤다.

민은 더더욱 샤샤가 보고 싶었다. 녀석은 그 방에서 곧잘 혼자 그림을 그렸다. 지난번에는 민에게 자기가 그린 걸 보여 주기도 했다.

—큐브.

민이 늘 만지작거리던 큐브 그림이었다. 큐브를 엄청나게 크게 그리고 주인인 민은 귀퉁이에 풍뎅이만 하게 그려 놓았다. 민이 신기해하며 그림에 관심을 보이자 샤샤는 한동안 큐브 그림만 그렸다. 네모 칸마다 사람 얼굴을 일일이 그려 넣은, 사진첩을 닮은 큐브도 있었다. 자기네 가족과 이곳 캠프 식구들 얼굴이었다. 그중에는 괴상한 그림이 꼭 하나씩 섞여 있었다. 괴물 혹은 외계인처럼 보이는 그림이었다. 민이 손으로 그걸 가리키며 뭐냐고 물은 적 있었다.

—진진.

샤샤의 형 이름이었다. 샤샤가 무지개 방에 죽치고 있는 게 바로 그의 형 때문이라는 것도 나중에 알게 되었다. 툭하면 그 못된 형이 샤샤를 때리며 못살게 군다고 했다. 샤샤는 형 앞에서는 고양이

앞의 생쥐나 다름없었다. 무지개 방은 그런 고양이를 피해 와 있는 피난처였다.

무지개 방은 낮에는 샤샤가, 밤에는 검은 베일이 차지했다.

—찬, 드, 라?

검은 베일과 두 번째 마주치던 날, 그녀가 내민 종이의 글자를 민이 소리 내어 읽었다.

민의 정확한 발음에 검은 베일은 웃으며 고개를 끄덕였다. 자신의 이름이라는 의미였다. 그러나 찬드라는 낙타처럼 큰 눈을 연신 깜박일 뿐 말은 한마디도 못 했다. 그녀의 눈은 가까이서 보니 더 크고 검게 반짝였다.

얼마 뒤 민도 그 방의 단골이 되었다. 민과 샤샤와 찬드라, 셋이 같이 머무는 시간이 점점 많아졌다. 셋이 있어도 늘 조용했다. 종잇장 넘기는 소리나 의자 끄는 소리가 간간이 들릴 뿐이었다. 샤샤는 앉은뱅이 탁자에서 그림을 그렸고 민은 바닥에 뒹굴면서 책을 보거나 큐브 놀이를 했고 찬드라는 창가 쪽 책상에 앉아 글을 썼다. 샤샤는 한국말도 영어도 할 줄 몰랐고 찬드라는 미소와 손짓뿐이었다. 민은 샤샤와는 그림으로, 찬드라와는 손짓 발짓 혹은 가끔 글로 소통했다.

—찬드라, 벙어리 아냐. 실어증이라고, 정신적 충격 때문에 말을 잃게 된 거지. 상태가 좋아지면 다시 말을 할 수 있을 거야.

김 주임이 찬드라에 관해 들려준 얘기였다.

―근데, 민아. 이건 뭘 그린 거냐?

김 주임은 민이 그린 괴상한 그림에 고개를 갸웃했다. 언뜻 보면 검정 크레파스로 온통 시커멓게 칠해 놓은 그림이었다.

―개펄하고 누나요.

민의 대답을 들은 김 주임은 다시 그림을 자세히 들여다보았다. 시커먼 바탕에 뭔가 희미한 윤곽이 보이긴 했다. 사람의 뒷모습 같았다. 붉은색이 옆으로 길게 칠해져 있는 것도 있었다.

―이건 뭐지?

―누나 머플러요.

민은 손톱으로 크레파스를 긁어내기 시작했다.

검게 덧칠한 크레파스가 한 겹 벗겨지자 게, 낙지, 조개, 소라가 모습을 드러냈다.

―아, 다들 개펄 밑에 숨어 있었구나!

아이의 의도를 알아챈 김 주임이 감탄을 금치 못했다.

덧칠한 검정색 크레파스를 긁어내는 건 일종의 개펄 헤집기였던 셈이다.

―대단한 그림인걸.

흑인 여자, 백인 남자

　캠프 분위기가 달라졌다. 새롭게 등장한 젊은 커플 때문이었다. 처음엔 초상집에 조화 대신 축하의 꽃다발이 잘못 배달돼 오기라도 한 듯 다들 당혹스러워했다. 여자는 베네통 광고 촬영을 막 끝내고 스튜디오에서 나온 흑인 모델 같았다. 검은 피부에 레게 머리, 연두색 민소매에 하얀 핫팬츠 차림이었다. 백인 남자는 오렌지색 체크무늬 셔츠와 구멍 난 청바지 차림이었다. 난민이 아니라 해외여행에 나선 배낭족 같았다. 호송 차량에서 내린 그들은 여느 난민들처럼 베일이나 모자로 얼굴을 가리지도 않았고 눈길을 피하거나 쭈뼛거리지도 않았다. 긴 여정 끝에 원하던 여행지에 막 도착한 사람들처럼 안도감과 호기심이 어린 눈빛이었다.

민은 마당 놀이터에서 그들이 차에서 내리는 걸 보았다. 차에서 먼저 내린 흑인 여자가 아이를 발견하고는 씩 웃으며 다가서자 민은 놀라 뒷걸음질 쳤다.

그들 커플은 첫날부터 사람들에게 스스럼없이 다가서며 붙임성 있게 굴었다.

―봉주르, 마담.

―안녀세요.

식당에 들어선 그들이 주방 책임자인 주 여사에게 날린 첫인사였다. 짧은 인사말에 무겁게 가라앉아 있던 식당 분위기가 술렁였다. 주 여사는 이곳 주방에서 일한 이래 그렇게 활기찬 인사를 받아 보긴 처음이었다. 밥을 먹으러 와서도 대개는 어두운 표정이거나 눈길을 피하는 경우가 많아 조심스러웠던 것이다.

―절간도 이보단 나을 걸요. 다들 벽 보고 앉아 도 닦는 사람처럼 밥을 먹는다니까요. 얼마나 조용한지 지난번에는 싱크대에 국자 떨어지는 소리가 꼭 옥상에서 철제 양동이 떨어지는 것 같더라니까요.

주 여사가 한 번씩 푸념하듯 사무실 직원들에게 식당 분위기를 들려주곤 했다.

처음 이곳에 온 사람들은 한동안 식당에도 잘 나타나지 않았다. 허기가 심하면 어쩔 수 없이 식당을 찾긴 해도 서로 눈도 마주치지 않은 채 식사를 하고는 서둘러 자리를 떴다. 그러고는 다시 각자의 방에 숨죽인 채 틀어박혀 있었다.

하지만 그들은 달랐다. 첫날부터 식판에 먹을 것을 담아 식당 한가운데에 자리를 잡았다. 다른 이들은 구석 쪽 테이블을 택했고 그것도 모자라 벽을 향해 앉아 있었다. 대화는커녕 눈도 마주치기 어려운 분위기였다. 묵직한 고요 위로 흘러나오는 젊은 커플의 프랑스어는 어항의 산소 공급용 호스에서 흘러나오는 물방울 소리처럼 경쾌하게 식당을 굴러다녔다. 묵묵히 밥을 먹던 이들도 궁금증을 이기지 못해 한 번씩 커플 쪽을 흘끔거렸다.

— 피부색만 다르지 않으면 신입 직원 맞는 기분이었을 거야.

미셸과 웅가 커플이 사무실을 한번 다녀가면 직원들 사이에서도 한동안 화젯거리였다.

— 국경을 두 번이나 넘으며 사랑을 이룬 거잖아. 그것도 아프리카 부족장 딸과 프랑스어 선생 사이라니, 세기의 난민 커플이라 할 만하지 않아?

사무실 젊은 직원들은 그 특별한 관계에 관심이 컸다. 미셸과 웅가는 아프리카에 파견된 대학생 자원봉사자와 그의 프랑스어 수업을 듣는 학생으로 처음 만났던 것이다.

— 연인들한테는 죽음의 위협도 장애물 경기의 허들 정도로 생각되겠지?

— 이 난민 캠프도 두 사람에겐 허니문 리조트 같을 거야.

─둘이 같이 있으면 지옥인들 지옥 같겠어?

젊은 직원들이 부러운 듯 돌아가며 한마디씩 거들었다. 입소 난민들의 신상이나 사생활에 관해 함구하는 것이 이곳의 규칙이었으나 그들 커플은 예외였다. 개방적이고 젊은이다운 패기가 넘치는 두 사람 얘기를 화제로 삼는 데 다들 거리낌이 없었다.

─유효 기간 삼 년만 지나면 천국이 지옥으로 바뀔걸, 아마.

김 주임이 말했다.

─여튼 이런 난민이 많으면 좋겠어요. 일하는 우리들까지 즐겁잖아요.

─그러다 난민 심사에서 통과 안 되면 어쩌려고.

진소희 소장이 처음으로 끼어들었다.

난민 캠프 성격상 드라마틱한 얘기가 많을 수밖에 없었다. 화제로 삼자면 끝도 없을 극적인 일들 투성이라 직원들 입단속은 기본이었다.

─그러니, 개인사 얘기는 정도껏 해 두자고.

소장이 쐐기를 박자 직원들은 이내 잠잠해졌다.

─이참에 분위기도 쇄신할 겸 우리말 수업이라도 시작하면 어떨까요?

김 주임이 기다렸다는 듯 소장에게 제안했다. 공적인 자리에서는 그도 소장에게 깍듯이 존대를 했다.

─그 프로그램은 원래 정원이 절반 넘었을 때 하기로 했잖아요.

—캠프 식구들도 자꾸 모이게 만들어야 서로 대화도 트고 이곳 생활에 빨리 적응하죠. 이참에 내 장롱면허도 좀 써먹고…….

　김 주임은 자신이 한국어 강사 자격증 소지자임을 넌지시 내세웠다. 직원들 역시 공용어의 필요성을 느끼고 있던 참이라 그의 제안에 관심이 쏠렸다. 영어권 난민이 아닌 경우는 통역을 거쳐야 하는 어려움도 있었던 것이다.

　—김 주임님 장롱면허 다 쓰려면 종합대 규모는 돼야 할걸요.

　소장이 자격증 많은 김 주임을 놀리듯 말했다.

　—일단 한국어 강사 자격증부터 검증할 기회를 주시죠.

　김 주임이 자신 있는 어조로 말했다.

　교육 부서로 자리를 옮겨온 김 주임은 새로운 일에 의욕이 넘치고 있었다.

　진 소장도 그의 제안에 수긍이 갔다.

　—시범적으로 한번 해 보면 나중에 정규 프로그램 짤 때 도움이 되겠네요.

　최고 책임자의 생각이 그렇다면 결정이 난 거나 다름없었다. 김 주임이 경비실에서 전혀 성격이 다른 교육 부서로 발령 난 것도 전적으로 소장 결정이었다.

　—이왕이면 진급까지 시켜 주면 얼마나 좋아. 선후배지간에.

　발령 소식을 접한 김 주임이 소장에게 투정 부리듯 말했다.

　—파격도 정도껏 해야 뒤탈이 없죠. 그러다 진짜 소장 자리 내

놓게요.

　　─승승장구한 사람들은 다 이유가 있어. 역시 고단수야.

　　─원래 꿈을 쫓아갔더라면 여기서 저 못 만났을 거예요.

　이곳을 자원해 온 자신의 결정을 떠올리며 소장이 말했다. 후회
는 없었다. 조직이 아니라 자기 삶의 주인이 되기로 하고 난 뒤로
는 사실 직위나 부서에 대해 아무런 욕심이 없었다.

슬픈 표정에도 등급이 있다면

　해나는 세면대 위의 칫솔을 챙겼다. 혹시라도 빠뜨린 게 없는지 욕실은 물론 집 안 곳곳을 한 번 더 살폈다. 머리카락 몇 가닥쯤이야 묻어 나오겠지만 이 집에서 그런 게 문제될 리는 없었다. 마지막으로 해나는, 이 집에 살면서 거의 발 들여놓은 적 없었던 그의 침실로 들어섰다. 이 집 주인 외에는 드나들 이유가 없다는 사실이 괜스레 발길을 그리로 이끌었다.

　정면 벽에 붙은 대형 브로마이드에 해나는 시선을 고정했다. 지그시 눈을 내리깔고 있는 배우의 우수 어린 모습을 한동안 들여다보았다. 슬픔도 그 정도가 다르듯 표정에도 등급이란 게 있다면 이 표정은 단연 최고라는 생각이 들었다. 세계적인 명성을 얻은 배우

다운 연기력. 어쩌면 저 타고난 연기력이 그 배우의 삶에까지 절절하게 파고든 게 아닐까, 그래서 결국 그 슬픔을 이기지 못해 자살한 게 아닐까, 하는 생각과 동시에 그 반대 해석도 떠올랐다. 처절하도록 깊은 슬픔이 그의 연기에 그대로 배어들어 사람들을 감동시킬 수 있었던 거라고······.

사진 아래에는 배우가 남긴 유서의 한 구절이 적혀 있었다.

'살아오면서 나쁜 일도 안 했는데, 나는 왜 이렇죠?'

철부지 푸념 같기도 한 그 구절이 차츰 해나의 가슴에 들어와 앉았다. 이 배우의 것인지 침대 주인의 것인지 알 수 없는 넋두리가 어디선가 들려왔다. 아니 그건 해나 자신의 넋두리 같았다. 피식 웃음이 났다. 이 배우를 볼 때마다 언제나 그의 동성 연인 몫이 돼 버린 유산을 부러워하던 자신이 떠올라서였다.

작별식이라도 하듯 해나는 베란다 의자에 걸터앉아 담배부터 꺼내 물었다. 발아래 펼쳐진 광경을 내려다보았다. 물이 빠져나간 바다는 바닥을 다 드러내 놓고 있었다. 바다의 민낯이나 다름없는 그 칙칙한 잿빛 개펄을 바라보며 해나는 담배 연기를 길게 내뿜었다. 드넓은 개펄 저 멀리로는 조금씩 길어지고 있는 제방도 보였다. 두 개의 섬을 연결해 메우고 다지며 자연에 인공을 더해 새롭게 태어나고 있는 땅이 이 섬이었다. 어느 누구도 살아 보지 않은, 과거도 없고 뿌리도 없는 곳. 사람으로 치자면 '근본 없는 자식' 같은 땅이 이곳이었다. 그것이 자신과 이 섬을 끈끈하게 이어 주는 연결 고리였다.

─동생 문제는 차라리 잘됐어요.

허 경사의 말이 처음에는 해나를 위로하기 위한 것처럼 들렸다.

─루소도, 신채호도 형편이 여의치 않을 때는 차라리 자식을 고아원 같은 공적 기관에 맡기는 게 낫다고 생각한 사람이에요.

해나도 교과서에서 한 번쯤 접한 듯한 위인들의, 하지만 너무도 생소한 사례를 허 경사가 예로 들었다. 그 문제에 관한 한 그는 꽤 오래 고민해 온 전문가처럼 보였다.

─교육적으로도 좋은 환경이라고 볼 수 있어요.

─난민들만 잔뜩 모여 있는 곳이요?

해나가 미심쩍은 표정을 지어 보였다.

─그들이야말로 엄청난 삶의 모험을 한 사람들이잖아요. 그것도 전 세계에서 모여든, 다양한 문화권 사람들이니 말도 문화도 자연스레 접할 수 있고……. 쉽게 말해, 인터내셔널 스쿨쯤으로 생각하면 될 거예요.

해나는 그가 말한 인터내셔널 스쿨이 정확히 어떤 곳인지는 몰라도 일단 이름이 근사해 마음에 들었다.

─소 뒷걸음질하다 쥐 잡은 격이네요.

해나가 자신의 선택에 만족해하며 중얼거렸다. 우연히 접한 영어 캠프 프로그램을 보고 내린 결정이 뜻밖의 행운을 가져온 셈이었다.

─동생 문제는 해결됐으니 해나 씨만 남았네요.

허 경사는 다음 문제로 넘어갔다.

─이 섬에는 큰 일터가 두 군데 있어요. 공항과 골프장. 둘 다 뼛속 깊이 서비스 정신을 필요로 하는 곳이죠.

그는 두 일의 종류와 성격을 비교까지 해 가며 설명해 주었다.

─골프장이 낫겠네요. 숙식도 해결할 수 있으니.

결론은 금세 났다. 면접과 간단한 신체검사를 거쳐 해나는 골프장 캐디라는 새 일자리를 구할 수 있었다. 한동안은 연수생으로 월급도 없이 지내야 했지만, 더부살이에서 벗어나 독립한다는 생각에 자존감은 살아났다.

마지막으로 해나는 허 경사의 집을 한 번 휘 둘러보았다. 그동안 정들었던 집 안을 찬찬히 둘러보던 해나의 눈길이 거실 붙박이장에 진열된 것들에 오래 머물렀다. 상패와 메달이었다. 하나는 경찰의 날 허진수 경사가 대통령상으로 받은 상패와 금메달, 다른 하나는 그의 동생이 사생 대회에서 은상으로 받은, 유품이기도 한 상패와 은메달이었다. 해나는 그걸 들여다보며 고민하다 허 경사의 금메달을 집어 들었다. 제법 묵직했다. 손수건으로 조심스레 감싼 다음 자신의 가방에 챙겨 넣었다. 이 집에 묵었던 기념으로 그럴듯해 보였다. 그러고 나서 해나는 집을 나섰다. 이상야릇한 동거는 그렇게 막을 내렸다.

한글 첫걸음 수업

털보 선생 김 주임이 칠판의 글자를 가리켰다.

—기역!

서로 다른 피부색을 가진 남녀노소가 입을 모아 외쳤다.

키역, 긔역, 기윽, 기역…… 저마다의 소리가 모여 대표음 '기역'을 만들어 냈다.

기역 옆에 선생은 또 분필을 갖다 댔다. 이번에는 젓가락처럼 똑바로 내리긋고는 옆에 뾰족하게 곁가지를 내었다. 선생이 그걸 다시 손가락으로 가리켰다.

—가!

이번엔 더 크고 통일된 목소리였다.

선생은 그 밑에 작은 동그라미를 그렸다.

—강!

자음과 모음이 만나고 받침이 따라 붙으면서 칠판 위로 이내 강과 산, 별까지 줄줄이 꿰어져 나왔다.

'한글 첫걸음' 시간이었다. 민은 한글 쓰기가 꼭 큐브 맞추기 놀이 같다고 생각했다. 가로세로, 위아래로 자음과 모음이 만나 글자를 이루는 것이다. 신기했다. 선생은 이 신기한 글자를 누가 만들었는지도 말해 주었다.

—왕이 만들었어요. 킹 세종. 세종 대왕.

왕이 글자를 만들었다는 말을 알아들은 몇몇은 고개를 갸웃했다. 그건 꼭 '왕이 밭을 갈았다.'라거나 '왕이 요리를 했다.'라는 말처럼 낯설었다. 왕은 신하에게 명령을 내리거나 역적을 처형하거나 전쟁을 일으키거나 하는 일에 더 잘 어울린다는 걸, 피부색이 다른 남녀노소 모두 공통적으로 알고 있었다.

—그것도 신하들 반대를 무릅쓰고 혼자 외롭게 만들었다지요.

선생의 말에 몇몇은 아까보다 더 미심쩍어하는 눈빛이었다. 신하가 감히 왕의 결정에 제동을 걸다니. 그것도 믿기지 않았지만 그보다 더 놀라운 건 왕이 신하들의 반대를 무릅쓰고 혼자서 외로이 글자를 완성했다는 사실이었다.

—왜요?

불쑥 튀어나온 짧고 또렷한 물음에 민은 놀랐다. 자기가 막 하려던 질문이었기 때문이다. 질문자는 찬드라였다. 교실 안 사람들 모두가 놀란 눈으로 그녀를 쳐다보았다. 찬드라의 목소리를 들은 게 다들 처음이었던 것이다. 수업 시간이든 아니든 지금까지 입 한번 벙긋한 적 없던, 실어증 환자로 알려져 있던 그녀였다. 수업 시간에도 늘 구석 자리에 앉아 검은 베일 사이로 눈만 빼꼼 내놓고 있었다. 선생을 똑바로 쳐다본 것도 처음이었다. 대개는 눈을 밑으로 내리 깐 채 선생의 말을 듣고 있다가 노트에 뭔가를 끼적거리는 게 전부였다.

선생은 찬드라의 반응에 누구보다 놀랐지만, 내색하지 않았다. 그 대신 털보 선생답게 구레나룻을 연신 쓰다듬으며 그녀의 '왜요?'가 무엇에 초점을 맞춘 질문인지 가늠하는 데 골몰했다. 신하들이 왜 왕의 의견을 반대했는지, 왕은 왜 그런 반대를 무릅쓰고 글자 만들기를 감행했는지, 둘 중 하나였겠지만 둘 다 설명하기로 했다. 사실 이 대목이야말로 털보 선생이 자신의 목소리를 낼 수 있는, 특히나 이 수업 시간에는 흔치 않은 기회였다.

— 그러니까 오랜 옛날, 한국에는, 조선이라는 왕조가…….

선생은 한글 첫걸음 수업 시간에 걸맞지 않은, 하지만 질문을 받은 이상 안 할 수도 없는, 당시의 역사적 상황을 영어와 한국어와 한자를 섞어 가며 설명하기 시작했다. 한글 자모나 겨우 익힌 외국인이 대부분이라 설명이 녹록지는 않았다. 중국과 조선이라는, 강대국과 약소국의 관계를 설명할 때는 손짓 발짓까지 보탰다. 거들

먹거리는 몸짓으로 강대국 중국을 나타냈고 약소국 조선은 연신 허리를 굽실거리는 동작을 해 보이자 다들 본능적으로 강자와 약자의 관계를 이해했다.

다음은 좀 더 세부적으로 들어가 황제국인 중국에 대한 사대주의에 물든 당시 조선의 학자들 이야기를, 고난도의 제스처로 덧붙이는데, 갑자기 괴상한 소리가 터져 나왔다.

─ 쭝궈ㅊ&^#!

자갈이 한 바가지 쏟아지듯 쭝궈 어쩌고저쩌고하며 요란한 소리를 뱉어 낸 사람은 다름 아닌 모샤르였다. 사람들은 이번에도 놀란 눈으로, 모샤르의 흥분한 얼굴을 쳐다보았다. 영어도 한국어 실력도 영 시원찮은, 위구르 출신 중국인 모샤르가 선생의 설명을 제대로 알아들었을 것 같지도 않았다. 그저 중국 얘기가 나오자 그는 신경을 곤두세웠고 이야기 정황상 약소국과 강대국의 갈등을 동물적 감각으로 알아챈 것 같았다.

─차이나 씨발 새키!

조금 전의 돌발성 멘트를 한국말로 옮기는 친절이라도 베풀 듯 모샤르가 다시 내뱉었다. 그건 모샤르가 설명을 제대로 이해했다는 방증이기도 해서 선생은 한 번 더 놀랐다. 또한 선생은 가르쳐 주긴커녕 입 밖으로 내놓은 적도 없는 거친 한국말 욕설을 사람들이 단번에 알아듣는 것에도 놀랐다. 구레나룻을 쓰다듬으며 선생이 허허거리자 하나둘 따라 웃으면서 뜨악해졌던 분위기가 누그러들었다.

선생은 모샤르의 흥분을 이해할 수 있었다. 중국 내 소수 부족인 그들의 수난사를 언젠가 어느 신문에서 특집 기사로 다룬 적이 있었던 것이다. 선생은 다시 질문의 답을 이어나가 왕이 왜 그런 반대를 무릅쓰고 글자를 만들었는지에 대해서도 짧게 설명을 덧붙였다.

— 백성을 친자식처럼 사랑했기 때문이지요.

왕이 백성을, 그것도 자식처럼 사랑한다는 말의 진위를 따지려는 이도 있었을 테지만 사람들은 그 말에 굶주렸거나 말 그 자체에 감동한 듯 — 사실 질문을 할 한국어 실력이 모자라서일 가능성이 가장 높지만 — 더는 아무 말도 하지 않았다. 다들 선생의 구레나룻만 쳐다보고 있었다.

털보 선생은 자신의 말에 기꺼이 공감하는 듯한 찬드라의 눈빛을 보고는 자신의 설명이 먹혀들었음을 확신했다. 혹시나 그녀의 입을 통해 뭐라도 한마디 더 나오지 않을까 내심 기대했지만 첫술에 배 부르려는 욕심이라는 걸 깨달았다. 그녀는 여느 때처럼 검은 베일 속에서 커다란 눈동자를 빛내며 침묵 모드로 돌아가 있었다. 그럼에도 찬드라 주위를 감싸고 있던, 콜타르처럼 검고 눅진하게 둘러 있던 고요가 한 겹 걷힌 듯한 느낌에 선생은 조금쯤 고무되었다.

— 자, 그럼 이제 받아쓰기 한번 해 볼까요.

털보 선생은 다시 진도를 나갔다.

어·머·니.

민은 선생이 불러 주는 대로 글자를 또박또박 적어 나갔다. 옆자리에 앉은 뚜앙은 민이 쓴 글자를 베껴 적느라 정신없었다. 그 때문에 뚜앙은 늘 민의 옆에 붙어 앉았다. 그는 한국말은 유창했지만 글에는 까막눈이었다. 이번에도 어머니를 '어머나'로 잘못 베껴 적는 바람에 민이 뚜앙의 틀린 철자를 바로잡아 주어야 했다. 뚜앙은 민이 뭔가를 지적해 주면 순한 어린애처럼 고분고분 잘 따랐다. 그럴 때면 아이와 어른이 완전히 뒤바뀐 셈이었지만 뚜앙은 개의치 않았다.

한글 수업은 그럭저럭 넘겼지만 영어 시간만 되면 뚜앙은 병든 닭처럼 꾸벅꾸벅 졸기 일쑤였다. 그래서 민은 영어 시간이 더 편하고 좋았다. 영어는 한글과 달랐다. 큐브 맞추기처럼 자음 모음이 상하좌우에서 만나 블록 맞추듯 글자가 되는 게 아니라, 기차나 김밥처럼 한 줄로 쭉 늘어놓기만 하면 되는 글자였다. 발음이 잘 굴러가는 게 그 때문인 게 분명해 보였다.

──강민, 고기 잡으러 가자.

뚜앙이 의자에서 튕기듯 일어나며 말했다. 그는 수업만 끝나면 눈이 반짝이고 목소리에 생기가 돌았다. 뚜앙은 한달음에 지하 창고로 내려가 낚싯대와 양동이를 챙겨 들고 나타났다. 교실만 나서면 행동도 미꾸라지처럼 날렵했다.

─휴, 이제 좀 살맛이 나네. 캠프에 있으면 말이지, 건기 때의 톤레사프 호수처럼 몸이 부석부석 황토 가루가 돼 가는 기분이라고.

뚜앙은 가루가 뿜어져 나올 듯 부석거리는 목소리로 말하며 어깨에 걸쳤던 낚싯대를 내렸다. 그는 하루라도 물가로 나오지 않으면 답답해 살 수가 없다고 했다. 뚜앙의 고향은 민이 매번 헛갈려 하는 메콩인지 메주콩인지 하는 강물이 흘러들어 만들어진 톤레사프 호수였다.

─그 호수 위에서 나고 자랐지.

뚜앙이 톤레사프 호수를 떠올릴 때마다 민은 그의 말이 잘 믿기지 않았다. 개구리밥도 연꽃도 아닌 사람이 물 위에서 나고 자랄 수 있다니…….

뚜앙은 캠프에서 유일하게 한국말을 할 줄 아는 외국인이었다. 털보 선생은 뚜앙이 외국인이 아니라 외계인이라며 놀렸다. 아버지는 한국인, 엄마는 베트남 사람이었지만 정작 뚜앙 자신은 국적이 없었기 때문이다. 그러니 누가 봐도 합법적인 외계인이지. 털보 선생이 거봐, 라는 듯 말했다.

외계인이 뭐지? 나중에 뚜앙이 민에게 몰래 물었다. 민이 떠듬떠듬 설명을 해 주고 났더니 뚜앙은, 그럼 나는 외계인 중에서도 수중 외계인이야. 물에서 나서 물에서 살았으니까, 하고 덧붙였다. 어, 물고기처럼요? 민이 묻자 그는 웅, 사람이 물고기랑 다를 게 뭐가 있어? 하며 어항 속 물고기처럼 눈을 끔벅거렸다. 그럼 아저씨는 인어 공주도 봤겠네요? 민이 되묻자 뚜앙은 다시 눈을 끔벅거리며 인어 공주, 그게 뭐지? 하며 또 눈을 치켜떴다. 그제야 민도 털보 선생의 말을 인정하기로 했다.

뚜앙은 물이 있는 곳까지 천천히 걸어가 늘 앉던 바위에 자리를 잡았다. 그 바위는 뚜앙 전용석이나 다름없었다. 누가 멀리서 가져와 옮겨다 놓은 것처럼, 넓게 펼쳐진 진흙 개펄 한가운데 유독 그 바위 하나만 생뚱맞게 자리하고 있었다. 뚜앙은 그 바위를, 톤레사프 용왕님이 특별히 자신을 위해 보내 준 선물이라고 우겼다.

— 때를 잘 맞춰 왔네.

뚜앙이 환하게 웃으며 말했다. 물이 조금씩 들어오고 있었던 것이다. 이렇게 물과 개펄이 같이 있는 게 좋았다. 뚜앙은 낚시를 할 수 있고 민은 조개나 게를 잡거나 그 위에서 뛰놀 수 있었기 때문이다. 물이 가득 찰 때도 뚜앙의 바위는 완전히 잠기지 않았다. 신기하게도 그가 걸터앉아 늘어뜨린 다리 아래까지만 물이 찼다.

— 거봐, 톤레사프 용왕님이 늘 나를 돌봐 주신다니까.

뚜앙은 으스대듯 말하고는 고향의 강 이야기를 계속 늘어놓았다. 메콩인지 메주콩인지 끝도 없이 이어지는 강 얘기를 한참 듣고 있다 보면 민은 물속에서 허우적거리는 미역 줄기가 된 기분이었다. 그럴 때면 꼭 자신이 영어 수업 시간의 뚜앙 아저씨 같았다. 눈꺼풀이 무거워지고 하품이 절로 나다가 나중에는 머릿속이 몽롱해졌다. 그래서 민은 언젠가부터 이곳에 오면 뚜앙 아저씨가 앉은 바위와는 멀찍이 떨어진 개펄에 자리를 잡았다. 지겨운 메콩강 얘기를 안 듣기 위해서였다. 뚜앙은 메콩 강가에, 민은 서해 섬의 개펄에 앉아 따로 노는 셈이었다.

황금 비늘 같은 게 허공에서 번쩍했다. 민은 뚜앙에게로 눈길을 돌렸다. 아저씨가 고기를 낚아 올릴 때 한 번씩 그런 광채가 번득이곤 했던 것이다. 공중에서 보면 고래만큼이나 커 보이던 그것이 나중에 물통 속에서 보면 민이 손바닥만 한 생선에 지나지 않았다. 호리병 속에서 거인이 나오는 것과는 정반대였다.

바다에는 벌써 붉은 기운이 깔리고 있었다. 지는 해를 향해 앉은 뚜앙 아저씨가 민의 눈에는 바위처럼 시꺼멓게 보였다. 그 시커먼 바위와 바닷물 사이를 가느다란 낚싯줄이 이어 주고 있었다.

—아저씨이!

민이 큰 소리로 뚜앙을 불렀다. 해가 떨어지기 전에 캠프로 돌아가고 싶었다. 하지만 뚜앙은 바위처럼 꼼짝도 하지 않았다. 이럴 때면 민도 털보 선생 말처럼 뚜앙이 정말 외계인처럼 보였다. 난데없이 지구 위로 뚝 떨어져 어리바리하다가 갑자기 정신을 차리고는 자기네 별로 돌아가려고 교신 중인…….

—뚜앙 아저씨이!

민은 더 크게 외쳤다. 외침은 파도 소리에 실려 되돌아왔다.

조급해진 민은 자리에서 일어나 뚜앙이 앉은 바위를 향해 다가갔다. 해가 물속으로 빠져드는 건 금방이었다. 서둘러 걸음을 옮겨 놓지만 오늘 따라 개펄 진흙이 유난히 질척거렸다. 발을 앞으로 떼어 놓는데도 민은 게처럼 자꾸 옆으로 가는 느낌이었다. 좀체 뚜앙 아저씨와 가까워지지 않았다.

민은 덜컥 겁이 났다. 걸음을 멈추고 왔던 곳을 돌아보았다. 하얀 제방이 검은 개펄을 에워싸고 있었다. 거대한 갈매기 한 마리가 날개를 펼쳐 개펄을 보듬고 있는 모습이었다. 눈을 비비며 자세히 그것을 보았다. 그것은 하늘 위로 솟아오르려 자꾸 날갯짓을 하고 있었다. 꿈쩍도 않는 바위와 날갯짓하는 새, 그 둘 사이에서 민은 겁먹은 얼굴로 서 있었다.

고향의 맛

　　──하이고, 뚜앙이 또 일거릴 만들어 오는구나.

　　주 여사가 플라스틱 양동이를 들고 주방으로 들어서는 뚜앙을 보며 말했다. 주방 책임자인 그녀는 뚜앙이 낚시해 오는 생선을 별로 반기지 않았다. 비린내가 나는 데다 손질도 여간 번거로운 게 아니었던 것이다. 나중에는 뚜앙이 직접 손질해서 건네주었지만 누군가의 간식거리 혹은 술안주 거리에나 맞을까, 식사용 반찬으로 내놓을 정도는 아니었다. 비린내 때문에 보관하는 일도 만만치 않아 냉장고에서도 애물단지였다.

　　──오늘은 생선 없어요. 다 조개예요.

　　뚜앙이 대꾸했다.

조개라면 굳이 꺼릴 이유가 없었다. 국물용으로 찌개나 국에 넣기만 하면 되었던 것이다.

공사 현장 함바집에서 병원 식당까지 두루두루 거쳐 온, 주방일 경력 이십 년의 주 여사 입장에서도 이렇게 까다로운 음식 해내기는 처음이었다. 여러 나라 여러 문화권 사람이 모여 있다 보니 가려 써야 할 식재료가 한두 가지가 아니었다. 힌두나 이슬람 문화권 사람들이 있으니 그녀의 주특기인 돼지고기 두루치기나 김치찌개, 육개장 같은 요리는 식단에 넣을 수조차 없었다. 그러나 방송통신대 식품영양학과 일 년 수료를 자랑하는 주방 책임자답게 주 여사는 식재료 선별의 번거로움에도 불구하고 새로운 메뉴 개발을 좋아했다. 틈만 나면 할랄 음식과 인도 음식을 비롯한 온갖 음식 관련 정보를 찾느라 인터넷을 뒤지곤 했다. 실제로 활용은 못 해도 음식에 대한 이해를 넓히는 것만으로도 재미를 느끼는, 자칭 '학구파' 주방 책임자였다.

──에그머니, 이게 뭐야?

하루는 싱크대 정리를 하던 주 여사가 뭔가를 떨어뜨리며 소리쳤다.

밥 먹고 있던 뚜앙이 갑자기 벌떡 일어나더니 허겁지겁 주방으로 달려갔다. 뚜앙은 주 여사가 엎지른 유리병의 뚜껑을 찾아 재빨리 입구를 봉했다. 썩은 생선 냄새가 이내 식당 안으로 번져 갔다. 점점 더 짙어지는 냄새에 비위가 상했던지 사람들은 서둘러 식사를 끝내고 자리를 떴다.

— 대체 그게 뭐야?

주 여사가 코를 싸쥔 채 뚜앙을 들여다보았다.

— '프라혹'이라고요, 캄보디아에서는 무슨 음식에든 다 이걸 넣어 먹어요.

뚜앙이 바닥에 엎질러진 것을 국자로 쓸어 담아 보여 주며 말했다. 주 여사는 여전히 찡그린 표정을 풀지 않은 채 그가 내민 것을 유심히 들여다보았다.

그녀는 걸쭉한 멸치 액젓처럼 보이는 프라혹을 요리사다운 호기심으로 손가락에 살짝 찍어 입으로 가져갔다. 혀에 닿는 순간 그녀는 읍, 하는 소리를 내며 얼굴을 일그러뜨리고 손사래를 쳤다. 그걸 본 뚜앙은 유리병을 챙겨 들고는 서둘러 식당을 나갔다.

뚜앙이 그동안 바다에서 잡았던 생선 중 메콩강의 리엘처럼 작은 생선들만 모아 소금에 절여 놓은 것이었다. 아쉬운 대로 프라혹 맛을 볼 수 있을 것 같아서였다. 지금껏 먹었던 이곳 음식이 다양하고 질 좋은 재료들로 만든 것임에도 어딘가 모르게 부족하게 느껴졌던 이유가 바로 그 프라혹 때문이라고 생각했던 것이다.

프라혹 담는 철이면 톤레사프 호수 일대에는 생선 썩는 냄새가 진동하기 시작한다. 그 냄새에 익숙한 그곳 사람들조차 머리가 어질어질할 정도다. 그때부터 집집마다 담근 프라혹이 익어 가기 시작하는 것이다. 잘 숙성된 프라혹은 음식의 간을 맞추고 맛을 내는

데 결정적인 역할을 했다. 뚜앙에겐 그것이 첫손 꼽을 고향의 맛이었다.

*

─뚜앙, 아버지는 어느 부대 소속이셨대?

김 주임은 뚜앙을 볼 때마다 베트남전 얘기를 꺼내는 걸 좋아했다. 그의 부친도 베트남 참전 용사였기 때문이다. 뚜앙은 아버지의 불명예스러운 과거를 떠올리는 게 별로 내키지 않아 처음 몇 번은 그저 얼버무리는 선에 그쳤다.

─우리 아버진 밀림 지역에 파견돼 죽을 고생을 하셨대. 전투보다 정작 밀림의 무더위와 모기떼가 더 고역이셨다더군.

얘기를 끌어내느라 마중물을 붓는 건 언제나 김 주임이었다.

─우리 아버진 물자 보급 팀에 있었대요. 하노이 시와 가까운 부대라 주말이면 시내로 외출 나갔대요. 그러다 베트남 아가씨와 눈이 맞았다더라고요.

김 주임과 친해지자 뚜앙은 조금씩 얘기를 털어놓았다.

─그 베트남 처녀가 뚜앙 어머니였나 보네.

김 주임의 말에 뚜앙은 머쓱해하며 고개를 끄덕였다.

─파병 군인이 현지 아가씨와 눈이 맞았으니, 거, 군대 생활하기 힘드셨겠구만.

김 주임이 웃으며 덧붙였다.

탈영한 한국군과 임신한 베트남 처녀, 그 대책 없는 커플이 뚜앙의 부모였다. 둘은 우여곡절 끝에 보트피플이 되었고, 그 보트피플이 톤레사프 수상 가옥촌의 유래이자 뚜앙의 출생에 얽힌 가족사였다. 뚜앙은 그의 부모가 보트피플로 떠돌던 어느 날 배 위에서 태어났다고 했다.

— 물에서 나서 물에서 자란 셈이죠. 지금껏.

— 부평초 같은 삶이 따로 없네. 그나저나 아버지 고향은 어디였대?

— 강원도 태백이요.

— 어쩐지, 북한과 경상도 억양이 조금씩 묻어나더라니……. 그래서 부친은, 거기서 세상을 떠나셨나. 톤레사프?

김 주임의 물음에 뚜앙은 굳은 표정으로 고개를 주억거렸다.

— 아버지 유언이었어요. 꼭 한국 가서 국적을 얻어 살라는 게.

— 다른 가족은?

— 어머닌 먼저 돌아가셨고. 부모님과 저, 원래 세 식구였죠.

— 결혼은?

그 물음에 뚜앙의 얼굴이 굳어졌다. 그는 천천히 고개를 가로젓더니 입을 다물었다.

— 그나저나 송환 대기실에서 이리로 온 게 얼마나 큰 행운이야. 거기는 원래 열에 아홉은 본국으로 송환되는 곳인데.

김 주임이 화제를 바꿨다. 대화 중 상대가 난감해하는 대목에 이르면 이내 이야기의 방향을 바꾸는 것도 최근 들어 생긴 습관이었다.

김 주임의 위로에 뚜앙은 쓸쓸하게 웃었다. 생활 환경이 좋다는 것만 빼면 이곳도 어쨌든 대기실이나 마찬가지였던 것이다. 난민 인정을 받기 위한……

—여기는 그냥 여행지 게스트 하우스라고 생각해. 이 정도 시설이면 뭐 수준급이지.

김 주임의 거듭된 위로에도 뚜앙의 표정은 크게 밝아지지 않았다. 난민 인정을 받는 데도 최소 삼 개월에서 몇 년이 걸릴 수도 있었다. 기다리는 일이라면 뚜앙은 이제 신물이 났다. 더 이상 기다리는 일 따위 안 하겠다며 비장한 각오로 한국행을 택했건만, 이곳으로 오고도 여전히 기다림의 연속이었다. 어떤 때는 그것이 꼭 자신의 저주받은 운명 같았다.

포커페이스

─소장님, 선물!

불쑥 나타난 웅가가 진 소장의 책상 위에 살짝 뭔가를 올려놓았다. 아프리카풍 작은 목각 인형 한 쌍이었다. 길쭉한 나무에 사람 형상을 조각하고 색을 입힌 것으로, 웅가의 손톱 끝에 밴 물감이 그녀가 손수 만든 작품임을 알려 주었다. 정교한 선과 화려한 채색이 예사롭지 않은 솜씨였다. 빼어난 손재주만큼 웅가는 친화력도 남달랐다. 피부색이 주는 선입견을 이내 허물 정도로 붙임성 있고 센스가 넘치는 여자였다. 미셸도 웅가의 그런 면에 마음을 빼앗긴 것 같았다. 마침 진 소장은 그날 오전에 있었던 일로 마음이 울적해 있었다.

—소장님, 드릴 말씀이 있습니다.

캠프를 둘러보던 중 기도실 앞 복도에서 맞닥뜨린 '호랑나비 브라더스' 중 연장자였다. 예루살렘에서 성지 순례를 막 끝내고 온 듯한 유대인 랍비 분위기의 그들은 홀쭉이 뚱뚱이 콤비로, 캠프 난민들 중에서 단연 눈에 띄면서도 섬처럼 존재하는 이들이었다. 종교 단체 관할이라며 상부에서도 자료를 주지 않아 진 소장도 그들이 '종교적 이유'로 난민이 되었다는 것 말고는 아는 게 없었다. 둘 다 수염이 엄청나게 길고 풍성했고, 얼굴에는 동그란 안경을 걸치고 머리에는 작은 빵모자 같은 걸 얹은 전형적인 랍비 모습이었다. 사무실 직원들 사이에서는 일명 '나비 브라더스' 혹은 '호랑나비 브라더스'로 불렸다. 각자 얼굴 생김새로는 도저히 피를 나눈 형제라고 볼 수 없고 그렇다고 친구로 보기도 어려웠다. 뚱보 랍비의 수염은 까맸고 홀쭉이 랍비 수염은 희끗희끗해 나이 차도 확연해 보였다. 그들은 늘 검은 정장을 차려입고 머리에는 모자를 쓰고 한 손에는 성서를 든 채 식당이나 교실에 나타났으며, 볼일이 끝나면 바늘과 실처럼 나란히 사라졌다. 그들이 향하는 곳은, 단 한 번의 예외도 없이, 기도실이었다. 공동의 장소에서도 그들은 늘 그림자처럼 붙어 다녔으며 최소한의 필요한 얘기만 나눌 뿐 둘 다 과묵하기 그지없었다. 묵언 수행이라도 하듯 다른 캠프 식구들과는 전혀 말을 섞지 않았다. 걸음걸이부터 절도가 있었다. 둘이 복도를 나란히 지나가면 캠프는 꼭 규율이 엄격한 수도원 같은 분위기가 되곤 했다.

──종교 단체에서 운영하는 난민센터로 옮겨 가고 싶습니다.

연장자가 말했다.

캠프 책임자인 소장으로서는 긴장하지 않을 수 없는 요청이었다.

──생활하기 불편하신 데라도?

소장이 조심스럽게 물었다.

난민 신청이 폭주하고 있는 상황에 비해 이곳 캠프로 들어오길 원하는 사람의 수는 아직 적었다. 문을 연 지 얼마 안 됐다는 이유가 가장 컸지만 입지 문제도 무시 못 할 이유였다. 애초에 부지를 선정할 때부터 의견이 분분했던 문제이기도 했다. 고립된 곳이어서 강제 수용 시설을 연상시킬 뿐 아니라 난민들의 자유로운 생활이 보장되지 않는다는 지적도 있었고, 공항이 가깝다는 이점과 주민들 민원을 고려하면 어쩔 수 없다는 의견도 있었다. 이런저런 경우를 다 고려해 선정된 만큼 입지의 한계 또한 어쩔 수 없었다. 그들은 '종교적인 이유 때문'이라고 아주 간단하게 퇴소 의지를 밝혔다. 소장이 더 이야기를 파고들자 그들은 마지못한 듯 한마디 보탰다.

──기도에 집중하기 어려워서요.

그 외에는 어떤 언급도 없었다.

이야기 정황상 소장은 캠프 분위기 때문이라는 걸 알 수 있었다. 처음의 가라앉은 분위기에서 최근 들어 조금씩 밝고 열린 분위기로 변해 가는 게 그들은 마음에 들지 않는 모양이었다. 각자 조용히 틀어박혀 있는 대신 사람들이 자꾸 모이고 어울리면서 공동체 생활로 나아가는 것이, 금욕과 절제를 우선으로 하는 그들로서는 난감하고 불편한 모양이었다. 불행인지 다행인지 관련 종교 시설에서는 그들을 당장 받아들이겠다고 차량까지 보내와 두 사람은 그날 점심 식사 후 바로 캠프를 떠날 수 있었다. 일 처리는 순조로웠지만 소장은 캠프 책임자로서 식구가 줄어든 데 대한 서운함을 어쩔 수 없었다. 그런 감정이 아직도 조직 내에서의 실적과 성취를 중시하고 있는 자신의 성향 탓인지 아니면 순수하게 인간적 서운함 때문인지 진 소장은 구분이 잘 되지 않았다. 이곳에 자원했을 때는 마음을 비우고 순수한 소명 의식에 사로잡혀 있었던 것 같았는데.

— 답례로 핸드 메이드 커피 한잔 대접하지.

소장은 최고의 손님에게 내놓는, 드립 커피를 택했다. 오전 내내 우울했던 기분을 말끔히 날려 보내 준 웅가에 대한 보답이었다.

소장실을 찾는 난민은 잘 없었다. 제한 구역은 아니었지만 대부분은 행정적인 일로 사무실 담당 직원에게 들르는 게 전부였다. 그 외에는 다들 자신들의 생활 구역을 좀처럼 벗어나지 않았다. 웅가미셸 커플만 예외였다. 그들은 사람 관계든 공간이든 거침없이 넘나들었다. 젊은이다운 패기와 자신감은 다른 사람들에게도 영향을 미쳤다. 그럼에도 소장은 그들의 태도가 전적으로 달갑기만 한 것은 아니었다. 물가에서 노는 아이를 보는 것처럼 걱정스럽기도 했다.

— 웅가, 포커페이스 알지?

소장의 뜬금없는 질문에 웅가가 눈을 치켜떴다.

— 소장님, 도박 좋아하세요?

— 웅가네 고향 사람들은 도박 안 해?

— 왜 안 하겠어요? 하지만 포커페이스를 해야 할 정도로 복잡한 도박이 아니에요. 순진할 정도로 소박하죠. 흑 아니면 백, 그런 식의.

소장은 그녀가 포커페이스의 의미를 잘 알고 있는 것 같아 이내 본론으로 들어갔다.

— 한국의 난민 캠프는 다른 나라와 달리 법무부 소속이거든. 내가 이 부서에서 일해 봐서 잘 아는데, 법무부 공무원은 일의 성격상 사람들이 대체로 진지하고 엄격해.

진 소장은 권위적이라거나 고지식하다는 말보다 좀 더 긍정적인 표현을 골랐다.

— 난민 심사에 불이익 받지 않도록 표정 관리 잘하라는 말씀이시죠?

웅가는 소장의 뜻을 금세 파악했다.

— 특히 인터뷰 때 말이야.

소장이 힌트까지 주었다.

웅가는 맨 처음 출입국 관리소 담당 직원한테 조사받을 때가 생각났다. 그때 이미 경험한 일이었다. 통역사가 중간에서 안절부절 못하던 모습도 떠올랐다. 사실 이곳 캠프의 분위기는 예상과는 많이 달랐다. 처음의 생각이 편견이 아니었나 싶을 정도로 편한 분위기였다. 출입국 관리소와는 담당 직원들 태도부터 달랐다. 업무가 다른 이유도 있겠지만 윗사람의 성향이 분위기를 많이 좌우하는 것 같았다.

— 여긴 집 같은 곳이니까. 나야 가능하면 엄마 역할을 하려고 하지. 가끔은 시어머니 노릇도 하지만…….

말을 하고 난 소장은 '시어머니 노릇'이라는 한국식 표현이 프랑스 문화권의 아프리카 출신 여자에게 먹혀들까 싶었지만 웅가는 벌써 이해한 표정이었다.

— 웅가, 캠프 생활 잘하는 것과 난민 심사에 통과하는 건 다른 문제라는 거 알지?

소장이 좀 더 현실적인 문제를 끄집어내자 웅가는 소장의 우려를 잘 안다는 듯 고개를 끄덕였다.

— 실은, 국경을 넘으면서 미셸과 나는 이전과 다른 삶을 살기로 했어요. 난민이라는 처지를 잊고 건강하고 당당하게 살아가기로요.

웅가는 소장에게 속을 털어놓았다.

— 멋진 생각이야. 하지만 먼저 난민으로 인정받는 게 더 중요

해. 그래야 난민에게 주어지는 혜택을 받을 수 있지. 어떤 게 우선순위인지부터 잘 생각해 봐.

*

소장의 방을 나온 웅가는 그동안 꼭꼭 묻어 두었던, 이곳으로 오기 전까지의 일들을 떠올리며 천천히 복도를 걸었다.

─웅가는 제가 가르쳐 본 학생 중에서 가장 뛰어납니다.

모든 건 그 한마디에서 시작되었다. 미셸이 부족장인 웅가의 아버지에게 했던 칭찬 한마디에서……

─내 딸은 머리도 뛰어나지만 담력도 사내 못지않지.

부족장인 아버지는 딸에 얽힌 일화를 선생인 미셸에게 들려주었다.

하루는 사냥에서 돌아온 그가 칼을 내밀며 다섯 명의 자식을 향해 물었다.

─누가 하겠느냐?

그들 발밑에는 얼룩말 하나가 피를 흘리며 버둥거리고 있었다. 남은 숨을 완전히 끊어 놓아야 했던 것이다. 아버지는 급소를 알려주며 그곳에 칼을 꽂기만 하면 된다고 말했다. 자식들은 모두 침묵을 지켰다. 장남조차 나서지 않았다. 살려고 버둥거리는 짐승의 마지막 숨통을 끊어 놓는 끔찍한 일을 하기에는 다들 여리고 어렸다.

부족장인 아버지는 아이들에게 사냥보다 글을 먼저 가르쳤던, 진보적인 사람이었다.

—아무도 없단 말이냐?

아버지의 마지막 물음에 마침내 나선 아이가 막내딸 웅가였다.

다섯 아이 중 둘은 이미 도망쳤고 나머지는 고개를 돌린 채였다.

—그 얼룩말이 고통스러워하는 걸 더 이상 보고 있을 수 없어서였어요.

세월이 흐른 뒤 웅가가 그 일에 얽힌 진실을 털어놓았다.

그 말을 들은 아버지는 한동안 생각에 잠겼다.

—연민의 고리를 끊는 것, 그것도 자유의 한 방법이다. 그것이야말로 한 부족을 이끌 진정한 자질인지도 모르지. 네가 아들로 태어났더라면 좋았을 걸……

부족장인 아버지가 아쉬워하며 말했다.

—동물이 아닌 인간 세계에서는 용맹보다 지혜가 한 수 위죠.

부족장 얘기를 듣고 난 미셸이 말했다.

그러면서 미셸은 막내딸 웅가를 파리에 유학시킬 것을 부족장에게 권했다. 그는 부족의 앞날을 위해 미셸의 조언을 받아들였다. 유학에서 돌아온 딸이 부족 사람들을 교육하고 부족의 발전에 기여하기를 바랐다. 그는 세상이 바뀌었다는 것, 그리고 부족 사회에도 변화가 절실하다는 걸 잘 알고 있었다.

웅가 역시 아버지의 뜻대로 열심히 공부해 나중에 고향으로 돌아와 부족 사람들을 가르칠 생각이었다. 하지만 그건 도시의 자유로운 바람을 맛보기 전까지의 생각이었다. 졸업 후에는 더더욱 그녀의 생각도 상황도 바뀌어 있었다. 미셸과 사랑에 빠진 웅가는 그와 결혼해 파리에서 자유롭게 살고 싶었다. 그건 부족의 전통에 정면으로 위배되는 일이었다. 타 부족과의 결혼, 더욱이 피부색마저 다른 남자와의 결혼은 전통을 짓밟는 일일 뿐 아니라 부족을 배신하는 행위였다. 그런 엄격한 전통을 가진 부족의, 더구나 부족장의 딸이 고를 수 있는 합리적인 선택지는 없었다.

─우기에는 모기도 많은 법이지.

아버지는 딸의 젊은 혈기를 부족의 속담에 빗대어 말했다. 한동안 간곡하게 웅가를 달랬지만 사랑에 눈먼 딸에게 아버지의 조언이 먹힐 리 없었다.

─어쩔 수 없다. 인연을 끊는 수밖에.

마침내 아버지는 딸을 포기하기로 했다. 그러고는 웅가에게 최대한 멀리, 사람들 눈에 띄지 않는 곳으로 가서 살 것을 권했다. 딸을 지키고 싶은 아버지로서 할 수 있는 마지막 조언이었다.

하지만 그녀는 파리를 떠날 수 없었다. 삶의 기반이 거기 있었던 것이다. 고민 끝에 웅가는 파리의 후미진 곳에서 한동안 숨죽이고 살기로 했다.

하루는 미셸을 만나러 가는 길이었다. 웅가가 택시를 타기 위해 골목길 모퉁이를 도는 순간, 불쑥 나타난 괴한이 그녀의 팔을 비틀며 입을 막아 왔다. 호신술에 능했던 웅가는 몸을 비틀면서 무릎으로 괴한의 사타구니를 가격해 그를 주저앉히고는 도망쳤다.

그 뒤에도 한 차례 더 괴한의 공격이 있었지만 그녀는 일찍이 몸에 익힌 호신술로 위기를 모면할 수 있었다. 그런 위협의 그림자가 드리우기는 미셸도 마찬가지였다. 웅가는 부족을 배반한 자의 최후를 잘 알고 있었다. 그건 부족장인 아버지의 뜻과는 아무 상관 없는 일이라는 걸 뒤늦게 깨달았다. 파리는 더 이상 안전하고 자유로운 곳이 아니었다.

─미셸, 우리가 늘 이렇게 뒤를 두려워하면서 살 수는 없잖아. 난 이 파리의 자유가 이젠 부담스러워.

그녀는 결단을 내려야 한다고 생각했다. 자신 때문에 미셸까지 위험에 처하게 할 수는 없었다. 웅가는 사랑을 포기할 각오까지 하고 있었다. 자신이 미셸의 앞날에 걸림돌이 될 바에는 그게 나을 것 같았다. 아버지가 딸의 행복을 위해 핏줄의 인연을 포기했듯이.

─웅가, 여길 떠나자. 아프리카도 파리도 아닌 제삼국에 가서 살자.

미셸의 결단이 웅가를 절망의 늪에서 다시 끌어올렸다.

그의 의지만 확고하다면 웅가는 두려울 게 없었다. 사랑을 위해 죽음을 무릅쓴 탈출을 감행하기로 했다. 국경과 인종을 넘어선 사랑은 또 한 번 국경을 넘어야 했다.

그러니 더더욱 이곳에서 살아남아야지. 웅가는 소장의 거듭된 당부를 떠올렸다.

이곳에 오면서 쾌활하게 보이려 애썼던 건 사실 그런 일련의 기억들을 잊기 위해서였다. 미셸과 한 배를 타고 있었지만, 엄밀히 따지고 들면 웅가는 그와는 또 다른 입장이었다. 족장의 딸로서 의무를 저버렸고 부족을 배신했다. 그리고 자신의 태생적 한계 때문에 피해를 입은 미셸에게도 깊은 죄책감이 들었다. 그럴수록 웅가는 의연하려 애썼다. 힘들수록 낙관적이 되는 것, 그것이야말로 자기 부족의 전통이자 최고의 자산이었던 것이다.

말을 잃고 쓰다

─진 소장, 찬드라가 드디어 말문을 열었어.

털보 선생이 흥분한 표정으로 소장실에 들어섰다.

진소희 소장이 눈을 빛내며 그를 쳐다보았다. 소장으로서 이곳 공식 1호 난민인 찬드라에 대한 애정과 관심이 각별할 수밖에 없었다. 찬드라의 실어증에 얽힌 이야기를 출입국 관리소 담당 직원에게서 전해 듣고부터 더더욱 관심이 갔다. 맨 처음 소장은 찬드라 문제를 전문 치료 기관에 맡기려 했다. 하지만 찬드라가 완강하게 거부하는 바람에 시간을 두고 지켜보기로 했다. 그럼에도 지금껏 별다른 변화를 보지 못했다.

─다른 말은 없었나요?

털보 선생의 애기를 전해 들은 소장이 미심쩍어하며 물었다.

찬드라가 내뱉은 지극히 짧은 한마디로는 그것이 정말 질문이었는지, 아니면 감탄 섞인 의성어였는지 확실치 않았던 것이다.

─너무도 또렷한 우리말이었다니까. 정황상 의심의 여지가 전혀 없는!

털보 선생은 소장의 의구심을 일축했다.

─그러니까, 찬드라가 어떤 대목에서 갑자기 그런 반응을 보였냐면 말이지…….

털보 선생은 수업 시간에 오갔던 애기를 자세하게 덧붙였다.

─한글 첫걸음 수업이 아니라 한국사 시간 같았겠네요.

─신기한 건, 그래도 대부분 사람들이 알아듣더라니까.

미지근한 소장의 태도에 털보 선생이 답답하다는 듯 말을 보탰다.

─조금만 더 지켜보죠.

─물론, 그래야겠지.

소장이 재차 신중한 태도를 취하자 털보 선생 역시 처음의 흥분이 사그라들었다.

겉으로 드러내진 않았지만 소장도 내심 기대가 컸다. 찬드라가 실어증을 극복한다면 무엇보다 그녀를 위해 축복이겠지만, 이 캠프에 있는 다른 이들에게도 고무적일 것 같았다.

─주변에서 자꾸 자극을 주면 분명 좋아질 거야.

털보 선생이 찬드라 문제에 관해 한마디 더 덧붙였다.

─그건 그렇고, 수업은 여전히 재미있으세요, 김 주임님? 아니 김 선생님?

소장이 이야기 방향을 바꾸었다.

─사실, 그동안 잘 몰랐는데, 내가 꼰대 기질도 자질도 좀 있긴 한 것 같아.

털보 선생이 은근히 자기 자랑이었다. 한글을 처음 접하는 외국인들에게 한글 자모부터 가르치는 일은 사실 생각만큼 쉽지도 재미있지도 않았다. 하지만 이번 경우는 수업을 맡고 나서 가장 보람을 느낀 순간이었다. 찬드라가 처음으로 내뱉은 말이 영어가 아닌 한국어였다는 사실부터 그랬다. 한글 수업에 열성과 관심이 많다는 의미였고 또한 그건 이 땅에 정착해 살 의지가 강하다는 뜻이었다. 이번 일로 털보 선생은 자신의 한글 수업에 대한 자부심과 보람으로 한껏 고무되었다.

*

찬드라 역시 수업 시간의 일로 흥분해 있었다. 어떻게 그 '왜요?'라는 말이, 그것도 한국말로 나왔는지 생각할수록 놀라웠다. 지금껏 나름대로 열심히 공부를 하긴 했지만 첫 소리가 그렇게 또렷하고 정확한 한국어 발음으로 튀어나올 줄은 몰랐다. 그녀는 책상에 엎어 놓았던 거울을 세워 놓고 그 앞에 앉았다. 검은 베일 사이로 드러난 입술을 또렷이 응시하며 안녕, 하고 말해 보았다. 입술도 혀도 정상적으로 움직였지만 소리는 목구멍에서 울려 나오지 않았다. 다시 한번 시도해 보았다. 마찬가지였다. 다시 입술을 움직이며 안녕, 하고 말했다. 여전히 소리는 나오지 않았다. 수업 때 일이 일시적 현상이었음을 깨닫자 찬드라는 맥이 풀렸다. 한껏 부풀었던 기대와 희망이 일시에 사그라들었다.

말을 잃은 지 두 달이 넘었다. 자술서를 쓰고 난 다음부터였다.

—잘 쓰셨어요. 감동적이에요.

담당관의 말을 듣는 순간, 찬드라는 사슬에서 풀려나는 느낌이었다. 그건 자술서를 끝냈을 때와는 또 다른 느낌이었다. 자술서 마지막 문장에 마침표를 찍으면서 비로소 스스로에게서 해방되었다면 담당관이 진심으로 인정해 주는 말을 들었을 때는 외부의 속박에서 풀려난 기분이었다. 사흘 밤낮을 꼬박 책상에 앉아 가슴 저 밑바닥에 엉킬 대로 엉켜 있던 기억의 실타래를 풀어내야 하는 힘든 일이었다. 기억의 매듭을 찾는 일도 쉽지는 않았다. 그냥 끊어 내 버리거나 팽개쳐 버리고 싶은 적도 많았다. 하지만 그 힘든 순간을 넘기고 나면 생각이 달라졌다. 세세한 기억들을 끄집어낼 때마다 묘한 해방감이 심신을 타고 흘렀다. 그것이 환각제가 되어 사흘 내내 자는 것도, 먹고 마시는 것도 잊은 채 그 일에 빠져 있었다. 히말라야의 설산을 앞에 둔 마을과 그 대자연의 품에서 뛰놀던 어린 시절 이야기를 쓸 때는 가슴에서 맑은 샘물이 솟아나는 것 같았다. 대도시에서 꿈을 키웠던 대학 시절의 설렘과 아릿한 첫사랑의 기억이 가슴을 적셔 왔다. 결혼으로 인한 가족과의 갈등, 명예 살인의 위협에 대한 생각에 이르자 전율이 일었다. 희로애락의 감정이 겹겹이 묻어 있는 기억을 하나하나 살려 글로 풀어내고 나니 이상하게도 매듭을 하나 지은 느낌이었다. 그걸 끝내고 찬드라는 바로 죽음보다 깊은 잠에 빠져든 것이다. 잠인지 의식 불명 상태였는지조차 알 수 없었다.

─깨어났네요.

담당관이 침대 머리맡에 서서 찬드라를 보고 미소지었다.

네, 덕분에 잘 잤어요.

찬드라는 감사의 말부터 하려 했지만 웬일인지 소리가 되어 나오지 않았다.

어, 이상해요. 말이 안 나와요.

그 말조차 목구멍에서 맴돌 뿐이었다. 아무리 목을 가다듬고 다시 소리를 내 보려 해도 아무런 소리도 흘러나오지 않았다. 어떻게 하루아침에 그런 일이 있을 수 있는지 놀라웠다.

─극도의 스트레스와 신경 쇠약 때문인 거 같은데요. 며칠 지나면 괜찮아질 거예요.

담당관이 그녀를 안심시켰다.

하지만 이틀, 사흘, 일주일이 지나도 마찬가지였다. 결국 찬드라는 간단한 얘기는 손짓으로, 복잡한 얘기는 펜과 종이로 대신해야 했다. 하루아침에 인어 공주의 운명이 돼 버린 것이다. 목소리를 내주고 인간의 다리를 얻었던 인어 공주처럼 자신도 목소리와 새로운 삶을 맞바꾼 게 아닌가, 싶었다.

그녀는 거울을 보며 다시 한번 목을 가다듬고 소리를 내려 시도해 보았다.

킹, 세, 종.

입술만 움직일 뿐 여전히 소리는 흘러나오지 않았다. 선생의 설명을 통해 찬드라는 세종이라는 이국의 왕을 알게 되었다. 여전히 카스트 계급이 존재하는 나라에서 자란 그녀로서는 왕이 무지한 백성을 일깨우기 위해 손수 글을 만들었다는 사실이 믿기지 않았다. 왕으로서 누리고 즐길 게 얼마나 많았을 텐데, 그걸 포기하고 딱딱한 책상 앞에서 힘든 과업을 마주했다니…… 자음과 모음이 만나 이루는 소리글자의 단순성을 접하고 나니 그 위대함과 진정성이 차츰 실감났다.

찬드라는 한 번 더 소리를 시도해 보았다.

킹 세 종.

여전히 소리는 나오지 않았다.

안 녕 하 세 요. 사 랑 해 요.

말은 가슴과 머릿속에서만 맴돌았다.

그녀는 거울을 다시 엎어 놓았다. 한껏 품었던 기대와 희망도 내려놓았다. 서랍장 위의 책을 다시 집어 들었다. 침묵 속에 지내는 일도 이제는 익숙해졌다. 좋은 점도 있었다. 말을 잃고 나니 눈이 잘 보이고 귀가 더 밝아졌다. 찬드라는 지난번 읽었던 부분에 끼워 놓은 책갈피를 찾아내 책장을 펼쳤다. 이 검은 베일과 침묵의 세상에 머무는 것도 의미 있는 삶일 거라고 생각하며 찬드라는 천천히 문장을 읽어 내려갔다.

제발 그만 좀 해!

—당신 정말 중국인 맞아?

숙소로 들어선 옥란은 수업용 책들을 팽개치고 남편을 닦달하기 시작했다.

—온갖 나라 사람들 다 모여 있는 데서 어떻게 제 나라를 욕할 수가 있냐고.

모샤르의 돌발성 멘트 이후 옥란의 귀에 수업 내용은 들어오지도 않았다. 수업 초반에는 털보 선생의 설명에 우쭐해질 정도로 한족으로서 자부심을 느꼈는데 갈수록 생채기가 나더니, 남편까지 노골적으로 중국을 욕하고 나서면서 한족이라는 자부심이 완전히 내동댕이쳐진 기분이었다.

— 우린 난민이야. 중국 공안에 쫓겨 온 처지라는 거 몰라?

모샤르는 공안 생각만 해도 분노가 끓어올랐다.

— 당신네 위구르족들의 배신과 모함이 원인이지. 왜 공안을 문제 삼아.

— 이젠 당신까지 우리 민족을 모욕할 생각이야? 머릿수 많은 한족이 소수 부족들을 얼마나 핍박하는지 뻔히 알면서도 그래?

— 하나로 똘똘 뭉쳐도 모자랄 판에, 갈기갈기 찢어지면 어떻게 강국이 돼?

— 강국? 한족을 위한 강국이지. 다른 소수 민족은 그놈의 잘난 한족들 강국 만드는 데 들러리나 서라고? 그런 무식한 소리, 하지도 마.

— 한족이 무식하다면 위구르족은 아주 무뢰한에 불한당이겠구나.

옥란이 비아냥거리듯 받아쳤다.

한동안 잠들어 있던 갈등의 불씨가 다시 타오를 조짐이었다.

한족과 위구르족간 민족 갈등이 언젠가부터 모샤르 부부에게 스며들어 대리전 양상을 띠었다. 뼈대 있는 한족 가문 출신인 옥란은 어릴 적부터 한족이라는 자부심이 대단했다. 그런 자신의 출생 성분이, 젊고 잘생긴 위구르족 청년의 청혼을 받게 된 결정적 배경이었다는 것도, 청년이 원한 건 자신이 아닌 위장 결혼이었다는 사실도 처음엔 전혀 몰랐다. 첫아이를 낳고 언젠가 남편이 자신의 과거를 털어놓았을 때 옥란은 너무도 놀라 말을 잇지 못했다. 하지만 자신은 이미 혈연으로 맺어진 가정의 안주인, 무엇보다 아이의 엄마였다.

현실을 깨닫고 난 옥란은 남편 모샤르가 꿈 대신 가정을 선택해 준 데 감사하며 가정을 지키기로 했다. 모샤르 역시 모든 과거를 청산하고 한족에 기꺼이 동화해 살려는 노력을 보였다. 둘째 아이 샤샤까지 태어나면서 가정은 완벽하게 그들 삶의 중심에 놓였다. 두 사람은 여느 중국인 부부처럼 한 번씩 티격태격하긴 했어도 그럭저럭 소박한 삶을 이어왔다.

그러던 어느 날, 공안이 집 안에 들이닥쳤다. 쿤밍 역 테러 사건 직후였다. 모샤르가 그 테러 사건의 배후자로 지목된 것이다. 날벼락이 아닐 수 없었다. 모샤르는 도무지 이유를 알 수 없었다. 젊은 시절 자신이 몸담았던 독립 무장 단체의 모함이라는 건 얼마 뒤 알게 되었다. 설상가상으로 그때부터 집안에서조차 신뢰를 잃었다. 공안 당국의 조사를 받고 난 모샤르의 적개심은 자신을 모함한 독립 무장 단체가 아니라 한족을 향했다. 한편 남편과 위구르족에 대한 옥란의 불신도 한층 심해졌다. 국경을 넘어 이곳에 오고 난 다음부터 부부간 갈등은 점차 심해졌고 가정불화의 결정적 원인이 되고 있었다.

—무뢰한에 불한당이라니! 소수 부족을 그렇게 취급하는 거, 그게 바로 한족의 돼먹지 못한 우월주의잖아!

모샤르의 목소리가 몹시 커졌다.

옥란도 발끈해서는 지난 몇 해 동안 위구르족이 벌인 만행을 낱낱이 들추며 남편에게 맞섰다. 모샤르는 소수 부족의 독립 투쟁을 만행이라고 매도하는 한족의 오만방자한 피가 옥란에게 흐르고 있다며 인신공격까지 해댔다.

— 으아아! 제발 그만 좀 해!

갑자기 큰아들 녀석이 그들 앞에 나타났다.

— 그만하라고, 씨팔!

아들의 큰소리에 부부는 단번에 조용해졌다.

옥란은 눈을 멀뚱거리며 큰아들 진진의 눈치를 살폈다. 온종일 제 방에 틀어박혀 코빼기도 보기 힘든 큰아들 녀석이 방에서 나와 그들 앞에 선 것이다. 우울증인지 사춘기의 반항인지, 신경질적이던 녀석의 태도가 국경을 넘으면서부터 더 심각해졌다.

— 아니, 이놈이 어디 버릇없이 어른한테 대들고 그래! 말버릇이 그게 뭐야?

모샤르가 호통쳤다.

부부 싸움이 부자간 다툼으로 번져 갈 조짐이었다.

— 배 안 고파? 점심도 안 먹었잖아?

기세등등하던 옥란은 자식 걱정 가득한 엄마로 돌아가 있었다.

캠프 입소 후에도 큰아들 녀석은 이곳 생활에 도무지 적응하려 들지 않았다. 방에 틀어박혀 온종일 뒹굴 뿐 바깥출입도 꺼렸다.

식당에 밥 먹으러 가는 것조차 싫어해 옥란은 애가 탔다. 아들은 자연히 살이 빠지고 얼굴의 혈색도 나빠져 갔다. 진진은 한번씩 부모한테 반항하거나 어린 동생 샤샤를 못살게 굴었다. 형한테 몇 번을 얻어터진 샤샤는 슬금슬금 형을 피해 다니더니 요즘은 아예 바깥으로 돌았다. 모샤르는 그런 막내아들이 더 걱정이었다.

── 진진, 너 앞으로 동생한테 행패 부리면 혼날 줄 알아! 약자 괴롭히는 놈이 세상에서 제일 비겁하고 나쁜 놈이야.

모샤르가 막내아들 샤샤를 떠올리며 호통을 쳤다. 두 아들을 보고 있으면 꼭 한족과 소수 부족을 보는 것 같았다.

── 밥 좀 먹을래? 챙겨다 줄까?

옥란의 간절한 권유에도 진진은 들은 척도 않고 돌아섰다. 다시 제 방으로 들어가서 문을 쾅 닫아 버렸다.

꿈은 이루어진다

—어머, 무슨 소리지?

한글 공부를 하던 웅가가 노트에서 눈을 떼고 바깥쪽에 귀를 기울였다.

건너편 모샤르네 숙소에서 두 내외가 티격태격하는 소리 같았다. 남의 숙소 내부 소리가 복도 너머로 들려온 건 처음이었다.

—아까 수업 때 일이 화근이 된 모양이네.

태블릿 피시 화면에서 눈을 떼지 않은 채 미셸이 말했다. 사람 냄새가 묻어나는 소음이 그는 내심 반가웠다. 평소 이 생활공간이 너무도 고요하고 무겁게 가라앉은 분위기여서 어떤 때는 강제 수용소에 와 있는 기분이었던 것이다.

──그나저나 이 건물, 방음에 문제가 있는 거 아냐?

웅가가 찜찜해하며 말했다. 혹시나 자신과 미셸이 사랑을 나눌 때의 소리도 밖으로 흘러 나간 건 아닐까 싶어서였다.

──건설업이 이 나라 대표 산업 중 하나래. 세계적인 기술 보유국이니 믿어져. 건물들이 좀 획일적이라 재미없긴 하지만…….

미셸이 웅가의 우려를 덜어 주듯 한마디 했다. 마침 그는 조선시대 궁궐 건축을 보며 왜 이 나라 현대식 건물들이 전통을 전혀 살리지 못하는지 의문을 품던 차였다. 대학 시절 건축학을 부전공으로 배워서 건축에 관심이 많은 미셸이었다. 새로운 도시에 가면 늘 그곳 건축물이 그 지역의 첫인상으로 다가오곤 했다. 이 캠프에 왔을 때도 건물부터 눈길이 갔다. 한동안 유행했던 노출 콘크리트 공법의 외관은 아주 새롭지는 않은 디자인이지만, 난민을 위한 시설물로는 파격적이라 할 만했다. 난민 캠프에 대한 선입견을 깬 건물의 모습에 내심 놀라면서도 어딘지 모르게 낯설고 부자연스러운 느낌도 들었다. 그 첫인상은, 내부 시설을 볼 때도 이어졌다. 컴퓨터실에 세탁실, 헬스장까지 첨단 기기와 전자 제품들이 완벽하게 갖추어져 있는 모습이 꼭 누군가에게 보여 주기 위한 편의 시설 같았다. 얼마 뒤에야 그 의문이 풀렸다. 그 낯섦은 '새것'이 주는 느낌이었다. 입구 정문부터 건물 외벽은 물론, 복도나 계단, 심지어 주방의 식기와 수저까지 하나같이 새것이었다. 사람의 손길이나 온기가 닿지 않은 사물 그 자체에서 나오는 어떤 거리감이 느

꺼졌다. 캠프 입지도 그랬다. 해안가에 캠프 건물만 외따로 덩그러니 서 있었던 것이다. 비행기에서 내려다보았을 때의 섬 전체 느낌도 마찬가지였다. 해안 곳곳이 반듯한 제방으로 이루어진 거대한 인공 섬 같았다. 공항이 섬의 일부를 차지하고 나머지 땅은 아파트나 빌딩 타운이 만들어져 있었다. 그 외에는 대부분 황량한 공터였다. 주변 지역 또한 계획적으로 조성된 신도시여서 낡은 것이라곤 찾아보기 힘들었다. 철저하게 보존과 복원에 초점이 맞춰져 있는 파리의 분위기와는 너무도 달랐다.

─미셸, 아까 수업 때 찬드라 일 말이야, 진짜 신기하지 않았어?

웅가가 한글 수업 때의 일로 화제를 돌렸다.

그녀는 처음부터 찬드라에게 관심이 많았다. 영어권인 인도 출신인데다 자신과 나이 차이도 크지 않아 친구가 될 수 있을 것 같았기 때문이다. 하지만 아직 인사 한번 제대로 나누지 못한 사이였다.

─찬드라는 실어증이 아니라 함묵증일 수도 있어. 이곳에 와서 자술서 쓰고 난 다음 그렇게 됐다는 걸 보면 말이야.

미셸은 자신이 한때 친하게 지냈던 친구의 경우를 떠올리며 말했다.

─함묵증?

낯선 용어에 웅가가 눈을 동그랗게 떴다.

─뇌에 문제가 생겨서 걸리는 실어증과 다르게 함묵증은 심리

적 문제여서 외부 자극이 치료에 도움이 되거든. 우리가 나서서 돕는다면 말을 되찾을 수도 있을 거야.

— 전문가도 아닌 우리가 어떻게?

— 조지 6세의 말더듬증을 고친 언어 치료사도 연극하던 사람이었잖아.

미셸은 파리에서 웅가와 함께 보았던 영화 「킹스 스피치」를 예로 들었다.

— 그건 영화 속 얘기잖아.

— 실화를 다룬 영화라고.

그 영화를 볼 때만 해도 둘은 자유롭게 파리를 누비고 다녔다. 웅가의 기억은 훌쩍 파리 시절로 넘어갔다.

— 파리는 잘 있을까? 아, 센강 걷고 싶다. 몽파르나스도.

두 곳은 웅가와 미셸이 숱하게 오갔던 데이트 장소였다.

— 웅가, 털보 선생 말대로 여기서 우리 할 일을 찾는 게 어때?

미셸의 갑작스러운 제안이 파리 골목을 헤매던 그녀를 다시 캠프로 끌어들였다. 언젠가 털보 선생이 두 사람을 두고 마치 난민 캠프에 봉사하러 온 청년 단원 같다고 했던 적이 있었던 것이다. 사실 그 한마디는 남들과는 다른 자신들의 밝은 태도를 일컫는 말일 수도 있겠지만 어떻게 보면 새로운 일에 의욕을 보이는 젊음의 패기에 대한 찬사 같기도 했다.

— 더 미루지 말고, 가까운 일부터 하나씩 해 나가자는 거지. 예

를 들면 아까, 찬드라 일 같은 것 말이야. 우리가 도울 수 있는 일이 분명 있을 것 같아.

미셸의 계획은 이미 구체화돼 있었다. 그는 어떤 생각이든 한번 떠오르면 빨리 결정하는 편이었다.

웅가는 미셸의 꿈을 잘 알고 있었다. 제삼 세계에 가서 봉사하며 여행하듯 사는 것. 웅가와의 만남도 그 과정에서 맺은 결실이었다. 그 결실이 미셸의 꿈에 날개를 달아 주는 것이어야 한다고, 그래야 둘의 관계도 굳건하게 유지될 수 있을 거라고 웅가는 생각했다.

— 무엇보다 난 이 캠프의 난민으로 하루하루 살아가고 싶지는 않아.

미셸이 결기 어린 눈빛으로 말했다.

— 알았어, 미셸. 성질 급한 건 알아줘야 한다니까.

웅가는 미셸을 흘겨보면서도 그의 생각을 이미 받아들이고 있었다. 미셸의 제안이라면 어떤 것이든 쉽게 거스르지 못하는 웅가였다. 그 이유도 잘 알고 있었다.

— 이게 다 첫 만남 때문이야. 선생과 학생으로 첫 인연이 맺어졌기 때문에 늘 내가 미셸의 말을 따를 수밖에 없는 거라고.

웅가가 불평하듯 말했다.

맹그로브 숲에서

─윽, 구린 냄새!

해먹에 누워 있던 민이 찡그린 표정으로 고개를 길게 뺐다. 그러고는 바닥에 내려앉은 뚜앙을 내려다보았다.

─민이 코 개코!

민과 시선이 마주친 뚜앙이 눈을 흘기며 외쳤다.

건너편 해먹의 샤샤도 뚜앙의 말을 흉내 내, 민이 코 개코, 하며 코를 감싸 쥐는 시늉을 해 보였다.

뚜앙은 손에 들고 있던 유리병 마개를 서둘러 닫아 제자리에 넣고는 조심스레 붙박이장 문을 닫았다. 그리고 태연히 자신의 해먹에 올랐다. 두 다리를 쭉 뻗고 두 팔로 베개를 만들어 베고 나니 발치 양쪽에 있는 두 아이가 눈에 들어왔다. 해먹 때문에 이 방 단골이 된 불청객이었다. 민은 큐브를 맞추느라, 샤샤는 그림책을 들여다보느라 정신없었다. 따로 놀면서도 두 녀석은 꼭 붙어 다녔다.

뚜앙은 아이들을 바라보며 입에 머금은 것을 천천히 혀 안에서 굴렸다. 아이들 불평을 들으며 그가 급히 입속에 털어 넣은 건 프라혹 한 숟가락이었다. 주방에서 퇴짜 맞다시피 가져온 프라혹병을 방 안 붙박이장에 귀중품처럼 보관하고 있었던 것이다. 그 냄새를 맡으면 뚜앙은 이상하게도 심신이 안정되고 기분이 좋아졌다. 가끔 소화가 잘 안 되고 속이 더부룩할 때는 소화제 대신 한 숟가락씩 떠먹기도 했다. 거의 만병통치약에 가까운 효력을 보이는 게 그 프라혹이었다. 뚜앙은 점점 그 맛에 중독이 되어 요즘은 입이 심심할 때마다 한 숟가락씩 떠먹곤 했다.

짜고 자극적인 첫맛이 서서히 가시면서 달큰하면서도 구수한 감칠맛이 느껴지기 시작했다. 메콩강의 리엘 대신 서해 바다에서 잡은 작은 생선으로 만든 것이었다. 은빛 나는 작은 몸통의 생선들은 생김새도 리엘과 비슷했다. 고향의 프라혹에 비할 바는 아니었지만 시간이 갈수록 서해표 프라혹맛에도 조금씩 익숙해 갔다. 사실 고향의 프라혹도 집집마다 철마다 맛이 달랐다. 예전에는 뚜앙도 프라혹 냄새를 그다지 좋아하지 않았다. 먼 이국땅에 있다는 사실이 오히려 그 맛과 향에 집착하게 하는 것 같았다.

─뚜앙, 이번 프라혹은 진짜 잘 담가졌어. 맛이 끝내준다니까.

어머니가 돌아가시고 난 다음부터는 메이가 프라혹 조달자였다. 어릴 적엔 사내애도 후려잡던 메이는 나이가 들면서 점점 차분하고 세심해졌다. 병든 홀어머니를 모시고 살아서인지 손끝이 야물고 살림 솜씨도 좋았다. 어릴 적 소꿉친구였던 둘은 나이가 들면서 자연스레 남녀 관계로 나아갔다.

새해가 다가올 무렵이면 메이와 함께 콤퐁루옹 인근으로 리엘 잡이 여행에 나섰다. 수상 가옥촌에서 공인된 몇몇 청춘 남녀 커플과 함께였다. 그 여행은 둘에겐 환상의 데이트 기회였다. 해마다 12월 말에서 1월 초에 해당하는 일주일 또는 열흘이 리엘 잡이의 절정기였다. 그때가 되면 콤퐁루옹의 남녀노소 누구나 신의 축복을 온몸으로 느낄 수 있었다. 호수는 그야말로 물 반 고기 반이었다. 그때의 물고기는 잡는 게 아니라 쓸어 담는다는 말이 맞았다. 잡은 리엘을 커다란 대나무 바구니에 쏟아붓고는 둘이 함께 맨발로 밟아 내장과 머리를 요령껏 떼어 내야 했다. 매끈매끈한 어린 생선의 비늘이 발바닥에서 느껴지면서 수확의 기쁨은 발끝에서 온몸으로 전해 왔다. 그렇게 콤퐁루옹에서의 일차 손질이 끝나면 메이네 집으로 리엘을 모두 옮겨 이차 작업을 시작했다. 한 번 더 손질해 말린 리엘을 소금에 절여 숙성시키는 일이었다. 두어 달 뒤에는 숙성된 프라혹 단지들이 뚜앙의 집으로 옮겨지곤 했다.

—이런 거 들고 오가는 것도 번거롭다, 그치?

메이의 말에 담긴 속내를 뚜앙이 모를 리 없었다.

──조금만 더 있으면 그럴 필요도 없지.

뚜앙은 메이가 스무 살이 되면 정식으로 청혼할 생각이었다. 뚜앙은 홀아버지, 메이는 홀어머니를 모시고 사는 처지라 서로를 잘 이해하긴 했지만 남들처럼 결혼이 쉬운 조건은 아니었다.

프라혹 냄새를 맡으면 메콩 강물과 아열대 지역의 나무인 맹그로브 뿌리가 얽혀 만들어 내는, 보름날 밤 호수의 물비린내가 떠올랐다. 사춘기에 접어들고는 밤에 맹그로브 숲을 찾는 일이 잦아졌다. 수상 가옥촌에서도 메이네 집은 맹그로브 숲 입구의 약간 외진 곳에 자리하고 있었다. 쪽배에 메이를 태우고 노를 저어 들어간 으슥한 맹그로브 숲은 더할 나위 없는 밀회 장소였다. 수상 가옥촌 청년들은 밤낚시를 핑계로 쪽배를 몰고 나와 여자 친구를 태우고 늦은 밤 맹그로브 숲을 배회하곤 했다. 맹그로브의 강인한 뿌리와 황토물이 어우러져 만들어 내는 밤 호수의 물비린내는 뚜앙의 청춘 시절을 떠올리게 하는 촉매제였다.

먹어 봐. 메이가 만들어 오는 음식은 뭐든 맛있었다. 메이는 자신의 손맛의 비밀이 프라혹에 있다고 했다. 그해의 프라혹 맛이 음식 맛을 결정짓는다는 것, 그 프라혹의 맛은 대나무 바구니 속에 둘이 발을 담그고 호흡을 맞추는 리엘 밟기 작업에서 시작된다는 것이 메이의 생각이었다. 리엘 손질이 쉬운 일은 아니었다. 할 때는 신나지만 끝나고 나면 손발은 어린 생선의 가시와 뼈로 상처투성이였다. 일찍부터 홀어머니와 살면서 집안일에 잘 단련된 메이

보다 뚜앙의 발과 손에 상처가 더 많이 남았다. 뚜앙은 그 정도 일에는 끄떡도 않는 메이의 억센 손발이 대견하면서도 가슴 아팠다.

뚜앙은 혀끝에 마지막으로 남은 프라혹의 맛을 음미하며 침을 삼켰다. 그 은은한 맛과 함께 보름날 밤의 맹그로브 숲이 떠올랐다. 톤레사프 호수의 황토물이 달빛 아래서 은은하게 빛나고 맹그로브의 줄기와 엉킨 뿌리들의 그림자가 달빛 아래 드러났다. 일찍부터 뚜앙의 꿈은 오직 하나였다. 메이가 스무 살 생일을 맞는 달, 보름달이 뜬 맹그로브 숲에서 정식으로 청혼하는 것. 그 계획을 삼 개월 앞두고 기다렸다는 듯 많은 일들이 일어났다. 홀어머니마저 잃고 메이는 혼자가 되었다. 혈혈단신이 된 메이는 예상과 달리 뚜앙의 곁으로 선뜻 다가서지 않았다. 그녀를 태우기 위해 쪽배를 몰고 갔던 어느 날, 그녀는 이전과 달리 쌀쌀맞게 굴었다.

─뚜앙, 우리의 앞날을 냉정하게 생각해야 해.

메이는 그날, 뚜앙의 쪽배에 오르는 걸 거부했다.

─난 이 톤레사프 호수 위에서 인생을 끝내고 싶지 않아.

결기 어린 메이의 목소리가 물 위에 맴돌았다.

뚜앙은 아무 말도 할 수 없었다.

─국적을 얻을 거야.

그 말에 뚜앙은 노를 떨어뜨렸다. 그건 메이가 뚜앙 아닌 육지 사람과 결혼하겠다는 말이었다. 그 한마디를 결별 통보처럼 남기고 메이는 집으로 들어가 문을 잠가 버렸다. 뚜앙은 메이를 애타게 불렀지만 그녀는 끝내 그를 외면했다. 육지 사람과 결혼하는 것은 수상 가옥촌 청춘 남녀들의 공통된 꿈이었다. 그것만이 국적을 얻어 뭍에서 살 수 있는 유일한 방법이었기 때문이다. 그날 밤 뚜앙은 노 잃은 배 위에 누워 호수 위를 표류하듯 떠다녔다. 그대로 물속에 가라앉기를 바랐지만 배도, 갈 곳 잃은 마음도 차가운 물 위에 떠 있기만 했다.

뚜앙은 혀에 남은 프라혹의 씁쓸한 뒷맛을 마지막으로 삼켰다.

— 강민, 아직도 냄새 나?

어린 식구들이 신경 쓰인 뚜앙이 다시 물었다.

— 냄새 안 나!

민을 대신해 샤샤가 대꾸했다. 그것도 또렷한 한국말로. 샤샤는 하루가 다르게 한국말이 늘고 있었다.

뚜앙은 두 아이가 양 옆에 있으면 왠지 마음이 든든했다. 언젠가부터 두 녀석은 아예 이 방에 눌러앉다시피 해 버렸다.

— 내가 숙직실을 완전히 떠나게 됐으니 앞으로는 뚜앙 자네가 민이랑 같이 지내지.

털보 선생이 처음 민이를 맡길 때는 사실 걱정이 앞섰다. 민이 녀석에게 괴벽이 있다는 걸 잘 알고 있기 때문이었다. 밤에 잠도 잘 안 자고 이리저리 돌아다니기도 하고, 어떤 때는 큐브에 빠져 한 번씩 사람 속을 뒤집어 놓는다는 걸.

— 이제는 틀이 많이 잡혔어. 생활도 규칙적이고. 무엇보다 똘

똘하잖아. 영어도 한글 쓰기 실력도 사실 자네보다 훨씬 낫잖아.

털보 선생이 꼰대처럼 입바른 소리를 해서 기분이 상하긴 했지만 뚜앙은 그의 제안을 선선히 받아들였다. 혼자 지내는 것보다 여러 모로 나을 것 같긴 했다.

민이 오고 얼마 지나지 않아 샤샤도 뚜앙의 방으로 은근슬쩍 넘어왔다. 민이 옆에 그림자처럼 붙어 다니던 샤샤는 자기 형이 무서워 아예 가족들 있는 곳에는 얼씬도 하지 않으려 했다. 그렇게 해서 뚜앙은 하루아침에 두 아이와 한 식구가 돼 버린 것이다. 이산가족이 만나 또 하나의 가족이 만들어진 셈이었다.

뚜앙은 새로운 가족이 신기하면서도 기뻤다. 그 일로 모샤르 부부도 이전과는 달리 뚜앙에게 아주 공손해졌다. 특히 옥란은 같은 아시아인이면서도 처음부터 뚜앙을 깔보는 태도였다. 한국어 첫걸음 수업이 시작되고는 많은 이들이 뚜앙에게 한국어로 말을 붙여 오며 그와 가까이 지내려 했지만 옥란만은 예외였다. 같은 난민 처지임에도 뼛속 깊이 중화사상으로 물든 그녀는 중국어가 세계 공용어가 될 날이 머지않았다며 한국어도 영어도 대수롭지 않게 여겼다. 캠프 내 모든 사람에게 오만하게 굴던 옥란도 자식들 문제에 있어서만큼은 약자였다. 그녀는 이제 뚜앙을 만나면 우리 샤샤 잘 좀 부탁해요,라는 뜻으로 미소를 지으며 나긋나긋하게 대했다.

― 와, 햄버거를 매일 먹었어요?

민은 눈을 반짝였다. 톤레사프 호수가 아니라 송환 대기실 얘기였다. 그곳 주식이었던 햄버거 얘기가 나오자 샤샤까지 솔깃해했다. 아이들에게 들려줄 얘깃거리는 햄버거가 전부였다. 그 뒤로 알라후 아크바르,라는 말이 입에 맴돌기 시작하면 뚜앙은 더 얘기를 끌어갈 수 없어 다시 톤레사프 호수로 돌아와야 했다. 메콩강 얘기만 나오면 민은 지겹다는 듯 딴청을 부렸다.

　—수상 가옥에서는 똥은 어디서 눠요?

　민이 불쑥 엉뚱한 질문을 해 왔다.

　—그냥 호수 위에 누지. 똥이든 오줌이든 다 빠지게 돼 있거든.

　—세수는요?

　—호수 물로 하지.

　—빨래는요?

　—그것도 호수 물로 하지.

　—똥물로요?

　—우린 맨날 거기서 헤엄치고 놀았어.

　—똥물에서요?

　—호수가 어마어마하게 커서 똥이나 오줌 같은 건 금세 사라져 버려. 서해 바다에 우리가 계속 침 뱉는다고 그 물이 더러워지겠어?

　—그럼 먹는 물은요?

　—식수는 따로 있어.

그제야 민은 안심하는 표정으로 질문을 끝냈다.

*

모샤르는 컴퓨터 방에서 보내는 시간이 점점 많아졌다. 그는 쿤밍 테러 사건에 관한 기사를 검색해 읽던 중이었다. '테러'라는 말에 그는 비위가 상했다. 소수 부족의 독립운동을 중국 당국은 테러 행위로 폄하하고 있었던 것이다. 기사 속에 담긴 사진 한 장에 그의 눈길이 오래 머물렀다. 그 사건에 가담한 뒤 도망쳤다가 나중에 붙잡힌 이들이었다. 법정에서 사형 선고를 받고 난 직후의 독립투사였다. 젊은 위구르족 남녀 둘이 재판정에 앉아 있었다. 두 젊은이는 재판 결과에 연연하지 않는 듯 카메라를 정면으로 쳐다보고 있었다. 갓 서른, 아니 그보다 더 어려 보이는 얼굴이었다. 사형 선고에도 그들의 표정은 당차고 떳떳해 보였다. 공안 당국의 판결에 대한 냉소까지 깃든 표정 앞에 모샤르는 가슴이 서늘했다. 소수 부족의 권리를 찾기 위해 의로운 일을 행한 젊은이다운 패기가 존경스러웠다. 젊은 날, 자신도 이런 삶을 꿈꾸지 않았던가.

이 두 젊은이는 분명 결혼하지 않았을 거야. 모샤르가 불쑥 떠올린 생각이었다. 가정을 이루지 않은 자유로운 몸. 돌이켜 보면 자신의 삶은 결혼과 함께 어긋나 버린 셈이었다. '독립운동을 위한 위장 결혼'이란 어불성설이었다. 첫 단추부터 잘못 끼운 셈이었으니……. 가족이 생기면 어떤 검객의 칼날이든 무뎌지게 마련이다. 적의 심장에 꽂으려 했던 칼을 주방용으로 쓰게 된 격이었다. 독립 투사로서의 결연한 의지는 가정이라는 울타리 안에서 가장으로서 의 책임감으로 귀결되었다.

그때의 선택을 후회하는 건 아니었다. 최근 들어 모샤르는 한 가정의 가장으로 산다는 게 독립운동 못지않게 어렵고 힘든 일임을 절감하고 있었다. 탈출에 성공하면 많은 게 안정될 줄 알았건만 그것도 아니었다. 생명의 위협이 사라지고 나니 식구들끼리 감정의 골이 더 깊어지는 것 같았다. 사춘기 아들 녀석에다 콧대 높은 한족의 후예인 아내까지, 히스테리가 갈수록 심해지고 있었다.

옥란은 자식들 교육을 위해서라도 절대 한족과 중국을 비하하면 안 된다며 일찌감치 남편 입단속을 했다. 틈만 나면 아이들에게 중국어의 중요성과 한족으로서의 자긍심을 일깨웠다. 그럴 때마다 모샤르는 비위가 상해 견딜 수 없었다.

—난민 처지에 그 잘난 한족 행세해 봤자 당신만 손해야.

—아무리 난민이어도 한족은 한족이야!

—큰놈이 저렇게 외골수인 게 누구 때문인지 알겠네.

자식 얘기가 나오면 옥란의 기는 한풀 꺾였다. 가족 앞에서 약해지는 건 모샤르도 마찬가지였다. 다른 부족 문화, 상반된 생각을 가지고 있어도 핏줄로 통하는 강력한 뭔가가 있긴 했다. 그런 보이지 않는 끈끈한 유대감이 있기에 그나마 이렇게 가정을 유지하는

지도 몰랐다. 한 지붕 아래서 각자 따로 떨어져 있긴 해도……. 큰 아들 녀석은 여전히 두문불출, 골방 늙은이처럼 살고 있었다. 괴롭힐 동생마저 없으니 더 살맛이 안 나는 모양이었다. 샤샤는 폭군인 형을 피해 아예 딴 데로 옮겨 가 버렸다. 모샤르 자신도 별반 다르지 않았다. 요즘 들어서는 거의 온종일 컴퓨터 방에 죽치고 있었다. 차라리 그것이 집안의 평화를 유지하는 데 도움이 되었다.

이 난민 캠프에서도 떠돌이 신세라니. 혼잣말을 중얼거리며 그는 다시 모니터로 눈길을 돌렸다.

선물

─찬드라, 이거, 내가 직접 만든 건데요…….

무지개 방을 찾은 웅가가 찬드라의 책상 위에 실크 스카프를 하나 내밀었다. 그동안 눈인사만 나누다가 이렇게 그녀에게 가깝게 다가선 건 처음이었다. 손수 염색하고 그림까지 그려 넣은 스카프는 웅가가 애지중지하는 몇 안 되는 물건 중 하나였으나 미셸의 꿈을 위해 큰맘 먹고 챙겨 들고 나선 것이었다.

찬드라는 어리둥절한 표정으로 웅가가 책상 위에 올려놓은, 단정하게 접힌 실크 천을 조심스레 펼쳐 보았다. 부족 전통 문양이 프린트되어 있는 숄이었다. 독수리처럼 용맹스러워 보이는 새 한 마리가 화려한 바탕천 중앙에 자리하고 있었다. 언뜻 봐도 주술적 의미가 깃든 것처럼 보였다. 그 뜻깊은 선물을 찬드라는 행복한 표정으로 들여다보았다.

―차도르 대신 이걸 두르면 훨씬 예쁠 것 같은데……. 일단 한 번 해 봐요.

웅가가 찬드라에게 바싹 다가앉으며 직접 스카프를 둘러 주려 했다.

―오, 노노!

찬드라가 놀라 뒤로 물러나며 소리쳤다.

또렷한 외침에 둘은 놀라 멈칫했다.

―어, 말소리!

웅가가 소리쳤다.

찬드라는 검은 차도르를 손으로 꼭 여민 채 다시 한번 더 고개를 저으며 외쳤다. 오 노노! 두 번째 소리는 처음보다 더 또렷했다. 찬드라 역시 놀라 얼떨떨한 표정을 지었다. 흥분을 가라앉힌 그녀는 조심스레 목을 가다듬더니 진지한 눈빛으로 웅가를 똑바로 쳐다보면서 입술을 움직였다.

―땡, 큐.

제대로 된 말소리가 다시 흘러나왔다.

―웰컴!

웅가가 환한 미소로 대꾸했다.

찬드라는 자신의 목소리를 거듭 확인하듯 다시 입술을 모았다.

—감사합니다.

　　이번에는 한국말이었다.

　　웅가가 박수를 치며 환호했다. 찬드라가 말을 찾은 데 대한 축하
의 의미는 물론, 자신과 미셸의 꿈이 이루어질 것 같은 예감에 대
한 환호이기도 했다.

　　세상에, 스카프 한 장의 힘이 이 정도일 줄이야! 웅가는 자신이
아끼던 물건이 불러온 일이라 더더욱 감격스러웠다. 미셸의 제안
에 힘입긴 했지만 내심 큰 기대는 하지 않았던 것이다. 그저 첫술
을 뜨는 정도의 의미로 생각했건만……

　　—미셸, 자기 말이 정말 맞았어! 찬드라가 이번에는 진짜 말을
되찾은 것 같아.

　　웅가는 스카프가 가져다준 놀라운 이야기를 그에게 전했다.

　　—거봐, 외부 자극이 효과가 있다니까.

　　미셸이 확신에 차 말했다.

　　—맞아. 미셸 말대로 여기는 임시 거처가 아니라 우리 일터야.

　　웅가는 여전히 흥분이 가시지 않은 목소리였다.

*

　　찬드라는 침을 꿀꺽 삼켜 보았다. 목이 한결 부드러워진 느낌이
었다. 몇 차례 침을 삼키며 목을 가다듬고는 조심조심 소리를 내

보았다.

—아, 아.

여전히 소리가 살아 있었다. 지난번처럼 일시적 현상은 아니었다. 조심스레 목을 가다듬고는 한글 수업 시간에 배웠던 걸 소리내 보았다.

—가, 나, 다, 라, 마, 바, 사…….

소리가 계속 흘러나오자 자신감이 더 생겼다.

—아야어여오요우유.

역시 말소리는 끊이지 않고 흘러나왔다.

찬드라는 한글 공책을 펼쳤다. 그동안 눈으로만 익혔던, 한글이 적힌 노트였다. 문장을 떠듬떠듬 소리 내어 읽기 시작했다.

나는 인도 사람입니다. 나는 인도 카슈미르에서 왔어요. 나는 여기서 살고 싶어요. 한국이 좋아요. 한국 사람들 친절해요. 여러분 사랑해요.

찬드라는 노트에 적혀 있는 한글 문장을 반복해 읽었다.

목이 칼칼해 왔다. 그녀는 목을 축이기 위해 물병의 물을 한 잔 따라 마셨다. 물병 옆에 놓인 웅가의 선물이 눈에 들어왔다. 그 행운의 스카프가 마법을 부려 목소리를 되찾게 해 준 것 같았다. 찬드라는 스카프를 손에 들었다. 자신의 고향 특산물인 캐시미어 숄만큼이나 부드럽고 색도 화려했다.

이걸 두를 날이 언젠가는 올까? 찬드라는 반신반의하면서 희미하게 미소를 지어 보았다.

그날 이후, 웅가도 무지개 방 단골이 되었다.

찬드라가 목소리를 되찾으면서 둘은 부쩍 친해졌다. 대화는 둘의 마음을 차츰 이어 주었다.

— 우리 부족도 찬드라네 고향처럼 나쁜 전통이 있어요. 나 역시 그런 돼먹지 않은 전통의 희생자가 될 뻔했다고요.

웅가는 자신의 속사정을 찬드라에게 털어놓았다. 젊고 쾌활한 웅가 커플도 그동안 죽음의 고비를 몇 차례나 넘겼다는 사실이 찬드라는 잘 실감나지 않았다.

— 우리 아버지는 부족장이었지만 딸을 부족 전통의 희생양으로 만들고 싶어 하지는 않았어요. 그래서 저더러 멀리 도망가서 살라고 했죠.

— 생각이 많이 깨어 있는 아버지였네요.

— 아프리카 한쪽 귀퉁이에 살아도 세상 돌아가는 걸 훤히 꿰고 계신 분이었죠.

— 그렇다 하더라도 자식 문제에까지 합리적이기는 어려워요.

— 처음엔 아버지 말 안 듣고 파리에 그냥 눌러 살았어요. 하지만 지도자의 권위에도 아랑곳없이 설치는 세력들이 있게 마련이잖아요. 그 사악한 무리의 위협에 쫓겨 결국 이곳으로 오게 됐죠.

그럼에도 찬드라는 웅가가 부러웠다. 적어도 그녀는 가족한테서 배척당하지는 않았으니까. 그리고 무엇보다 사랑하는 사람을 얻지 않았나. 남편까지 잃게 된 찬드라 자신의 처지와는 달라도 한참 달랐다.

　—찬드라, 이젠 그 베일도 벗어 버려요. 당당하게 얼굴을 드러
내고 살라고요.

　가까워지고 나자 웅가의 목소리에 좀 더 힘이 실렸다.

　찬드라는 웅가가 출신은 아프리카이지만 사고방식은 유럽 사람
에 가깝다고 느꼈다. 파리에서 유학한 젊은이답게 자유로우면서
도 사회의식이 투철했다. 찬드라 자신도 한때는 웅가 못지않은 신
세대 스타일이었다. 대도시에서 대학을 다닐 때는 여느 진보적인
여학생들과 마찬가지로 베일 없이 캠퍼스는 물론 뉴델리 거리를
활보하기도 했다. 하지만 그 사건 이후로 모든 것이 달라졌다.

　—난 이제 차도르가 편해졌어, 웅가. 일종의 보호막 같다고나
할까.

　그 말을 하면서도 찬드라는 습관적으로 베일을 여몄다.

　이슬람 여성들의 전통 의상이 어떤 기능을 하는지 찬드라는 누
구보다 잘 알고 있었다. 그러나 아이러니하게도 찬드라 자신은 점
점 베일이라는 것에 기대게 되었다. 베일은 그녀에게 이제 울타리
와도 같았다. 그걸 두르고 있으면 아늑하고 안전한 집에 들어앉아
있는 느낌이었다.

　—그렇게 움츠러들면 안 된다니까요, 찬드라. 새로운 환경에
자꾸 부딪쳐야지.

　—아무리 새로운 곳으로 옮겨 가도 우리 이슬람 여자들한테는

이런 베일이 필요해요. 달팽이한테 단단한 겉껍질이 필요하듯.

찬드라가 다시 베일을 여미는 걸 웅가는 말없이 바라보았다. 어쩌면 찬드라에게 시간이 좀 더 필요한지도 모른다고 생각했다.

—실은, 미셸과 나는 여기서 봉사 활동이라도 해 볼까 해요. 원래 미셸 꿈이 그런 거였거든요. 전 세계 도움이 필요한 나라를 찾아다니며 교육 관련 봉사를 하는…….

웅가는 목소리를 낮게 깔며 자신들의 계획을 털어놓았다.

—멋진 꿈이네요.

찬드라는 그들에게 기꺼이 찬사를 보냈다.

—그래서 말인데요, 찬드라의 도움이 필요할지도 몰라요.

웅가의 목소리가 더 진지해졌다. 그 말을 하기 위해 지금까지 뜸을 들이기라도 한 듯.

—웅가, 나는 대인 기피증까지 있어서 사람들 앞에 못 나서요.

찬드라는 고개를 저었다.

—그럴수록 더 나서야죠. 정면 돌파! 그게 유일한 해결책이에요.

나머지 공부

뚜앙은 선생을 뚫어지게 쳐다보았다. 같은 영어 수업인데도 찬
드라가 가르치니 이상하게 하나도 졸리지 않았고 내용도 귀에 쏙
쏙 들어왔다.

─뚜앙 아저씨, 안 졸려?

민이 신기해하며 물었다. 영어 수업 때는 으레 졸기 일쑤이던 그
가 이상하게도 수업 내내 눈을 반짝이며 집중했던 것이다.

─내가 잠보냐?

뚜앙은 민을 흘겨보고는 이내 칠판으로 눈길을 돌렸다. 검은 베
일 사이로 드러난 찬드라의 눈이 얼마나 크고 반짝이는지 뚜앙은
그 눈빛을 보는 것만으로도 감격스러워 한눈팔 겨를이 없었다. 머

리부터 발끝까지 검은 베일로 다 가린 채 두 눈만 빼꼼 내놓은 그녀였지만 희한하게도 표정이 보였다.

찬드라의 재능 기부로 이루어진 과외 수업이었다. 뚜앙 자신처럼 정규 수업을 못 따라가 나머지 공부가 필요한 사람, 또는 영어를 더 배우고 싶은 사람을 위한 보충 수업이기도 했다. 고정 멤버는 뚜앙과 그의 좌청룡 우백호가 된 민과 샤샤, 그리고 주 여사까지 모두 넷이었고 가끔 모샤르가 청강생처럼 들어왔다. 주방 일 사이에 짬을 내어 참석하는 주 여사도 뚜앙 못지않게 열성적이었다. 그녀는 이 외국인 지원 캠프에서 일하는 이상, 자신도 기본적인 일상 회화 정도는 구사해야 한다는 직업의식에 학구열까지 발동해 '주경야독' 대신 '주방야독'을 내세우며 누구보다 열의를 보였다.

―구웃! 원더풀, 뚜앙!

작문 숙제를 훑어본 찬드라가 뚜앙의 노트에 커다란 스마일 마크를 그려 주며 칭찬했다. 뚜앙은 자존감이 확 살아났다. 요즘 들어 영어에 점점 재미가 붙고 있었다. 순전히 찬드라 덕이었다. 그녀야말로 최고의 선생이었다.

유난히 검고 반짝이는 찬드라의 눈동자는 때론 메이를 연상시켰다. 나쁜 년! 메이 생각이 날 때마다 반사적으로 나오는 말이었다. 분노가 치밀면서도 아직 그녀를 잊지 못하는 자신이 한심하고 원망스러웠다. 하긴, 피가 어디로 가겠어. 뚜앙은 자신의 아버지도 못 말리는 순정파였음을 잘 알고 있었다. 베트남 파병 군인이 첫사랑 여자 때문에 이국땅에서 탈영까지 서슴지 않은 걸 보면…….

무뚝뚝한 아버지도 어머니에게만큼은 지극정성이었다. 삼 년 내내 불평 한번 없이 병 수발을 들다가 어머니가 세상을 떠나자 삶의 의욕을 완전히 잃었다. 장례 다음날부터 기운을 못 차리더니 이 년 만에 저세상으로 따라가 버리셨다. 첫사랑. 그걸 지키느라 아버지는 고향도 못 찾고 평생 국적 없는 신분으로 살아야 했다. 뚜앙 자신은 절대 그렇게 살지 않으리라고 마음먹었다. 그래서 감행한 탈출이었다. 어떻게든 난민 인정을 받고 아버지가 태어난 땅에서 국적을 얻고 살아남아야 했다. 그건 아버지의 유언을 따르는 일이기도 했다. 그러기 위해선 털보 선생의 조언대로 열심히 공부해 이곳 생활에 빨리 적응해야 했다.

―찬드라, 두유 라이크 카레?

즉석에서 배운 기본 문장을 응용해 주 여사가 불쑥 물었다. 그녀는 뚜앙과 달리 영어 기초는 웬만큼 갖추고 있었다. 회화는 아직 서툴렀지만 말하는 걸 워낙 좋아해 매사에 거침이 없었다.

―카레?

찬드라가 고개를 갸웃했다.

―거 왜, 옐로 푸드 있잖아. 아니 옐로 수프. 베지터블 믹스해서 만든 거.

손짓 발짓에 한국말과 영어가 마구 섞여 나오는 게 주 여사 식 '혼신' 영어였다. 처음에는 찬드라도 눈을 멀뚱거릴 때가 많았지만 이제는 단어 몇 개만 나와도 금세 알아챘다.

찬드라는 이내 고개를 끄덕이며 분필을 들고 칠판에 영어 철자를 적기 시작했다.

curry.

—커리!

찬드라가 먼저 읽자 주 여사는 그제야 한국식 발음 대신 찬드라를 따라 했다.

—맞다, 커리. 찬드라, 아이 메이크 커리, 앤드 기브 유. 내일 점심이 뭐지, 아, 투마로 런치. 베지터블 듬뿍 투척해서.

주 여사가 또다시 그녀식 '혼신' 영어를 쏟아 놓았다.

야채 듬뿍 넣은 채식주의자용 카레를 만들어 주겠다는 말임을 찬드라는 이내 알아차렸다. 주 여사의 회화 실력만큼이나 그녀의 콩글리시를 알아듣는 찬드라의 감각도 빨리 느는 중이었다.

—인도 커리, 하우 메이크?

요리에 관한 주 여사의 질문은 계속되었다. 그녀의 회화 내용은 결국 주방 일로 모아졌다.

찬드라는 정통 인도식 카레 요리를 위한 레시피를 칠판에 적어 나갔다. 가끔은 레시피에 샤샤의 그림이 보태지기도 하면서 수업은 협업이 되기도 했다. 수업은 주 여사의 질문으로 두서없고 어수선해지기 일쑤였지만 그만큼 활기를 띠기도 했다.

찬드라 역시 자신이 처음 우려했던 것과는 달리 수업에 조금씩 적응해 가고 있었다.

찬드라야말로 최고 적임자잖아요. 교사 출신이니 경험도 많고……. 웅가가 내세운 경험이라는 것도 찬드라에겐 사건 이전의 일이었다. 그 일을 겪고 난 뒤 찬드라는 완전히 다른 사람이 되었다. 결정적인 건 시선 공포였다. 남들 앞에 선다는 것 자체가 그녀에겐 고문이었다. 그럼에도 웅가의 집요한 설득은 결국 찬드라를 굴복시켰다. 시간이 갈수록 사람들 앞에 서는 것에 조금씩 익숙해지면서 자신감이 붙고 있었다. 시선 공포에 대한 면역이 생겨서라기보다는 주 여사 덕이 컸다. 뜬금없는 질문을 잘 해대는 주 여사가 사람을 뚫어지게 보는 뚜앙과 민의 눈길을 흩뜨려 놓는 역할을 했던 것이다.

—땡큐 베리베리 머치, 찬드라.

수업이 끝나자 주 여사는 의자에서 튕기듯 일어나 '주방야독'의 본분을 위해 주방으로 내달렸다. 수업 시간에 배운 레시피를 잊어버리기 전에 주방으로 가서 실습해 보려는 듯.

—샤샤, 민!

뚜앙은 수업이 끝나면 아이들과 함께 칠판을 지우고 교단과 책상 정리를 하면서 찬드라의 노고에 고마움을 표했다. 샤샤는 수업 시간에도 영어 공부보다 그림을 더 많이 그렸고 민은 뚜앙의 공부를 돕기 위해 그 자리에 앉아 있는 것 같았다. 교실을 말끔하게 정리하고 나면 뚜앙은 민과 샤샤의 손을 양쪽에 하나씩 잡고 나란히 교실을 나섰다. 그들은 뚜앙의 방 혹은 바닷가로 같이 몰려가곤 했다. 찬드라의 눈에 그 모습은 새로운 가족의 탄생처럼 보였다.

*

점심 메뉴는 전날 주 여사가 예고한 대로 카레였다. 찬드라가 수업 시간에 알려 주었던 정통 인도식 조리법에 한국식 재료가 어우러진 퓨전 음식. 사무실 직원들은 주 여사의 실험적 요리에 가끔 고개를 갸웃했지만 캠프 식구들은 국적 불명의 음식에 잘 적응했다. 영어 수업 멤버들은 주 여사의 새로운 메뉴 대부분이 찬드라 수업 시간에 나오는 레시피를 바탕으로 한 것이라는 걸 잘 알고 있었다. 주 여사는 요즘 들어 요리 실습을 하러 오는 기분으로 캠프에 출근했다.

식당 분위기도 이전과 달리 밝고 활기가 느껴졌다. 사무실 직원과 캠프 식구들끼리 스스럼없이 어울려 앉아 이야기를 나누느라 때론 시끄럽고 어수선했다. 찬드라만 예외였다. 말을 되찾은 이후로 그녀는 사람들과 곧잘 대화를 나누었지만 아직도 식사 때만큼은 처음처럼 벽을 향해 혼자 앉았다. 손으로 먹는 방식도 여전했다.

마침 그날 뚜앙은 찬드라가 앉은 자리와 가까운 테이블에 앉아 그녀의 밥 먹는 모습을 보았다. 뜨거운 카레를 식혀 가며 손으로 밥을 뭉치고 있는 그녀를 안쓰럽게 바라보던 뚜앙은 주방 쪽으로 가서 새 수저를 하나 챙겨 들고 왔다. 찬드라에게 수저 쓰는 방법을 가르쳐 주고 싶어서였다. 그녀가 자신에게 영어를 가르쳐 주듯 뚜앙도 뭔가 하나쯤은 그녀에게 친절을 베풀고 싶었던 것이다.

─이걸로 해요, 찬드라.

뚜앙이 그녀 앞에 불쑥 수저를 내밀었다.

─으아악!

흉기라도 들이민 듯 찬드라가 비명을 지르며 반사적으로 뒤로 물러나 앉았다. 그녀의 반응에 놀란 뚜앙도 그 자리에 얼어붙은 듯 멈춰 섰다. 화기애애하던 식당 분위기가 갑자기 뜨악해졌다.

─뚜앙이 찬드라한테 관심 있는 거 아니에요?

사람들이 다 빠져나가고 난 뒤 털보 선생이 주 여사에게 조심스레 말을 건넸다. 주 여사가 찬드라의 영어 수업 고정 멤버라는 걸 잘 알고 있었던 것이다. 더욱이 뚜앙이 그 수업에서만큼은 열의와 두각을 나타낸다는 소문도 있던 차였다.

─그럼 뭐해요. 계급이 다른데.

─계급?

─선생과 학생. 하늘과 땅 차이잖아요.

주 여사가 털보 선생을 일깨우듯 말하곤, 이렇게 덧붙였다.

─인텔리 여자가 촌뜨기 노총각을 좋아하겠어요, 어디?

─그야 알 수 없죠. 천생연분이라는 말처럼, 남녀 관계란 저 위

쪽 분들 소관이니…….

털보 선생이 하늘을 가리키며 말했다.

— 하긴. 웅가 미셸 커플을 보면 하늘의 뜻이 아니고서야 그런 만남이 가당키나 하겠어요. 우피 골드버그와 브래드 피트의 조합 같다고나 할까.

주 여사가 그녀의 특기인 오래전 영화배우 비유를 들었다.

— 그래도 우피 골드버그는 아닌 것 같은데…….

털보 선생이 제동을 걸었다.

— 그나저나, 웅가는 옷차림이 일단 문제야. 아무리 더운 아프리카 출신이라 해도 남의 나라에 오면 눈치껏 차림새를 갖춰야지. 그러고 보니, 지난번 그, 갈까마귀 같던 랍비 선생들 있잖아요. 나비 부라더스인지 뭔지. 그 사람들도 웅가 옷차림 때문에 나간 거 같아요. 웅가랑 미셸 오고 얼마 안 돼 나갔잖아요. 입었는지 벗었는지, 영 민망해서 아예 그쪽으로는 시선도 안 주더라니까요.

— 허허, 그랬나요?

털보 선생이 웃었다.

— 거기에 비하면 찬드라는 요조숙녀죠. 차도른지 차두린지 조선 시대 양반집 규수처럼 쓰개치마 같은 걸 항상 둘러쓰고 있잖아요.

— 허허, 쓰개치마라……. 정말 그러네요.

— 그런데, 만약에 이곳에서 남녀 커플이 탄생했는데, 한 사람

은 난민 인정을 받고 한 사람은 못 받고 그러면 어떻게 되는 거죠?

주 여사가 갑자기 진지한 어조로 물었다.

— 계급 차이 운운하더니, 그새 그렇게 멀리 나가요?

재회

119 구급차가 떠나는 걸 보고 해나는 막 돌아섰다.

―어, 여기서 만나네요.

느닷없는 말에 놀라 해나는 주춤했다.

고개를 돌리자 제복 차림의 그가 하늘에서 뚝 떨어진 듯 다가서 있었다. 허진수 경사!

이곳에 오던 날부터 그의 출현을 예감 혹은 기대하고 있었지만 지금껏 감감무소식이더니, 이렇듯 예기치 않은 순간에 나타난 것이다. 구급차와 경찰차의 출동을 지켜보면서도 해나는 허 경사를 떠올리지는 못했다. 생각해 보니 이 골프장도 그의 관할 구역일 터였다. 이곳에서 일하는 해나 역시 그의 레이더망에 잡히는 대상일

게 분명하고…….

　—일은 적성에 맞아요?

허 경사가 반가워하며 먼저 물었다.

그의 집을 떠나온 이후 첫 만남이었다.

　—네, 그럭저럭. 정말 오랜만이네요.

해나가 긴장한 목소리로 답했다.

　—다행이네요.

　—사고 때문에 왔어요?

　—네, 현장 출동. 이제 다 끝났어요.

허 경사가 찾아온 것이 해나 자신의 일과 관련된 게 아니라는 사실에 안도와 서운함이 교차했다. 그의 집을 떠나오고 나서 지금껏 그가 아무 내색도 없었던 게 해나로서는 신기했던 것이다.

　—얼굴 많이 탔네요. 처음엔 긴가민가했어요.

여동생을 걱정하는 듯한 투로 그가 말했다.

　—하는 일이 그런 건데요, 뭘.

짧게 받아친 해나는 걱정스러운 표정으로 사고 현장 쪽을 바라보았다.

　—연수생이라네요. 아직 자리도 못 잡은 모양인데, 사고까지 당해서.

허 경사가 말했다.

연수생 신분에서 벗어난 지 얼마 되지 않는 해나 역시 남의 일

같지 않았다. 휴일이라 예약 팀이 워낙 많아 정신없는 라운딩이었다. 해나도 빨리 진행하라는 뒤쪽 팀 캐디의 독촉을 수시로 받아야 했다. 이런 날엔 더러 사고가 따랐다. 그래도 무사히 일을 끝내고 나오는데 다른 팀의 사고 소식이 들렸다. 연수생인 보조 캐디가, 뒤따르던 팀의 멤버가 날린 골프공에 얼굴을 정면으로 맞은 모양이었다. 119 구조대와 경찰차가 차례로 들이닥쳐 일을 수습하는 걸 해나는 먼발치에서 지켜보고 있었던 것이다. 구급차가 떠나는 걸 보고 클럽 하우스로 향하려던 참이었다.

─커피나 한잔 하시죠.

해나가 클럽 하우스 쪽으로 허 경사를 이끌었다. 사고 현장 수습차 왔더라도 이곳에서는 그가 자신의 손님인 건 분명했다.

─내가 추천했다고 생색내는 게 아니라, 근무 환경 자체는 정말 환상이네요.

허 경사가 주변을 둘러보며 감탄했다.

골프장에 첫발을 들여놓은 사람이라면 누구든 넋 놓고 바라볼 정도로 조경은 수려했다. 완만하게 흘러내리는 둔덕의 싱그러운 초록 물결 곳곳에 화려한 꽃들과 멋진 나무들이 어우러져 있었다. 연수생 시절에는 해나도 일하는 내내 소풍 나온 기분이었다. 꽃과 나무, 작은 호수가 필드마다 서로 다른 풍경을 연출해 동양화 서양화를 번갈아 보여 주는가 하면, 철따라 색상도 시시각각 변해서 주기적으로 경관이 바뀌었다. 인공과 자연의 결합이 가히 환상적이었다.

— 잔디, 이거 보살피는 사람들 생각하면 걸을 때마다 꼭 가시
방석 밟는 기분이에요.

해나가 그 과정을 잘 알고 있다는 듯 설명을 덧붙였다.

— 많이 여려졌네요, 강해나 씨. 이전에는 아주 당차고 당돌해
보여 좋았는데.

허 경사의 말에 뼈가 있는 것처럼 들렸다.

— 뻔뻔했다는 거죠? 당차고 당돌하다는 건. 하긴, 배은망덕한
짓까지 하고 나왔으니…….

해나가 가슴 깊이 담겨 있던 일을 마침내 꺼내 놓았다.

— 아, 그 금메달 사건…….

허 경사가 그때 일을 기억해 냈다.

클럽 하우스에 들어선 해나는 창가 쪽에 자리를 잡았다.

— 그때 그건 왜 그랬어요?

자리에 앉은 허 경사가 이야기를 다시 꺼냈다.

해나는 한동안 메뉴판만 뒤적거렸다.

— 대한민국 최고의 모범 경사는 장 발장을 어떻게 다룰지 궁
금해서요.

주문을 끝내고 나서야 해나는 그의 질문에 냉소적으로 답했다.

— 아, 그러니까 강해나 씨가 장 발장, 나는 자베르 경감, 아니
미리엘 주교인가, 이거 역할이 겹치는 것 같은데……. 여튼 금메달

은 소설 속 은제 식기들이었고, 그런 각본이었구나.

그가 소설 속 내용을 하나하나 되살리며 말했다.

—근데 내가 그 시험에 안 걸려들어 서운했겠네요.

—맞아요. 뒤쫓는 형사가 있어야 도둑도 훔칠 맛이 나는 건데.

해나가 받아쳤다.

—사실은, 대한민국 경찰은 시험에 걸려들 겨를이 없어요. 너무 바빠서. 나처럼 다리 걸친 곳이 많은 사람은 더더욱.

그러면서 허 경사는 휴대폰을 흘낏 들여다보았다.

—참, 그러고 보니 한번쯤 따지러 오려 하긴 했어요. 그러다가, 정말 짬이 안 났고 그 다음엔 잊어버렸죠.

그의 해명은 해나의 상상과는 달랐다.

—그나저나 내 생각은 영 빗나갔네요. 그 메달 가져간 이유……. 그러니까, 내가 여길 찾아오게 만들려고 그랬던 거 아니었어요?

허 경사의 물음에 해나는 피식 웃었다.

—어쩌면 그것도 한 이유일 수 있었겠네요.

—정답 아닌가?

—언젠가 돌려주려고 잘 보관하고 있었어요.

—똑같은 수법이네. 지난번 그 자동차처럼.

—상습범 같아요?

—아뇨. 그냥 기념으로 가져요. 난 그거, 괜히 부담스럽기만 하

니까. 진짜 금도 아니고.

—진짜 금 아니고 도금이었어요?

해나가 과장되게 놀란 표정을 해 보였다.

—커피 잘 마셨어요.

허 경사가 일어나며 말했다.

—가끔 들르세요.

—아 참, 잘 아시겠지만, 혹시나 해서 하는 말인데, 동생은 잘 있으니 걱정 말라고요.

허 경사가 다시 해나 쪽으로 몸을 돌리며 말했다.

—언제나 저보다 한 수 위네요. 오버하시는 거.

해나가 되쏘았다.

—아무리 그래도 강해나 씨만큼이야 하겠어요. '오버' 하는 거라면. 이제 옛 모습 나오네. 그게 자연스럽고 보기 좋아요.

허 경사는 웃으며 멀어져 갔다.

해나는 유유히 걸어가는 그의 뒷모습을 바라보았다.

역시 고수야. 대통령상, 그거 아무한테나 주는 건 아닌가 보네. 해나는 혼잣말하듯 말하며 그때의 일로 돌아가 있었다.

그의 집을 떠나던 날, 갑자기 왜 그런 충동이 일었는지, 사실 두고두고 생각해도 의문이었다. 그 평화로운 은둔처를 나서려는데, 갑자기 가슴이 휑했다. 그리고 두려웠다. 다시 거친 세상 속으로 간다는 사실이 두려웠고, 한편으로는 어쩌면 또다시 그의 집을 찾을지도 모른다는 생각이 무서웠다. 그 가능성을 없애고 싶었다. 그의 그늘에서 확실히 벗어나기 위한 일종의 안전장치, 그것이 필요했다. 아니, 그것만으로도 충분히 설명되지 않았다. 치기나 반항심 같은 것도 있었다. 허 경사라는 인간에 대한 의문……. 그가 진실로 선한 인간일까? 그걸 확인해 보고 싶었다. 그때껏 살아오면서 해나가 한 번도 만나지 못한, 미리엘 신부 같은, 소설에서나 가능할 법한 인간이 정말 존재할 수 있는지, 있다면 그런 인간은 어디까지 인내하고 양보할 수 있는지. 오래전부터 품었던 의문, 그걸 확인하고 싶었다.

결국 해나는 자신의 뿌리 깊은 의심과 회의를 거두어야 했다. 그 시험의 최종 승자는 허 경사였다. 그의 침실이 떠올랐다. 전설적인 배우의 스틸 사진으로 둘러싸인……. 눈부신 영혼의 소유자인 그 역시 세상에 흔한 난민의 한 사람이라는 것, 그 사실에 해나는 가슴 한쪽이 아릿해 왔다. 동시에 끈끈한 유대감이 생겼다.

기울어 가는 햇살을 받으며 곳곳에서 스프링클러의 물이 뿜어져 나오기 시작했다. 반짝이며 흩어지는 물이 잔디가 품고 있던 늦여름 오후의 열기를 가라앉히고 있었다. 해나는 잔디밭 저 너머로 허 경사가 탄 경찰차가 골프장을 빠져나가는 모습을 바라보았다. 끊었던 담배 생각이 간절했다.

진짜 난민이 될 거야

"어머나, 어머나, 이러지 마세요." 유행가 노래 가사가 쿵쿵거리는 발소리와 함께 복도로 흘러나왔다. 박수 소리와 웃음, 환호도 연이어 터져 나왔다.

— 하이고, 캠프 건물 내려앉겠네.

진 소장과 나란히 강당 앞을 지나던 털보 선생이 말했다. 최근 들어 캠프 분위기는 휴가철 리조트처럼 활기에 넘쳤다.

— 다들 저런 끼를 그동안 어떻게 감추고 있었나 몰라.

털보 선생이 맨 처음 한글 수업으로 시작했던 자원봉사 프로그램이 어느새 캠프 식구들 사이로 옮겨 가 품앗이 프로그램이 활발하게 이루어지고 있었다. 웅가와 미셸 커플이 나서서 주도한 일이

었다. 찬드라의 영어 보충 수업 외에 모샤르는 요가 모임을, 웅가
는 댄스 교습, 미셸은 간단한 악기 다루기 수업으로 캠프 식구들의
취미 활동을 맡았다. 캠프 건물은 온종일 활기를 띠었다. 곳곳에서
음악 소리 또는 악기 연습 소리가 끊이지 않았다.

　—요즘 같아서는 조용하던 예전이 살짝 그리울 정도라니까요.

진 소장도 한마디 했다.

　—난 수도원보단 이런 나이트클럽 같은 분위기가 훨씬 좋아.

털보 선생이 나비 브라더스 사례를 떠올리며 받았다.

　—옷도 이제 화사한 컬러가 좋으시죠?

　—어떻게 알았어?

　—그거, 노화 현상이에요.

소장의 말에 한 방 먹은 털보 선생이 눈을 흘겼다.

마침 강당 앞을 지나던 그들 뒤로 누군가 따라붙는 낌새였다.

　—아니, 웬 아프리카 샤먼 차림이래?

털보 선생이 현란하게 차려입은 웅가를 보고 말했다. 입었는지
벗었는지 헷갈릴 정도로 노출 심한 옷차림을 즐겨 하는 그녀가 웬
일인지 치렁치렁 바닥에 끌리는 차림이었다.

　—그게 다가 아닌데요.

웅가 뒤에 또 누군가가 따라붙었다. 서커스단 피에로! 자세히
보니 그는 미셸이었다.

　—대체 강당에서 무슨 일을 벌이는 거지?

놀란 표정의 소장이 웅가 커플에게 물었다.

─그냥 노래만 하는 건 지겹잖아요. 그래서 뮤지컬 흉내 한번 내 봤어요.

웅가는 스텝을 밟으며 경쾌한 제스처를 해 보였다. 그러고는 뭔가 중요한 용건이 있다는 듯 소장에게 바싹 다가섰다.

─뭐, 파티?

웅가의 귓속말을 듣던 소장이 놀라 되물었다.

─네. 무슨 일이든 동기 부여가 중요하잖아요. 그래야 더 열심히 배우고 연습도 잘해요.

웅가가 파티의 필요성을 덧붙였다.

─하긴, 학생들도 시험 안 보면 공부 안 하지.

털보 선생이 두 사람 편을 들었다.

─한번 생각해 볼게.

진 소장은 늘 그렇듯 선뜻 확답을 주지 않았다. 그럼에도 웅가 미셸 커플은 승낙이라도 받은 듯 경쾌하게 멀어져 갔다.

소장과 털보 선생은 그들의 뒷모습을 한동안 바라보았다. 젊은 열정이 뿜어내는 힘에 감탄하는 눈빛이었다. 그러던 소장이 문득 새로운 과제를 떠올렸다.

─그건 그렇고, 파티를 하면 외부 손님은 누굴 초대하죠?

*

　민은 고개를 갸웃하며 샤샤의 그림을 한참이나 들여다보았다. 샤샤가 그리는 건 언제나 사람이었고 이곳 식구들이 대부분이었다. 같은 사람도 그릴 때마다 달라졌지만 누군지는 금방 알아볼 수 있었다. 샤샤의 아빠 모샤르는 콧수염, 털보 선생은 구레나룻, 웅가는 레게 머리, 소장님은 커다란 뿔테 안경이 힌트였다. 하지만 이번에는 누군지 전혀 짐작이 가지 않는 낯선 얼굴이 하나 있었다. 캠프 식구들 얼굴을 일일이 떠올려 보아도 감이 잡히지 않았다. 만화 영화에나 나올 법한 예쁜 여자 얼굴이었다.

　—누구야?

　민이 낯선 얼굴을 손으로 가리키며 물었다.

　—찬드라.

　샤샤의 대답에 민은 고개를 갸웃했다. 언제나 검은 베일과 그 사이로 드러난 눈만 보았을 뿐 한 번도 찬드라의 얼굴을 본 적은 없었던 것이다. 샤샤도 찬드라 얼굴을 보았을 리 없었다. 순전히 상상으로 그린 그림이었다. 민은 그림을 자세히 들여다보았다. 눈은 정말 찬드라를 닮아 보였다. 기다란 검은 머리칼이 검은 베일처럼 부드럽게 어깨 아래까지 흘러내렸다. 민이 지금까지 본 샤샤의 그림 중에서 제일 잘생긴 얼굴이었다.

　—천사야, 찬드라.

샤샤가 덧붙였다.

요즘 들어 샤샤는 부쩍 찬드라를 따랐다. 그림에 관심이 많은 샤샤를 위해 찬드라는 공공 도서관에서 유명 화가의 화집을 빌려와 보여 주기도 했다. 민에게는 그림책과 동화책을 잘 빌려다 주었다. 샤샤는 이제 자기네 가족보다 뚜앙이나 찬드라, 민과 더 가까이 지냈다.

—샤샤, 이제 형 그림은 안 그려?

민의 말에 샤샤가 눈을 멀뚱거렸다.

민이 '진진'이라고 형 이름을 말하자 샤샤는 그제야 알아듣고는 얼굴을 찌푸렸다. 마음에서 이미 친형을 지웠거나, 관심 없다는 얘기 같았다.

민이 샤샤의 그림 중에서 제일 마음에 들었던 건 사실 그의 형 진진을 그린 것이었다. 짐승 같기도 하고 괴물 같기도 한 괴상한 모습이 신기했다. 어떤 때는 동물을 갈기갈기 찢어 놓은 것처럼 끔찍했지만 한편으로 통쾌하기도 했다. 그런 살벌한 그림은 샤샤가 형한테 얻어맞고 난 뒤에 곧잘 나왔다. 그 그림에 비하면 다른 사람들 그림은 좀 싱겁거나 심심했다.

—민은 좋겠다.

하루는 샤샤가 불쑥 그 말을 던졌다.

민은 무슨 뜻인지 몰라 눈을 치켜떴다.

—넌, 형이 없잖아.

샤샤가 부러워하며 말했다.

─난 누나가 있어.

─진짜 좋겠다. 못된 형은 없고, 예쁜 누나는 있고.

샤샤는 더더욱 부러운 목소리였다.

─난, 진짜 난민이 될 거야. 이제 집에 안 가!

샤샤가 선언하듯 말했다. 툭하면 다투는 엄마 아빠와 야수 같은 형이 있는 집이 싫었던 것이다.

민은 샤샤의 형을 제대로 본 적이 한 번도 없었다. 샤샤의 그림 속 괴물로 본 게 다였다. 생각해 보니 무지개 방에서 같이 지내면서도 찬드라 얼굴도 본 적이 없었다. 민은 샤샤의 그림을 다시 들여다보았다. 그의 형 진진은 이제 완전히 사라졌고 대신 찬드라가 새로운 주인공이 돼 있었다.

─야수 대신 이제 미녀라…….

털보 선생도 샤샤의 새로운 그림에 흥미를 보였다.

─눈을 보면 알잖아. 찬드라, 이 그림처럼 엄청난 미인일걸. 원래 그 민족이 남자나 여자나 다 이목구비도 뚜렷하고 시원시원하니 잘생겼거든.

털보 선생은 샤샤의 그림에 신빙성을 더해 주었다.

─마음이 고우니 얼굴도 곱겠지.

뚜앙은 찬드라의 실물이 샤샤의 그림 이상일 거라고 말했다.

―아주 지적으로 생겼을 거야, 찬드라. 영어도 그렇게 잘하고, 보통 인텔리가 아니잖아.

주 여사는 찬드라 얼굴에 지적인 요소가 빠졌다며 아쉬워했다.

―베일만 벗으면 찬드라는 정말 새 삶을 시작할 수 있다니까.

웅가는 그림처럼 찬드라가 하루빨리 베일을 벗길 원했다.

다들 샤샤가 그린 찬드라 모습에 관심을 보이며 각자의 생각을 한마디씩 덧붙였다. 말을 되찾은 후로 찬드라는 캠프 식구들 관심을 한 몸에 받으며 희망의 아이콘처럼 떠올랐다.

샤샤의 그림을 접한 뒤로 민은 찬드라를 볼 때마다 검은 베일 위로 그림 속 얼굴을 떠올리게 되었다.

*

찬드라는 엎어진 거울 옆에 놓인 웅가의 선물을 물끄러미 들여다보았다. 단정하게 접힌 실크 스카프를 손에 들고는 조심스레 펼쳐 보았다. 웅가가 손수 그린, 화려한 문양을 바탕으로 맨 가운데 날개를 활짝 펼친 독수리 모양의 새 한 마리를 찬찬히 들여다보고 있으려니 단순한 장식용이 아니라 영험한 기운이 서린 부적 같았다. 찬드라는 그걸 베일 위에 한번 둘러보았다. 검은 베일과 대비를 이룬 스카프는 더없이 화려했다.

―찬드라, 너도 이제 얼굴 내놓고 나다니면 안 돼. 알았지?

여섯 살, 아니면 일곱 살 때였던가? 엄마가 찬드라에게 여자가 되는 걸 처음으로 일깨웠던 건······.

어린 딸은 엄마가 씌워 준 베일이 답답하고 불편해 곧잘 한쪽에 벗어 놓곤 했다. 하루는 동네 아이들과 어울려 노느라 나뭇가지 위에 걸쳐 두고 집에 돌아왔다. 놀란 엄마는 급히 찬드라의 손을 잡고 원래 놀던 자리로 데리고 갔다. 하지만 베일은 이미 사라지고 없었다.

— 세상에. 여자가 그걸 잃어버리다니.

엄마는 딸이 엄청나게 중요한 걸 잃은 것처럼 절망스러워했다.

학교에 들어가자 담임 선생이 베일의 중요성을 가르쳤다. 그건 여자다움, 순결, 정숙, 지조를 상징하는 것으로 '여자의 생명과도 같은 것'이라고 했다. 집에서도 학교에서도 여자의 생명에 대해 뼈에 사무치도록 가르쳤고 어린 찬드라도 그걸 배워 갔다.

돌이켜 보면 그 검은 베일을 두르기 전까지가 가장 행복했던 것 같았다. 멀리 히말라야의 설산을 바라보며 양 떼를 모는 오빠를 산으로 들로 쫓아다녔던 일하며, 동네 친구들과 어울려 꽃과 나물을 캐러 봄바람과 햇빛을 거침없이 맞으며 들판을 쏘다녔던 일들이 파노라마처럼 스쳤다. 더욱이 찬드라는 마을에서도 부러움을 살 만큼 풍요롭고 화목한 집안의 딸이었다. 아버지는 엄격하면서도 자상했고 엄마는 자식들에겐 상냥하고 남편에게는 순종적이었다. 오빠들은 어린 여동생을 공주처럼 아끼고 받들었다. 그랬던 그들이 왜 한순간 괴물로 돌변했을까? 사랑하는 여동생을 왜 그토록 잔인하게 짓밟아야 했을까? 가족의 명예라는 것이 살인까지 정당화할 정도로 중요한 것일까. 본래 이슬람 정신은 폭력적이지도 편협하지도 않았다. 교리를 땅으로 끌어내려 자신들의 폭력을 정당화하는 데 이용하는 자들 때문에 그렇게 보일 뿐이다.

『아라비안나이트』에 나오는 왕도 마찬가지였다. 아무리 왕비에게 배신당했다 하더라도 그 배신감을 다른 여자에게 덧씌워 복수를 한다는 건 얼마나 어리석은 일인가. 피해 의식에서 나온 그런 극단적 광기가 왕의 권력에 의해 정당화되는 걸 본 남자들이 스스로의 권력을 내면화한 것이 명예 살인의 뿌리는 아닐까. 찬드라는 그런 문제도 짚어 보고 싶었다. 자신의 꿈은 '21세기형 셰에라자드가 되는 것'이라고 생각했다. 삽날과 돌 구덩이에서 구사일생으로 살아나온 이상, 자신은 이미 덤으로 살고 있는 거나 다름없었다. 더는 두려울 것도 거리낄 것도 없었다.

— 우리 부족 여자들은 어떤지 알아요, 찬드라? 목을 가늘고 길게 만들기 위해 금속 목걸이를 어려서부터 한다고요. 일종의 개 목걸이 같은 걸. 난 그걸 파리에서 유학하던 시절 철공소에 가서 잘라내 버렸잖아. 단두대에 머리 올려놓듯 고개를 이렇게 쑥 내밀고.

웅가가 특유의 긴 목을 앞으로 쭉 빼내고는 꺾는 시늉을 해 보일 때 찬드라는 놀라 반사적으로 뒤로 물러났다.

— 내 꿈은요, 언젠가는 고향으로 돌아가 우리 부족 여성들을

계몽하고 해방시키는 거예요.

웅가는 곧잘 결기 어린 목소리로 자신의 꿈과 포부를 밝혔다.

찬드라는 이 젊은 흑인 페미니스트의 이상이 꼭 이뤄지길 바랐다. 그리고 생각했다. 자신이 택한 길은 웅가와 다르긴 하지만 결국 목적지는 같은 거라고……

파티, 베일을 벗다

'외국인 지원 캠프 오픈 100일 기념 파티!'

미셸이 그럴듯한 명분까지 담은 파티 이름을 지었다. 처음 그가 파티를 제안했을 때, 캠프 식구 어느 누구도 반대하지도, 그렇다고 선뜻 찬성하지도 않았다. 다들 다수의 흐름에 따르는 분위기였다. 긍정도 부정도, 호불호도 명확히 표현하지 않는 것이 이곳 사람들 특징이었다. 그걸 잘 알고 있는 미셸은 자신의 계획이 무리 없이 진행될 거라는 걸 이미 예감하고 있었다. 파티를 생각해 냈을 때부터 그의 머릿속에는 진행 순서와 세세한 내용까지 들어 있었다. 그는 일종의 학예회 같은 파티를 기획했다. 캠프 식구들이 취미 활동 시간에 했던 결과물을 전시하고 주변에 나라별 대표 음식을 차려

놓을 생각이었다. 먹는 즐거움과 함께 작품을 감상하는 시간을 보낸 다음에는 장소를 옮겨 무대 공연을 즐기면서 마무리하는 것으로 오감을 만족시키는 파티를 염두에 두었다. 앞에 나선 미셸이 공간 배치, 전시 작품에 관한 세부 사항까지 설명을 덧붙이며 칠판에 도식을 그려 보이자 사람들은 미셸의 치밀함에 다들 놀라며 무조건 그의 의견에 따르는 분위기였다.

파티의 마지막을 장식할, 장기 자랑을 선보이는 무대의 조율이 가장 힘들었다. 미셸이 웅가에게는 부족 전통 춤을, 찬드라에게는 인도 전통 노래를, 모샤르 가족에게는 식구들의 단합된 힘을 보여 주는 합창을 제안했던 것이다. 예상대로 찬드라가 가장 난색을 표했고 모샤르는 의외로 적극적이었으나 다른 복병이 있었다.

—우리는 위구르 전통 음악을 하면 되겠지.

자기네 문화를 선보일 기회라는 생각에 모샤르가 선뜻 나섰다.

그러자 옆에 있던 옥란이 위구르 음악이 어떻게 중국을 대표하는 전통 음악이냐며 제동을 걸었다. 둘은 티격태격하더니 목소리가 점점 높아졌다. 중국어가 얼마나 시끄럽고 소란스러운지 다들 제대로 실감할 수 있었다. 급기야 옥란이 자리를 박차고 나가 버리는 바람에 이야기는 거기서 막을 내렸다. 총 소리가 멈추고 평화가 찾아온 느낌이었다.

—한족 전통 음악 한 곡과 위구르 전통 음악 한 곡, 그렇게 두 곡을 하기로 했어.

다음날에야 모샤르가 휴전 협정 내용을 알리듯 최종 결정을 미셸에게 알려 왔다.

　—가족을 넘어, 다민족 국가의 저력을 보여 주는 무대가 되겠네요.

　미셸이 꿈보다 해몽인 해석을 내놓자 모샤르도 만족해했다.

　찬드라를 설득하는 일은 웅가가 맡았다. 처음에는 전혀 먹혀들 것 같지 않았다. 찬드라가 너무도 완강하게 고개를 저었던 것이다. 하지만 웅가의 저력은 성공할 때까지 공략하는 집요함에 있었다.

　—알았어, 웅가. 자신은 없지만 해 볼게.

　찬드라는 사흘 만에 두 손 들었다.

　—두고 봐. 나중에는 결국 찬드라가 베일까지 벗게 될 걸.

　웅가는 지금까지 캠프 생활에서 늘 자신의 생각을 관철시켜 온 사실을 미셸에게 은근히 내세웠다.

　파티 준비는 그 뒤로 차질 없이 진행되었다. 목표가 생기자 취미 활동도 더 적극적이 되었고 각자 연습도 열심이었다. 캠프는 더욱 활기를 띠고 분주해졌다. 준비하는 열흘 내내 건물이 들썩거렸다.

*

　파티에 초청된 사람들은 평소 캠프 식구들과 친분이 있는 이들이었다. 사무실 직원과 정규 수업 관련 강사와 자원봉사자들, 그중에 허 경사도 있었다.

―어머, 오셨네요. 바쁘실 텐데…….

진 소장이 털보 선생과 함께 들어선 허 경사를 특별히 반겼다.

관할 파출소 경찰인 그와는 일찍부터 인연이 있었지만 민이 문제로 더욱 가까워졌던 것이다. 맨 처음 진 소장이 민이 문제로 연락했을 때 청소년 문제 담당이었던 허 경사는 각별한 관심을 보이며 도움을 주었다. 그 후로는 자원봉사자로 나서 한 번씩 자문 역할도 맡아 주고 있었다.

―마침 휴무인 저를 구제해 주신 겁니다.

제복 대신 산뜻한 사복 차림의 그가 파티에 관심을 보이며 말했다.

―에, 그래도 쉬는 날엔 방콕이나 방글라데시 모드가 최고지.

털보 선생이 격무에 시달리는 경관들 사정을 잘 안다는 듯 한마디 보탰다.

진 소장도 어떤 일이든 열의를 보이는 허 경사의 자세가 감동적이었다.

―유럽에는 아이들 문제를 가정을 넘어선 공동체의 문제로 여기는 전통이 있다잖아요. 아이의 교육에 마을 사람 모두가 나서야 한다고 생각하는 거죠. 저도 이 지역 거주민이니까, 자격이 있는 셈이죠?

맨 처음 자원봉사자로 나서며 허 경사가 한 말이었다. 소신과 나름의 철학까지 갖춘 그의 얘기에 진 소장도 김 주임도 깊이 공감하며 그를 신뢰하게 되었다.

허 경사로서는 사실 이 주 만에 생긴 휴무였다. 그동안 잠을 설칠 정도로 비상근무 태세였던 터라 이날만큼은 푹 쉴 생각이었다. 하지만 그는 아이 문제에 관한 한 결코 못 본 체하지 못하는 자신의 결벽증을 잘 알고 있었다.

―금강산도 식후경. 일단 배가 든든해야죠!

미셸이 큰 소리로 사람들 시선을 음식 테이블 쪽으로 이끌었다. 푸른 눈의 백인 남자가 김치 냄새 묻어나는 한국어로 외치자 사람들 호응도가 부쩍 높아졌다.

그의 뒤에는 '어수선한 세계 음식'이라는 제목이 붙은 플래카드가 걸려 있었다.

―차린 게 두서없지만 맛있게 드세요!

그 말과 함께 본격적인 파티가 시작되었다.

―이것도 요리 축에 끼나?

털보 선생이 뚜앙의 캄보디아식 생선 요리 앞에 멈춰 서서 말했다. 화려한 빛깔의 다국적 음식들 사이에 있으니 단순하고 소박한 뚜앙의 요리가 오히려 눈에 띄었던 것이다. 캠프 식구들 각자 자기 나라 전통 음식을 만들어 테이블에 차려 놓았다. 샤샤네는 중국 사천식 탕수육과 잡채를, 미셸 웅가 커플은 프랑스 요리인 바게트 샌

드위치와 퐁뒤를, 찬드라는 인도식 카레와 탄두리 치킨을 만들어 내놓았다. 뚜앙의 요리는 그저 불에 익힌 생선에 불과했다.

—뚜앙이 그동안 쏟은 정성을 생각하면 이게 절대 단순한 요리가 아니에요. 일주일 내내 밤낚시까지 한걸요.

주 여사가 뚜앙을 감싸고 나섰다.

밤낚시까지 했지만 계속 허탕만 치던 뚜앙은 이틀 전날 밤 운 좋게 큰 걸 낚았던 것이다. 그것도 두 마리씩이나. 그동안 이 서해 바다에서 한 번도 자신의 손바닥 크기 이상의 고기를 낚아 본 적이 없었던 뚜앙은 그날 밤 낚시가 스스로도 잘 믿기지 않았다.

—용왕님이 파티에 쓰라고 통 크게 두 마리 쾌척하셨나 보네.

털보 선생이 말했다.

어른 팔뚝만 한 크기의 길쭉하고 통통한 생선이었다. 뚜앙은 마당에 숯불까지 피워 놓고 한 시간 넘게 그걸 통째로 구웠다. 숯불에 오래 놓여 있었던 흔적인지 생선 겉면의 비늘이 허옇게 툭툭 불거져 보였다.

—조기 종류인가? 아니면 도미?

—도미가 이쪽에서 잡힐 리는 없죠.

—여기는 농어가 많이 잡힌다던데.

익숙지 않은 생선 앞에 다들 긴가민가한 얘기들만 내놓았다. 뚜앙은 여러 사람이 모여서 고기 이름 하나 정확하게 못 알아낸다는 사실이 너무도 놀라웠다. 톤레사프에서 그는 낚싯대로 전해 오는 손맛으로도 어떤 고기인지 알아맞힐 수 있었다. 낚시라면 뚜앙은 눈보다 손 감각을 더 믿었다. 그런 얘기를 하면 이곳 사람들은 농담이나 거짓말로 몰아붙였지만 메콩강에서 나고 자란 사람이 그 정도가 안 된다면 그게 오히려 거짓말이다.

— 메콩강에서 많이 잡히는 물고기랑 생김새가 비슷해서 그걸 요리하는 식으로 해 봤어요.

뚜앙이 자신이 준비한 생선 요리에 대한 설명을 덧붙였다.

— 겉은 이래도 속은 향신료로 가득 찼어요. 주방에 있던 마늘이랑 생강, 쪽파가 몽땅 그 생선 주둥이를 통해 배 속으로 들어갔어요. 영계백숙도 아니고, 생선 배 속에 온갖 향신 야채를 넣어 굽는 건 또 처음 봤네요. 그러니까 이건 생선 백숙 구이라고 보면 돼요.

조리 과정 내내 신기해하며 지켜봤던 주 여사가 이상야릇한 이름을 붙이며 설명했다. 뚜앙은 그 생선을 프라혹에 찍어 먹으면 맛있다면서 프라혹을 같이 올려놓겠다고 했으나 주 여사는 파티에 온 손님들 다 내쫓을 셈이냐며 극구 말렸다.

— 메콩식 요리가 서해 앞바다 물고기랑 얼마나 궁합이 맞는지 한번 보자.

털보 선생이 먼저 젓가락을 들었다. 그는 가운데 살점을 크게 한 점 집어 들어 올리더니, 맛은 미식가에게 물어 봐야지, 하면서 옆에 있던 진소희 소장에게 내밀었다.

— 채식주의자가 웬일인가 했네요.

진 소장이 젓가락 밑에 손부터 갖다 대며 말했다.

—어, 채식주의자셨어요, 김 주임님?

많은 이들이 의외라는 듯 놀라워했다.

—콩밥 먹던 이력 때문에 그래요. 출소 기념으로 '에라, 채식주의자나 되자.' 그래서 이렇게 된 거지.

털보 선생이 웃으며 설명을 덧붙였다.

사람들이 음식을 즐기는 동안 미셸 웅가 커플은 한쪽에서 가벼운 리듬의 젬베로 장단을 맞추며 식욕을 돋웠다. 자칭 '보헤미안 딴따라'답게 그들은 세계 곳곳 난민 캠프를 찾아 봉사 활동을 다니는 젊은이들처럼 보였다. 난민 캠프가 아니라 마치 세계 민속 축제장 같다는 찬사가 오가며 파티는 활기를 띠었다.

—이야, 이게 일곱 살짜리 사내아이 그림이란 말이지.

초대받은 손님 하나가 벽에 걸린 인물 그림 앞에 멈춰 섰다.

음식 테이블이 차려진 파티장에서 강당으로 이어지는 복도 벽면에는 수업 시간에 그린 그림들이 쭉 걸려 있었다.

초대받은 이들은 다들 파티가 자신들의 기대 이상이라며 감탄했다. 그들의 생각 이상으로 격을 갖추고 있었던 것이다.

—그나저나 민이 보호자라는 그 젊은 친구는 요샌 잠잠하지?

털보 선생이 다음 장소로 옮겨 가며 소장에게 나직하게 물었다.

—딴 살림 차렸는지, 감감무소식이에요. 캠프랑 우리를 너무 믿나 봐요.

*

　파티 2부의 마지막은 개인별 장기를 선보이는 시간이었다. 초반
에는 캠프 식구 모두가 어우러져 그동안 배웠던 춤을 추고 합주를
하면서 단합된 힘을 거침없이 보여 주었다면 개인 무대는 각자의
재능을 자랑할 수 있는 기회였다. 웅가가 먼저 무대에 올라 부족
전통 춤을 선보였다. 경쾌한 젬베 장단에 맞춰 추는 그녀의 춤은
리드미컬했으며 몸의 실루엣은 더없이 아름다웠다. 음악 소리와
함께 박진감 넘치는 움직임이 무대를 꽉 채웠다. 아마추어 수준을
능가하는 열정적 춤 솜씨에 보는 사람들까지 흥에 겨워 같이 박수
를 치며 리듬을 탔다.

　웅가의 격정적인 춤이 끝난 다음은 찬드라의 독창 순서였다. 분
위기가 완전히 바뀌어 무대는 아주 차분해졌다. 찬드라는 여느 때
와 마찬가지로 머리에서 발끝까지 검은 베일을 둘렀지만 오렌지
색 꽃다발을 가슴에 안자 존재감이 또렷이 살아났다. 더 빼어난 건
그녀의 목소리였다. 맑은 고음에 풍부한 성량의 음성이 무대에서
객석으로 감미롭게 흘러들었다. 그녀의 실어증을 잘 알고 있던 사
람들은 경이로워하며 찬드라의 목소리에 빠져들었다.

　노래가 끝나자 환호와 앙코르가 폭발하듯 터져 나왔다. 때 맞춰
민과 샤샤가 찬드라의 양쪽에서 폭죽을 쏘아 올리면서 피날레를

장식하게 돼 있었다. 찬드라가 사람들 환호에 보답하느라 깊이 고개를 숙였을 때, 민과 샤샤는 폭죽을 쏘아 올렸다. 폭죽과 함께 사람들의 박수와 환호는 절정에 이르렀다.

그때였다.

—아아악!

비수에라도 찔린 듯 날카로운 비명이 무대 위에 울려 퍼졌다. 찬드라의 얼굴을 두르고 있던 검은 베일이 벗겨졌다. 절정의 순간에 맞춰 민이 찬드라의 베일을 힘껏 잡아당겼던 것이다. 민이 생각해 낸 깜짝 이벤트였다. 찬드라의 맨얼굴이 조명 아래 환하게 드러났다. 찬드라의 비명만큼이나 큰 탄성이 사람들에게서 흘러나왔다. 환호와 비명과 탄식으로 무대와 객석은 충격에 휩싸였다. 이미 엎질러진 물이었다. 오페라 아리아의 베일 속 미녀는 사라지고 그 자리에는 끔찍한 몰골의 괴물이 서 있었다. 프랑켄슈타인!

찬드라의 얼굴에 놀란 사람들은 눈을 감거나 고개를 돌렸다. 처참하고도 흉측하게 짓밟힌 여자의 얼굴을 바라볼 용기는 누구도 없었다. 찬드라는 그 자리에 쓰러지듯 주저앉아 손으로 얼굴을 감쌌다. 민은 파랗게 질린 얼굴로 그 자리에 얼어붙었다. 모든 게 정지했다. 관중들도 망연히 그 자리에 붙박여 있었다. 숨이 컥 막혀 왔다.

그때였다. 조명의 조도가 서서히 낮추어졌다. 환하던 무대 조명은 마치 연극의 끝을 알리듯 조금씩 어두워졌다. 은은해지는 조명과 함께 잔잔한 기타 선율이 흘러나오기 시작했다. 사람들은 영화 혹은 연극의 충격적 엔딩에서 벗어나는 느낌을 받았다. 은은한 조명과 차분한 음악 속에 현실과 비현실의 경계가 모호해지면서 다들 조금씩 평온을 되찾아 갔다.

천국행 티켓

뚜앙은 새벽녘에야 자기 방으로 돌아올 수 있었다. 미셸과 둘이 남아 파티장을 완전히 정리하고 난 후였다. 흔적을 말끔히 없애야 나쁜 기억이 생각나지 않을 것 같았다. 무대 철거에서부터 식당 설거지까지, 둘은 새벽까지 치우고 씻고 닦아야 했다. 처음부터 모든 일을 도모했던 미셸은 책임 의식을 무겁게 느끼는 듯 시종일관 묵묵히 일에만 몰두했다. 파티 준비보다 뒷정리가 더 힘들게 느껴졌다.

방으로 들어선 뚜앙은 서랍장에서 프라혹 병부터 꺼내 한 숟가락 떠먹었다. 피곤할 때는 그것이 피로 회복제 역할을 했다. 해먹 위에 올라 길게 다리를 뻗고 누운 뚜앙은 천천히 혀를 굴리며 프라혹 맛을 음미했다. 짜고 쓸쓸한 첫맛의 자극이 가시고 나자 점점 고소한 감칠맛으로 변해 혀에 감겨들었다. 뚜앙은 수업 시간에 보던 맑은 눈의 찬드라를 떠올렸다. 영민하게 반짝이던 눈, 열성적이고 친절한 목소리, 거기다 오페라 가수처럼 아름다운 음성까지 모든 것을 갖춘 여자였다. 자신은 존경의 마음으로 우러러볼 수밖에 없는…….

기억의 필름이 다시 파티로 돌아갔다. 유쾌하고 즐거운 파티 장면이 펼쳐지더니 찬드라에게서 멈췄다. 뚜앙도 놀랐다. 찬드라의 얼굴에 남겨진, 가혹한 운명이 제멋대로 횡포를 부리고 떠난 흔적. 하지만 그것은 찬드라의 본모습이 아니었다. 그녀의 원래 모습은 샤샤가 그린 그림에 더 가까웠을 것이다. 사람들이 놀란 건, 자신의 상상이 빗나간 데 대한 실망, 그리고 자신들이 회피했던 스스로의 상처와 정면으로 마주한 데 대한 충격이었을 것이다.

찬드라가 받았을 충격을 생각하니 뚜앙은 가슴이 메어 왔다. 그녀가 다시 말을 잃게 되지는 않을까 걱정이었다. 그동안 찬드라가 식당에서 혼자 벽을 보고 앉아 밥 먹던 일도, 남들 앞에 서는 걸 극도로 꺼리던 것도 이해가 되었다. 그것도 모르고 자신이 어쭙잖게 나서서 친절을 베풀려 했다니……. 그런 치명적인 상처에도 용케 마음을 추슬러 이곳에서 봉사 활동까지 하고 있는 그녀를 생각하면 더더욱 존경스러웠다. 찬드라에게도 유일한 방법은 뚜앙 자신처럼 기다리는 것, 상처가 아물 때까지 그저 기다리는 것밖에는 없을 거라고 생각했다. 뚜앙이 잘하는 방법을 그녀도 택할 수밖에 없을 터였다. 그저 기다리는 것. 아니, 그것이야말로 가장 어리석은 일이다. 메이 생각이 또 났다.

—살면 얼마나 살겠어, 그 남자.

육지에 사는 늙은 캄보디아 남자를 택한 메이가 뚜앙을 위로한답시고 한 말이었다.

—이건 뚜앙과 나, 둘 다 사는 길이야. 그가 세상을 떠나면 그때 뚜앙과 다시 결혼하면 되지. 그러면 뚜앙도 국적을 갖게 되니까 우리 둘 다 같이 육지에서 살 수 있잖아.

뚜앙은 이미 메이의 결심을 돌이킬 수 없음을 깨달았다. 철저하게 현실적인 계산을 끝낸 그녀의 계획에 아무런 개입도 할 수 없었다. 그저 기다리는 것 외에 방법이 없었다. 자신이 할 수 있는 건 오로지 그것뿐이었다. 톤레사프 호수의 물이 빠지고 다른 집들이 다 물을 따라 옮겨 가도 뚜앙은 그곳을 떠나지 않았다. 메이가 돌아오기만 기다렸다. 고기도 없는 웅덩이에 낚싯줄을 드리우고 앉아 마냥 그녀를 기다렸다. 그러다 보면 다시 물이 들어왔고 또 때가 되면 물이 빠져나갔다. 그렇게 하루하루 지내다 보면 한 달이 되고 일 년이 되고 언젠가는 메이가 자신을 찾아올 거라 믿었다.

한때는 뚜앙의 바람이 이루어지는 듯싶었다. 결혼 사 년 만에 메이의 늙은 남편은 세상을 등졌다. 남자의 죽음이 안쓰럽기는 했으나 뚜앙은 기다린 보람을 느꼈다. 마음이 정리되면 메이가 자신을 찾아올 거라 믿었다. 앞날을 내다보는 메이의 혜안도 인정하지 않을 수 없었다. 하지만 일 년이 지나고 이 년이 지나도 메이는 뚜앙을 찾아오지 않았다. 찾아오긴커녕 소식 한마디 없었다.

—메이, 이번엔 젊은 남자와 결혼한대. 전남편이 제법 재산을 남겼나 봐.

육지를 자유롭게 오가는 친한 친구 하나가 메이 소식을 전해 주었다. 뚜앙은 기다리는 게 능사가 아니란 걸 비로소 깨달았다. 그때부터 자신에게 닥친 비극의 원인에 대해 생각했다. 이유는 단 하나, 국적이 없기 때문이라는 것. 국적이 없으니 뭍으로 나갈 수 없었고 뭍으로 나갈 수 없으니 가난할 수밖에 없었다. 가난하니 결국 여자가 떠난 것이라는 단순 명료한 결론이 나왔다.

—어떻게 하면 국적을 얻을 수 있지?

뚜앙은 처음으로 진지하게 친구에게 물었다. 그 친구도 톤레사프 수상 가옥촌 출신이었다. 육지 여자와 결혼을 한 것도 아닌 그가 어느 날 국적을 취득했다며 뚜앙에게 자랑하더니 그때부터 자유롭게 뭍을 드나들었다.

—일단 배짱이 필요하지. 이런 궁상맞은 생활을 벗어나 멋지게 살아 보겠다는.

친구는 그 한마디를 남기고 갔다.

그 말이 한 달 내내 뚜앙의 귓전에 맴돌았다. 멋지게 살아 보자.

뚜앙은 스스로에게 최면을 걸었다. 어떤 삶이든 이보다 못할 것 같지는 않았다. 죽더라도 이젠 물이 아닌 뭍에서 죽고 싶었다.

— 뚜앙, 괜찮은 일이 하나 있는데…….

한 달쯤 뒤 그 친구가 다시 나타났다. 그날도 뚜앙은 낚시를 하고 있었다. 마침 손에서 묵직한 힘이 느껴지던 순간이었다. 월척이 분명했다. 순간적으로 뚜앙은 힘껏 낚싯대를 잡아챘다. 놈이 서서히 딸려 오는 게 느껴졌다. 거의 다 왔을 무렵 놈이 퍼덕대더니 갑자기 손이 허전해졌다. 딸려 온 건 빈 낚시 바늘이었다.

— 거봐, 이런 영양가 없는 일 이제 좀 접으라고.

지켜보던 친구가 혀를 찼다.

— 뚜앙, 잘하면 국적도 가질 수 있고 육지에서 살 수도 있는, 그런 일이 하나 있어.

뚜앙은 낚싯대를 한쪽으로 치워 놓았다.

— 일은 간단해. 물건만 전달해 주면 되는…….

위험이 따르는 일이라는 건 뚜앙도 모르지 않았다. 국적을 가질 수 있다면 그 정도 못하겠나, 싶었다. 부모도 메이도 없는 톤레사프 호수에서의 삶은 더 이상 의미가 없었다. 그렇게 생각하자 아픈 기억만 남은 그곳을 하루라도 빨리 뜨고 싶었다.

— 자, 여권.

며칠 뒤 친구가 내민 그것은 뚜앙에겐 천국행 티켓이나 다름없었다.

*

찬드라는 엎어 놓았던 거울을 세웠다.

베일을 벗고 거울에 비친 얼굴을 물끄러미 바라보았다. 삽날에 찍혀 이리저리 찢긴 자국에 바늘 자국이 선명하게 난, 누더기 같은 자신의 얼굴을…… 다행인지 불행인지 두 눈은 용케 피해 갔다. 맨 처음, 병원 화장실 거울에 비친 얼굴을 보았을 때는 살아 있다는 사실 자체가 저주스러웠다. 완전히 아물지 않은 흉터와 상처가 끔찍하게 자리 잡고 있는 얼굴이지만 이제는 익숙해졌다.

정작 놀란 건 처음 목격한 이들이었을 거다. 자만인지 오만인지 찬드라 자신은 이제 더 이상 어떤 일도 충격적이지 않았다. 자신으로서야 곪을 대로 곪았던 종기가 터진 거나 다름없는 일이었다. 이제는 아물 일만 남은…… 충격은 언제나 처음 접하는 이들 몫이다. 두 번째부터는 처음의 절반, 다음은 또 그 절반, 그 다음은 절반의 절반, 그러면서 어떤 끔찍한 현실이든 적응하게 돼 있었다. 결국 세상엔 못 견딜 게 없고, 누구든 어떤 식으로든 살아남고 또 살아가게 마련이었다.

민은 어떻게 되었을까? 찬드라는 어느새 아이 걱정으로 생각이 옮겨 갔다. 그녀는 민을 잘 알고 있었다. 무지개 방에서 누구보다 가까이 지내며 관심 있게 지켜봐 왔다. 자라온 환경이 특이해 여느 아이들과 다른 데가 있긴 했어도 일찍 세상에 던져진 탓인지 나이에 맞지 않게 어른스러운 데도 있었다. 무엇보다 집중력이 강한 아이였다. 어쩌면 이번 일도 특유의 집요함 때문일 수 있었다. 단순한 장난이 아니라 진짜 궁금해서였을 것이다. 찬드라가 어두운 복도에서 맨 처음 자신의 존재를 들켰을 때부터 아이는 집요하게 그녀를 쫓아다녔다. 서로 꼬리 물기 하듯 쫓고 쫓기는 게임을 한 셈이었다. 식당에서 몰래 밥을 먹던 도중 민이 들어왔을 때는 정말 놀랐다. 그때 처음으로 주방 불빛 아래서 아이의 존재를 보았다. 까만 머리칼의 동양인 꼬마. 반사적으로 도망부터 쳤지만, 자신을 놀라게 했던 이의 정체가 그토록 귀여운 꼬마 아이였다는 사실이 어처구니없어 웃음이 터져 나왔다. 곰곰 돌이켜 보니 아이는 뭔가를 찾아 헤매고 있었던 게 분명했다. 어린 아이가 한밤중에 잠들지 못하고 그 넓은 건물을 헤매 다닌다는 건 예사로운 일은 아니었다. 하나뿐인 피붙이 누나에 대한 그리움, 그것을 미지의 누군가에게 투영했던 건 아니었을까?

*

─샤샤, 넌 앞으로 찬드라 얼굴 절대로 그리면 안 된다. 찬드라 옷자락 끝도 건드리면 안 돼. 알았지?

숙소로 들어서자마자 옥란은 어린 아들에게 단단히 일렀다.

샤샤는 시무룩한 표정으로 고개만 끄덕였다.

— 왜 그림 그리는 것까지 참견하고 그래.

모샤르가 옥란을 나무랐다. 그는 적어도 샤샤의 자질과 재능에
관한 일에서만큼은 어떤 제한도 두면 안 된다고 생각하고 있었다.

— 샤샤는 뭐든 다 그림에 쏟아 놓잖아요. 제 속에 있는 걸 못
감추는 애니까 그렇지.

— 그림은 그림일 뿐이야. 현실과 자꾸 연관 짓는 사람이 이상
한 거지. 더구나 찬드라가 그 정도도 이해 못할 사람 같아?

다른 여자랑 비교까지 하는 바람에 옥란은 부아가 더 솟구쳤다.
하지만 날이 날인만큼 평소처럼 목소리를 높이지는 않았다.

둘은 아이들 교육 문제에서도 의견이 일치하는 경우가 없었다.
이슬람식 가부장 의식이 강한 모샤르는 가장으로서 위신을 지키
려 했고 한족으로서의 자부심이 유일한 버팀목인 옥란 역시 자기
고집을 쉽사리 꺾지 않았다. 무엇보다 중국에서는 교육도 문화도
모두 한족 중심으로 되어 있어 옥란의 목소리가 클 수밖에 없었다.

예기치 않은 사건으로 모샤르 가족은 무대에 올라 보지도 못하
고 파티의 막이 내렸지만, 모샤르는 차라리 잘된 일이라고 생각했
다. 한족과 소수 민족으로 나뉜, 한 지붕 속 이산가족의 현실을 그
대로 보여 주는 무대가 될 게 분명했기 때문이었다.

그 일이 온 가족을 한곳에 모이게 만든 계기가 되었다.

— 진진, 동생 왔는데 한번 안 내다볼 거야?

옥란이 작은 방에 틀어박혀 있는 맏아들을 향해 소리쳤다.

그 한마디에 샤샤는 간이 콩알만 해졌다. 굶주린 사자가 든 우리를 향해 사냥감 정보를 알려 주는 것 같아서였다. 방 안은 다행히도 계속 잠잠했다.

─그나저나 찬드라도 참 딱하네. 그 얼굴로 앞으로 어떻게 살아가겠어. 여자가…….

잠자리에 누운 옥란이 안쓰럽다는 듯 중얼거렸다.

─거참, 애 듣는 데 별소릴 다 하네.

모샤르가 나무라듯 말하고는 휙 돌아누웠다.

모처럼 숙소에 들어와 엄마 아빠 사이에 누운 샤샤는 잠이 오지 않았다. 두 사람의 얘기 때문이 아니라 민이 걱정 때문이었다. 파티장에서 나왔을 때 아무리 찾아봐도 민이 보이지 않았던 것이다. 뚜앙 아저씨 방도 숙직실도 다 텅 비어 있었다. 겁을 먹고 어딘가에 숨은 게 분명해 보였다. 샤샤는 날이 밝는 대로 민을 찾아 나서기로 했다.

혹독한 퍼포먼스

캠프는 다시 고요하고 무겁게 가라앉았다. 음악 소리도 악기 연습 소리도 사람들 웃음소리도 더 이상 들리지 않았다. 그동안 활기차게 돌아갔던 분위기가 실은, 칙칙한 현실을 잊기 위해 과장되게 행동함으로써 빚어 낸 착시 효과였음을 다들 깨달은 것 같았다. 찬드라 사건은 캠프 식구들 각자 꼭꼭 숨겨 두었던 가슴 속 응어리를 다시 들추어냈다. 목숨을 걸고 국경을 넘었을 때처럼, 이제는 난민 인정이라는 엄청난 관문을 통과하기 위해 가슴 졸이며 기다리는 처지라는 점을 다시금 일깨워 주었다. 게다가 실제로 난민 인정을 받는 건 극히 낮은 확률에 불과하다는 냉정한 현실까지 마주한 것 같았다.

파티를 주도했던 미셸 웅가 커플은 그들대로 이번 사건을 깊이 반성했다.

—아, 난 그것도 모르고 찬드라를 그렇게 괴롭혔으니…….

웅가는 자책했다. 베일 벗는 것의 상징적 의미를 너무도 크게 생각했던 것이다. 그걸 극복해야 찬드라가 새 세상에 적응할 거라는 단순한 논리와 명분 앞에, 다른 건 고려해 보지도 않았던 것이다. 사회적 의식이나 명분을 들먹였던 자신의 행동이 얼마나 실없게 비쳤을까 생각하니 쥐구멍이라도 파고들고 싶었다.

—차라리 잘된 건지도 몰라. 언젠가 한번은 드러날 일이었어.

미셸이 웅가를 위로하듯 말했다.

—그래도 미셸, 역시 자기의 순발력이 그 순간 빛을 발하긴 했어.

웅가는 미셸의 대처 능력을 높게 샀다.

—아냐, 털보 선생이 먼저였어. 그가 먼저 조명의 조도를 낮추지 않았다면 나도 음악을 생각해 내지 못했을 거야.

미셸은 무대 시설을 맡았던 털보 선생의 순발력이 결정적이었음을 인정하지 않을 수 없었다. 자신도 당황한 나머지 순간적으로 어떻게 해야 할지 몰랐던 것이다. 경륜이 풍부한 털보 선생은 역시 달랐다. 돌이켜 봐도 당시 상황은 각 장면이 강렬하게 떠오를 정도로 극적이었다. 현실을 적나라하게 비추던 조명의 조도가 점점 낮아지고 기타 선율이 잔잔하게 흐르자 사람들은 충격과 당혹감에서 서서히 벗어났다. 현실과 비현실의 경계가 사라지는 몽환적인 분위기 속에서 찬드라는 무대 위 비극의 주인공으로 떠올랐다. 벗겨진 베일을 바닥에서 집어 들어 다시 얼굴에 두른 그녀는 침착하게 무대에서 내려오고 미셸의 기타 연주곡도 절정에 이르렀다. 때마침 누군가가 박수를 치면서 극은 안도감 속에 막을 내렸다. 파티는 그렇게 극적으로 마무리되었다.

당황했던 관객들도 각자 자신의 위치에서 뭔가 하나씩 역할을 하면서 완성된 아주 그럴듯한 즉흥극 같았다. 미셸은 돌발 상황이 가져온 즉흥극이 그 파티의 하이라이트라고 생각했다. 그 강렬한 체험은 미셸뿐 아니라 그 자리에 있었던 모두에게 깊은 인상과 의미를 남겼을 것 같았다. 혹독한 퍼포먼스! 파티를 준비했던 캠프 식구 모두는 그 퍼포먼스의 참여자였다. 어떤 의미에서 그 사건은 모두에게 잊지 못할 파티로 기억될 거라고, 미셸은 생각했다.

*

— 민이가 안 보인다면서요?

소장이 걱정스러운 어조로 물었다.

— 이걸 떨어뜨리고 간 걸 보니 엄청 놀라고 당황한 모양이야.

털보 선생이 손에 든 걸 내밀었다.

— 아니 이걸 왜, 김 주임님이 갖고 계시죠?

진 소장이 큐브를 건네받고는 의아해했다.

— 잘 좀 들여다보라고.

털보 선생은 그 속에 이유가 담겨 있다는 투로 말했다.

— 이게 무슨 숫자죠?

큐브 위에 검은 매직펜으로 쓴 숫자가 네 개의 면을 돌아가며 씌어 있는 걸 본 소장이 물었다. 군데군데 지워진 부분도 있었지만 그것이 무슨 번호인지는 이내 알 수 있었다. 010으로 시작하는 전화번호였다.

— 아, 그러니까……?

소장은 그 숫자가 뭔지 짐작이 갔다.

— 그러니까 보호자 연락처를 알고 있으면서 지금까지 모른 척……. 아주 맹랑한 녀석이네요.

— 철부지 어린애가 아니라는 거지. 그러니 크게 걱정 안 해도 될 거 같아.

털보 선생이 쓸쓸하게 웃으며 말했다.

진 소장은 한동안 말을 잇지 못했다. 민이 큐브를 한시도 손에서 놓지 않고 끊임없이 그걸 맞춰 가던 장면이 눈에 선했다.

— 그나저나 어제는 선배님 순발력에 감탄했어요. 조명이 제때 아주 적절한 역할을 했잖아요.

전날의 사고가 그나마 뜻밖의 기지로 잘 수습된 점을 높이 샀다.

— 그거, 내 작품이라고 할 수 없어.

─예, 그럼요?

─내 바로 옆에 있던 허진수 경사 아이디어야. 난 허 경사가 시키는 대로만 했지.

털보 선생이 해명하듯 말했다.

─그 친구도 대단하네요. 초대하길 정말 잘했어요.

*

─우리끼리 한번 찾아나서 보자고. 내 장담컨대, 사나흘 안에 해결될 거야.

털보 선생이 뚜앙에게 도움을 청했다.

일단 건물 구석구석부터 뒤졌다. 지난번처럼 어딘가에서 잠들어 있을 수도 있어서였다. 지하 기도실은 물론 창고와 보일러실까지 살펴보았지만 허사였다.

─캠프를 빠져나간 모양인데.

털보 선생이 난감해하며 말했다.

민이 겁을 먹은 게 분명했다. 예민하고 눈치 빠른 녀석이어서 자신이 저지른 잘못을 잘 알고 있을 터였다.

─뚜앙 아저씨, 민을 꼭 찾아야 해.

샤샤가 울먹이며 뚜앙의 손을 잡았다. 샤샤는 민이 없는 캠프 생활은 이제 상상도 할 수 없었다.

털보 선생은 캠프 밖으로 나서기로 했다. 뚜앙과 역할을 나누어 자신은 차로 신도시 일대를 찾아다니고 뚜앙과 샤샤는 민과 잘 가던 바다 근처를 살펴보기로 한 것이다.

—그게 뭐야?

출발 전 샤샤가 A4 용지 여러 장을 들고 뚜앙 앞에 나타났다. 민의 얼굴을 그린 걸 복사한, 일종의 몽타주였다. 샤샤는 그걸 곳곳에 붙여 놓거나 사람들에게 나눠 줄 생각이었다.

—이걸 보면 민이가 안 돌아올 수 없겠네.

뚜앙은 몽타주를 보며 감탄을 금치 못했다.

이정표를 따라 걷다

'하늘 신도시'

무작정 걷던 민의 눈에 이정표가 눈에 들어왔다. 비행기나 우주선을 타고 날아가야 닿을 것 같은 이름이었다. 하지만 민은 그곳이 지난번 누나와 차로 한참을 헤매 다녔던, 높이 솟은 아파트 단지들이 불쑥불쑥 나타나는, 거리는 텅 비고 사람들은 보이지 않던 유령도시라는 걸 알고 있었다.

민은 이정표를 따라 다시 걷기 시작했다. 계속 걷다 보면 그곳에 닿을 것 같았다. 안개 때문인지 해무 때문인지 공기가 부옇게 흐렸다. 그늘 한 점 없는 막막한 평지를 걷기엔 나쁘지 않은 날씨였다. 섬이어서 해무가 자주 낀다고 했다. 하늘도 바다도 희끄무레한 날이 많았다. 가도 가도 공터와 도로로 이루어진 땅과 하늘이 전부였다. 아주 간간이 도로로 자동차가 지나다녔다.

걷는 내내 파티 때 기억이 그림자처럼 따라붙었다. 민은 샤샤의 그림에 나타난 찬드라 모습을 보여 주고 싶었다. 모두가 궁금해한 일이었다. 웅가도 뚜앙도 샤샤도 털보 선생까지……. 찬드라는 잃었던 목소리를 되찾고 사람들에게 영어를 가르치고 민과 샤샤에게 책도 골라 주었지만, 찬드라의 진짜 모습은 여전히 베일에 가려 있었다. 그녀가 영어 발음을 바로잡아 줄 때도 목소리는 베일을 통해 흘러나왔다. 샤샤의 그림을 보고 난 뒤 민은 찬드라 모습이 더 궁금해졌다. 천사야, 찬드라! 샤샤가 말했다. 샤샤의 그림이 정말 찬드라를 닮았을까? 검은 베일이 가린 천사의 진짜 얼굴이 보고 싶었다. 그 모습을 드러내는 건 모두를 위한 일이라고 생각했다.

하지만 실상은 너무도 끔찍했다. 겁이 났다. 그곳을 도망쳐 나오면서, 민은 갑자기 누나 생각이 났다. 집 생각도 났다. 캠프는 더이상 집이 아니었다. 말도 다르고 얼굴색도 다른 사람들끼리 모여 있는 곳은 집이 될 수 없었다. 이젠 정말 누나와 함께 집으로 돌아가야 한다고 생각했다. 어둑하고 구수한 곰팡내가 풍겨 나는 아늑한 지하방으로. 그동안 까맣게 잊고 지냈던, 방 안 풍경이 낱낱이 떠올랐다. 화장대 위에 놓인 텔레비전과 옷이 잔뜩 걸린 행거, 창밖 마당의 트럭 뒤꽁무니와 바퀴, 구석에 있는 노란 장난감 바구니……. 누나가 올 때까지 기다리고 있을 수만은 없었다. 직접 찾아 나서고 싶었다.

얼마나 왔을까. 바닥에 주저앉고 싶도록 다리가 아팠다. 그 때 고층 건물이 눈에 띄었다. 부연 해무 사이로 우뚝 솟은, 여기저기 무리지어 있는 회색빛 건물들은 누나 말대로 SF 영화에 나올 법한 미래 도시 같았다. 민은 희망을 품고 다시 걷기 시작했다. 건물은 좀체 가까워지지 않았다. 그걸 발견하고도 한참을 걸어서야 간신히 어느 아파트 정문에 닿을 수 있었다. 아파트 단지로 들어서자 메마른 분수대와 놀이터가 있었고, 지하층에는 여러 운동 기구들이 놓인 헬스장이 보였다. 단지 안 마당이 텅 비어 있는 것까지 지난번 아파트와 비슷했지만 그 아파트는 아니었다. 수영장이 보이지 않았다. 오리와 거북 모양의 탈것도 없었다. 건너편 아파트 단지를 가도 마찬가지였다. 단지 안 조경이 비슷하긴 했지만 엘리베이터를 타고 오르내렸던 지난번 그 아파트는 분명 아니었다.

민은 다시 다음 단지로 옮겨갔다. 그곳에는 웬일인지 입구에 사람들이 많이 모여 있었다. 플래카드가 여기저기 걸려 있고 전단지도 곳곳에 붙어 있었다. '할인 분양 반대' '입주자 대표 회의'라는 글자들이 보였다. 아파트 정문 앞에 이삿짐 트럭 두 대가 서 있었다. 한 무리의 사람들이 열을 지어 길을 가로막고 있었고 몇몇은 트럭 앞에서 실랑이를 벌이고 있었다. 트럭이 안으로 들어오지 못하도록 막는 것이었다. 들어가려는 사람과 막는 사람들 사이에 거친 욕설과 고함이 오갔다.

민은 정문 한쪽에 멈춰 서 있는, 2424라는 숫자가 적혀 있는 커다란 이삿짐 차를 보았다. 그 옆에는 살림살이를 싣고 끈으로 묶은 작은 트럭이 하나 더 있었다. 피아노도 보이고 화분도 보였다. 새집으로 들어가기 위해 옛집을 막 떠나온 물건들이었다. 누나와 함께 자동차를 집 삼아 타고 다니던 일이 생각났다. 어쩌면 저 이삿짐 주인들도 한동안 트럭과 함께 떠돌며 살게 될지도 모른다는 생각이 들었다.

야, 타! 강민! 여기.

누나 목소리가 들리는 것 같아 민은 고개를 획 돌렸다.

낯선 자동차가 바람을 일으키며 옆을 지나갔다.

*

─꼬마야, 이건 안 돼.

갑작스러운 벽 앞에 민은 고개를 들었다.

앞치마를 두른 아가씨가 민의 손을 살짝 밀어내며 눈을 찡긋해 보였다.

─이건 어른을 위한 거야.

와인 시음 코너 앞이었다. 민은 시식 코너를 돌며 이것저것 가리지 않고 배를 채우던 참이었다. 매장에 들어서면서부터 풍겨 오던 음식 냄새에 민은 갑자기 식욕이 동했다. 이틀 동안 아무것도 먹지 않았어도 배고픈 줄도 몰랐던 것이다. 시식 코너를 번갈아 돌며 만두와 요구르트, 소시지 등을 정신없이 집어먹었다.

와인을 따르던 여직원이 다른 직원의 부름을 받고는 이내 자리를 떴다. 민은 작은 종이컵에 담겨진 것들을 하나씩 재빨리 들이켰다. 어떤 건 붉고 어떤 건 투명했다. 맛도 씁쓸하고 달고 제각각이었지만 그런 걸 가릴 겨를도 없었다. 속을 채우는 게 중요했다. 조금씩 속이 따뜻해 오면서 기운이 났다.

외출

─외출이 아니라 출소하는 기분이겠네.

룸메이트가 해나의 첫 외출에 관심을 보이며 한마디 했다.

이곳에 들어오고 해나는 한 번도 골프장을 나간 적이 없었다. 두 계절을 보내는 동안 필드와 기숙사만 오가며 지냈다. 연수생 캐디나 신참도 쉬는 날이면 가족 혹은 친구를 만나기 위해 대부분 외출 혹은 외박에 나섰다. 다들 해나의 두문불출을 군인이 휴가를 안 가는 것처럼 이상하게 여겼다. 제 발로 들어간 감옥에서 열쇠를 멀리 던져 버리고 스스로를 가둬 놓은 별난 수감자,라는 평가에 해나도 동의했다. 그 열쇠 역할에 생각이 미치자, 해나는 외출의 가장 중요한 목적인 그것부터 챙겨 놓기로 했다.

몸을 구겨 넣으며 벙커 같은 침대로 들어간 해나는 천장 쪽, 그러니까 위층 침대의 바닥 면에 붙여 놓은 그것을 떼어냈다. 침대에 누워서만 그것을 볼 수 있었다. 하루 일과를 마치고 고단한 몸을 침대에 뉘고 그것을 올려다보고 있으면 꿈이 떠오르면서 그날의 피로가 풀리곤 했다. 이 꿈의 밀실에 지금껏 단단하게 자신을 붙들어 놓을 수 있었던 건 이 황금 메달 덕이었다.

'10월 셋째 주 월~금, 임시 휴장'

지난 주말 기숙사 현관에 공고문이 나붙었다. 잔디와 흙의 샘플을 채취해 미국 연구소에 보내고 일본에서 잔디 전문가가 현장으로 파견돼 오고 하면서, 병원이라면 외과 수술 팀에 해당할 법한 잔디 관리팀은 한 달 전부터 비상이었다. 역시 병원으로 치자면 간호사쯤에 해당할 것 같은 캐디에게는 일주일간의 휴장이 휴가로 여겨졌다. 하지만 희망사항에 지나지 않았다. 관리 팀장은 부족한 일손을 핑계로 캐디들을 낙엽 줍는 일이나 잡초 뽑는 일에 한 번씩 동원했다. 외박 계획을 세워 놓은 고참 캐디들은 불만이 이만저만 아니었다. 이참에 다른 골프장으로 옮겨 가겠다는 캐디도 있었다.

해나로서는 캐디 일을 시작하고 처음으로 어쩔 수 없이 라운딩을 쉬게 된, 휴가 아닌 휴가였다. 무노동 무임금 성격의 일인 만큼 마냥 좋아할 수만은 없었지만 강제로나마 쉴 수 있어 좋았다. 교육과 수습이 끝나고 본격적으로 캐디 일을 시작하면서 지금껏 하루도 쉰 날이 없었다. 새벽 팀 오후 팀으로 나누어 하루에 두 번씩 빠짐없이 필드에 나갔다. 매일 두 탕이나 뛰는 데다 일주일에 단 하루도 쉬지 않는 해나에게 동료 캐디들은 '독종' 혹은 '별종'이라는 별칭을, 고참들은 '독한 년'이라는 말을 스스럼없이 해 대곤 했다. 해나에게 그건 욕이 아니라 찬사였다. 마음먹은 대로 독하게 살고 있다는 걸 제삼자가 입증해 준 말이었으므로.

허 경사가 적성에 맞느냐고 물었을 때도 고개를 끄덕이긴 했지만, 더 정확하게 말하면 일단 수입이 짭짤해 좋았다. 캐디 피에 더러 팁까지 얹어졌고, 발로 뛰는 만큼 돈이 들어왔으므로 하루라도 쉴 이유가 없었다. 진상 고객 때문에 가끔 자존심 구기는 일이 있긴 했으나 편의점 알바에 비하면 빈도도 낮은 것 같았다. 캐디라는 직업은 고객과 자신이 다른 계급이라는 것만 명심하면 괜찮은 일이었다. 갑과 을 구분을 또렷이 못해 눈높이 조절에 실패하는 경우가 문제였다. 같은 잔디를 밟고 다니다 보면 때론 고객과 자신을 혼동하면서 명품 집착증 또는 과소비가 생기고 씀씀이가 헤퍼지기 쉬웠다. 그런 캐디들 사이에서 독종인 캐디라니, 냉정하게 보면 비아냥거리는 게 아니라 칭찬 아닌가. 무엇보다 해나는 목표도 꿈도 뚜렷했다. 삼천만 원! 그것이 일차 목표였다. 일 년만 눈 딱 감고 고생하면 새 아파트 전세금을 손에 넣을 수 있을 것 같았다. 그 꿈의 보금자리만 마련되면 이산가족 생활도 끝이다. 젊은 날 꿈이 이렇게 심플해도 되나 싶지만 싱글맘 처지에는 선택지도 분명했다. 방황하거나 한눈팔 겨를이 없다는 건 드센 운명을 타고난 여자에게 주어지는 혜택이 아닐 수 없었다.

휴장 일주일 중 절반을 해나는 몸살로 앓았다. 처음 맞는 휴식에, 쌓였던 피로가 기다렸다는 듯 몰려왔다. 몸살이란, 사람이 긴장의 고삐를 늦추는 순간 잽싸게 비집고 들어와 정당한 휴식을 요구하며 일으키는 파업 같은 것이었다.

─거봐, 무리하다 훅 고꾸라지는 수가 있다니까. 우리가 몸 관리 괜히 하는 줄 알아.

몸살 환자를 향한 고참의 말은 위로라기보단 맵찬 조언이었다.

몸살 기운 덕에 해나는 낙엽 줍는 일이 오롯이 실감났다. 늦가을의 쓸쓸함과 서글픔이 뼛속까지 파고들었다. 늦봄에 이곳에 들어와 뜨거운 여름을 지나고 가을도 이젠 절정을 넘어선 것이다. 겨울을 무사히 나고 또 한 번의 봄만 제대로 넘기면 해나가 생각한 일차 목표는 달성하게 된다. 목표액에 한 발짝씩 다가가고 있다는 사실만으로도 큰 위안이었다. 엄밀히 말해 그건 자신의 의지만으로 가능했던 건 아니었다. 사실, 이게 결정적 힘이었지. 침대 천장에 붙은 그것을 해나는 마침내 떼어 냈다. 그동안 해나 자신을 이곳에 붙들어 놓는 파수꾼 역할을 해 준, 허 경사의 황금 메달…….

그의 집을 나설 때 왜 갑자기 메달이 해나의 시선을 끌었는지, 배은망덕하게 보이는 무모한 짓을 저질렀는지, 그 이유를 뒤늦게 댈 수 있게 되었다. 그것을 마주하는 내내, 그것은 금메달이 아니라 해나 자신을 비추는 거울, 또는 황금빛 채찍, 더러는 마법의 열쇠이거나 최면제 같은 것이기도 했다. 시험에 걸려든 건 이 메달의 주인이 아니라 해나 자신이었다. 이젠 원래 자리에 돌려놓아도 될 것 같았다. 외부의 힘을 빌리지 않고 스스로 해 나갈 자신이 생겼다. 해나는 단단하고 묵직한 원형의 그것을 조심스럽게 가방에 챙겨 넣었다.

*

'파수꾼 반납이요! 잘 썼어요.'

짧은 메모와 함께 황금 메달이 담긴 봉투를 허 경사의 아파트 현관문 아래 우유 투입구로 밀어 넣었다. 그러고는 장 발장이 아닌 미스 콜럼버스가 된 심정으로 엘리베이터에 올랐다. 꼭대기 층에서 논스톱으로 내려온 해나는 발걸음도 가볍게 다음 목적지를 향했다. 가던 길을 문득 멈추고 허 경사의 집을 올려다보았다. 밤바다를 표류하는 이에게 길을 밝혀 주는 등대처럼 보이는 집…… 그 주인인 등대지기도 알고 보면 해나 자신과 다를 바 없는 세상의 이런 저런 난민 가운데 하나라는 사실이, 끈끈한 유대감을 재차 불러일으켰다.

신도시는 여전히 유령 도시의 오명을 벗지 못하고 있었다. 미분양 아파트의 매물 관련 플래카드가 여기저기 걸려 있고 광고 전단지들도 곳곳에 붙어 있었다.

'파격 세일'

'눈물의 할인 분양'

해나는 그 문구들을 하나씩 바라보며 안도했다. 누군가에게는 가슴 아픈 일이겠으나 다른 누군가에게는 기회이자 희망인 단어들이었다. 세상은 돌고 돌아 길게 보면 결국 모두에게 공평하게 나눠지도록 되어 있는 모양이었다.

어느 아파트 정문 앞에 사람들이 모여 있는 모습이 보였다. 이 유령 도시에서 사람을, 그것도 많은 사람을 한꺼번에 보자 해나는 반가웠다. 걸음을 재촉해 다가갔다. 구호 소리가 점점 크고 또렷해졌다.

— 분양 사기 규탄한다! 규탄한다!

— 건설사는 입주민들에 즉각 피해 보상하라! 보상하라!

분위기가 심상치 않았다. 금방이라도 몸싸움이 날 것처럼 목소리가 격하고 거칠었다. 그때였다. 시위대 가운데서 불길이 확 솟구치는 게 보였다. 찢어지는 듯한 비명 소리가 들리고 사람들이 순식간에 흐트러졌다. 해나는 주춤했다. 불길이 춤추듯 하더니 이내 바닥을 굴렀다. 화염에 휩싸인 그것은, 사람이었다. 해나는 눈을 감았다. 분신……. 다리에 힘이 풀리고 숨이 막혀 왔다. 불길이 등 뒤에 달라붙기라도 하듯 그녀는 도망치듯 그곳을 벗어났다.

다음날 해나는 기숙사 식당 텔레비전에서 흘러나오는 뉴스에서 낯익은 장면을 보았다. 그 화면 아래로 자막이 흘러가고 있었다.

'미분양의 무덤 ○○신도시, 시위 도중 입주자 대표 분신 시도……'

해나는 자신의 첫 외출이 절반의 성공에 불과했음을 깨달았다. 집에 대한 갈망이 왠지 집착으로 비쳤다.

난민 인정 1호

　─찬드라, 두 가지 소식이 있는데…….

소장이 자리를 권하며 운을 뗐다.

　─좋은 것과 나쁜 것, 어느 것부터 먼저 들려줄까?

자리를 잡고 앉은 찬드라는 긴 속눈썹을 깜박거리며 잠시 생각
에 잠겼다.

　─나쁜 거부터요.

찬드라의 대답에 소장은 그럴 줄 알았다는 듯 빙그레 웃었다.

　─우리랑 헤어지게 됐다는 거야.

소장이 아쉬워하며 말했다.

　─그리고 좋은 소식은…….

그것이 본론이라는 듯 소장은 다음 말로 넘어갔다.

—드디어 찬드라가 난민 인정을 받았어. 축하해!

이 캠프의 공식적인 1호 난민의 탄생을 알리는 말이었다.

찬드라는 감격스러운 듯 두 손을 모으고 고개를 깊이 숙여 소장에게 감사의 마음을 전했다.

—찬드라, 한국이 성형술 하나는 세계적 수준이라는 거 잘 알지?

소장은 조심스러워하며 다음 말을 꺼냈다.

찬드라는 고개를 끄덕였다.

—그래서 말인데, 혹시 원하면, 우리가 찬드라를 도울 수도 있거든. 종교 단체나 의료계의 도움을 좀 받아서…….

찬드라는 이내 소장의 의도를 알아차렸다.

—감사해요, 소장님. 근데 수술은 어쨌든 칼을 대는 끔찍한 일이잖아요.

수술에 대한 공포를 이유로 내세웠지만 찬드라는 무엇보다 자신의 상처에 인위적인 방법은 쓰고 싶지 않았다.

소장도 찬드라가 손톱깎이나 수저 같은 작은 금속성 물건에도 한 번씩 과민 반응을 보인 걸 알고 있었지만 그녀를 다시 한번 설득하기로 했다.

—사회생활에 도움이 되지 않을까? 대인 관계에 자신감도 좀 생기고 말이야.

소장은 좀 더 현실적인 문제로 접근했다.

 —아직은 괜찮아요, 소장님. 차도르도 있고…….

찬드라가 베일을 여미며 답했다.

찬드라가 선뜻 응해 올 거라고 생각했던 자신의 예상이 빗나갔다는 사실이 소장은 의외였다. 그날 파티 이후로 이곳 책임자로서 꽤나 고민한 문제였고 실질적인 도움을 주고자 여러 방면으로 알아보며 애써 왔던 것이다.

 —……왜 그런 낙인을 계속 품고 살려고 하지?

소장의 진지한 물음에 찬드라는 말문이 막혔다. 그녀 자신도 납득이 잘 되지 않는 이율배반의 감정을 어떻게 설명해야 할지 알 수 없었다. 한때는 거울을 볼 때마다 죽고 싶은 생각뿐이었다. 도저히 그런 얼굴로 살아갈 자신이 없었다. 절망에 빠져 지내던 어느 날, 찬드라는 가슴 저 밑바닥에서 뭔가가 꿈틀거리는 걸 느꼈다. 삶의 의지. 죽음의 유혹만큼이나 강하게 그것이 샘솟고 있었던 것이다. 살아야겠다고 생각했다. 처참해진 얼굴은 영혼의 주홍 글씨 같은 것, 또한 삶을 견디게 하는 원천이기도 했다.

정면으로 그것과 마주하자 이상하게도 차분해졌다. 벌거벗은 자신과 마주하고 있는 느낌이랄까……. 불행해진 건 찬드라 자신만이 아니었다. 가족 모두였다. 그 또한 피할 수 없는 진실이었으나 그렇다고 그들을 용서할 수 있는 건 아니었다. 찬드라는 그들을 용서하지 못하는 자신 또한 용납하기 어려웠다. 아직 풀리지 않은,

하지만 언젠가는 풀어야 할 매듭이 남았던 것이다.

　─이젠 너무도 익숙해졌고요. 그것 없는 삶을 생각할 수 없어요.

　찬드라가 짧게 답했다.

　우문현답 앞에 소장은 고개를 끄덕이지 않을 수 없었다. 진소희 역시 죽음의 문턱까지 갔다 온 사람이었다. 삶의 맨 밑바닥까지 닿아 본 사람한테서 생겨나는 이상한 배짱과 오기 같은 걸 이해할 수 있었다.

　─혹시라도 마음이 바뀌면 언제든지 얘기해.

　소장은 찬드라의 의견을 받아들이면서도 가능성을 열어 놓는 걸 잊지 않았다.

*

　자기 방에 돌아와서야 찬드라는 난민 인정 소식이 실감났다. 꿈만 같았다. 파티 이후 그녀 스스로도 자신의 거취 문제가 절실해졌던 참이었다. 다른 이들에게 자신의 존재가 불편하게 여겨질 바에는 일찍 이곳을 벗어나는 것도 방법이라는 생각이 들었다. 하지만 막연한 바람이었다. 난민 심사에 통과한 이가 아직 없었던 데다 그럴 가능성도 낮았기 때문이다. 뜻밖의 선물은 아주 적절한 시기에 주어진 것이다.

찬드라는 책상에 놓인, 웅가가 선물로 준 스카프를 집어 펼쳐 보았다. 손에서 흘러내리는 천의 감촉이 시원하고도 부드러웠다. 웅가도 고향에서 부족장의 딸로 순응하며 살았다면……. 이렇듯 우아한 스카프를 온몸에 두르고 다니면서, 같은 문화와 전통 안에서 부족의 한 청년을 만나 가정을 이루어 살아도 행복한 삶이었을 것이다. 적어도 지금처럼 불안한 삶으로 내몰리지는 않았을……. 웅가의 삶은 미셸을 만나고 고향을 떠나면서 완전히 새로운 국면으로 접어든 셈이었다. 치러야 할 대가가 걷잡을 수 없이 커진 것이다. 사랑의 성취가 가져온 것, 잃은 것과 얻은 것, 앞으로의 과제 등을 생각하면 웅가도 찬드라 자신과 비슷한 운명이라는 생각이 들었다. 웅가가 건네준 화사하고 부드러운 천에는 그런 연대감이 흐르고 있었다.

찬드라는 검은 베일 위에 그 스카프를 두르고는 거울에 비친 자신의 모습을 한동안 들여다보았다. 그 화사함이 자신에게 어울릴 만큼 자연스럽게 느껴지지는 않았다.

딴 데 가지 마

뚜앙은 처음엔 바위 위에 누가 폐그물 다발을 올려놓았나 싶었
다. 자신의 전용석이나 다름없는 그곳에 올려진 게 정확히 뭔지 알
기 위해 가까이 다가갔다.

—어, 민이다!

먼저 다가선 샤샤의 외침에 뚜앙은 멈칫했다. 민이 맞았다. 뚜앙
은 반갑기도 하면서 한편으론 아연실색했다. 파도라도 치면 금방
이라도 휩쓸려 갈 수 있는 바위 위에 아이가 잠들어 있었던 것이
다. 다행히도 물이 차 들어오기 시작한 건 얼마 되지 않아 보였다.
가까이서 본 민은 며칠 새 얼굴이 까맣게 그을린 데다 살이 쏙 빠
져 있었다. 옷이 아니었더라면 금세 못 알아볼 뻔했다. 뚜앙은 점

퍼를 벗어 아이 몸부터 감쌌다.

샤샤는 민의 손을 붙잡고는 울음을 터뜨렸다. 민은 그 소리도 듣지 못하고 뚜앙이 안아 일으키는 것도 모른 채 잠에 빠져 있었다. 뚜앙은 품에 안은 민의 입에서 술 냄새를 맡았다. 거칠게 숨소리를 뱉어 내며 깊이 곯아떨어져 있는 건 아무래도 술 탓인 것 같았다.

캠프 숙소로 옮겨 오고 난 뒤에야 민은 깨어났다. 샤샤는 또 한 번 민을 껴안고 울음을 터뜨렸다. 민은 어리둥절해하며 연신 눈동자를 굴렸다.

─거봐, 사나흘이면 해결될 거라 했잖아.

털보 선생의 예견이 적중한 데 뚜앙은 놀랐다.

그즈음 캠프는 썰렁한 분위기 속에서 여러 일들이 겹치면서 민의 일은 몇몇만 알고 묻혀 있었다. 사무실은 사무실대로 상황이 바쁘게 돌아갔다. 새로운 난민들이 대기 중이어서 그들을 맞기 위한 준비도 해야 했고 난민 인정 심사 발표도 있었다. 마침 그날 알려진 찬드라 소식은 캠프 사람들 사이에 빅 뉴스였다. 한동안 가라앉았던 분위기가 뜻밖의 희소식에 활기를 되찾았다. 다들 찬드라를 축하하면서도 내심 자신들 문제에 더 촉각을 곤두세웠다. 그리고 다들 은근히 희망을 품기 시작했다.

＊

　―강민, 이젠 절대 어디 가지 마.

　샤샤는 민에게 몇 차례나 다짐을 받았다.

　어딜 가게 되면 이젠 꼭 자기랑 같이 가자며 샤샤가 손가락을 내미는 바람에 민은 어쩔 수 없이 자기 손가락을 걸고 엄지로 도장까지 찍었다. 민이 깨어나 샤샤를 보았을 때는 녀석이 얼마나 울었는지 예전처럼 빨간 토끼 눈을 하고 있었다. 얼굴도 벌겋게 부어 있었다. 나중에 알고 보니 샤샤의 얼굴이 부어 있었던 건 눈물 때문만은 아니었다. 얼굴과 팔 여기저기 멍 자국까지 있었다. 형한테 또 얻어맞은 모양이었다. 민이 캠프를 떠나 헤매 다녔던 며칠간 샤샤는 이전처럼 생지옥 같은 곳에서 살아남아야 했던 것이다.

　―이게 정말 나야?

　민은 자기를 찾기 위해 샤샤가 그린 초상화인지 몽타주인지를 보고 어이없어하며 말했다. 자기랑 전혀 닮지 않은, 멍청하게 생긴 웬 아이 얼굴이었던 것이다. 하지만 샤샤의 그림이 늘 그렇듯 누가 봐도 민이라는 걸 부정할 수 없는 이유가 있었다. 꺼벙하게 생긴 아이 얼굴 옆에 큐브를 그려 놓았던 것이다.

셰에라자드

두렵기도 했지만 가슴 저 밑바닥에서부터 설레어 오는 감정은 어쩔 수 없었다.

세상 속으로⋯⋯. 찬드라는 속으로 되뇌어 보았다.

처음에는 '3D 업종'에 속하는 단순노동이라도 뛰어들 각오가 돼 있었다. 수업 시간에 얻은 정보대로라면, 이 나라의 최저 임금 제에 따른 시급은 나쁘지 않았다. 정부에서 생활 보조금까지 받는 다면 충분히 살아갈 수 있을 것 같았다. 하지만 그런 허드렛일이 아니었다. 찬드라에게 주어진 일은 정부 기관에 소속되어 하는 최 고의 일이었다.

──다문화 가정 아이들을 가르치게 될 거야. 영어 선생님으로.

소장이 알려 주었다. 엄청난 행운이 아닐 수 없었다. 민이나 샤샤 같은 아이들을 가르치는 일은 보람도 있고 즐거웠다. 일하고 남는 시간은 자신의 꿈이자 삶의 마지막 과제를 해내는 데 바칠 생각이었다. 그 일이야말로 찬드라를 살아가게 하는 진정한 힘일 터였다.

──명예 살인 같은 시대착오적 관습은 이 세상에서 완전히 사라져야 해요.

웅가의 사명감 같은 것이 피해 당사자인 찬드라에게 왜 없겠는가. 그저 웅가와는 방법이 다를 뿐이었다. 문제의 진실을 제대로 파악하고 변화시킬 수 있는 더 근본적인 방법, 그것이 찬드라 자신의 삶에 남은 마지막 과제라고 생각했다. 난민 신청 대기실에서 썼던 자술서가 결정적 계기였다. 그렇게 긴 글을 단번에 써낸 것도, 자신을 처음부터 끝까지 돌아본 것도 난생 처음이었다. 그걸 해내고 나니 새로운 뭔가가 보였다. 이제는 자술서가 아니라 자신의 마음 저 깊은 곳에 담긴 진실을 담아내고 싶었다. 자술서가 연습이었다면 이제 제대로 된 글을 써 보고 싶었다. 문제의 근원을 짚어 가며 지금까지 자신의 여정을 돌아보는 글, 그 글을 완성하고 나면 부채감과 피해 의식에서도 벗어날 수 있을 것 같았다. 무엇보다 삶의 다음 단계로 성큼 나아갈 수 있을 것 같았다. 죽음을 물리친 지혜로운 셰에라자드처럼…….

가방을 다 꾸린 찬드라는 거울 앞에 서서 웅가의 선물을 베일 위에 한번 둘러 보았다. 화사한 외출 분위기가 나면서 마음까지 밝아지는 기분이었다. 이전처럼 낯설다는 생각이 들지 않았다. 잘 어울리는 것 같기도 했다. 스카프를 그대로 두른 채 찬드라는 가벼운 걸음으로 방을 나섰다.

*

— 뚜앙 아저씨, 프라혹 안 먹어?

민의 말에 뚜앙은 정신이 번쩍 들었다.

자신도 모르게 한숨을 계속 내쉬고 있었던 모양이었다. 방에 올 때마다 냄새가 난다고 코를 쥐거나 얼굴을 찡그리던 민이 녀석이 웬일로 그걸 권하나 싶었다. 피곤하거나 입맛이 영 개운하지 않을 때 습관적으로 먹던 프라혹이지만 전날부터는 그마저 내키지 않았다. 온종일 아무것도 먹지 않았지만 배도 고프지 않았다. 그저 가슴이 휑한 게 아무런 의욕도 기운도 없었다. 찬드라가 떠나고부터였다. 누구보다 그녀의 난민 인정을 기뻐하고 축복했지만 서운함은 어쩔 수 없었다. 그동안 캠프 안에서 한 가족처럼 지냈던 사람과의 작별, 혹은 유능한 영어 선생을 잃었다는 아쉬움 정도가 아니었다. 그녀가 떠나고 난 뒤부터 식욕이 뚝 떨어지고 이상한 무기력증에 빠진 채 한숨만 나왔다.

파티 이후부터 시작된 것 같기도 했다. 어느 순간부터, 뚜앙의 가슴에 찬드라의 존재가 깊이 들어와 있었던 것이다. 그녀에 대한 안타까움과 연민으로 가슴이 아팠다. 그 일이 있기 전까진 사실 찬드라에 대한 감정은 자원봉사자 선생에 대한 고마움 혹은 존경심이었다. 하지만 파티에서 찬드라의 얼굴을 보게 된 이후, 고마움은 연민으로, 연민은 점점 고삐 풀린 감정으로 치달아 연모로 변해 갔다. 찬드라의 상처가 뚜앙 자신과 그녀 사이에 놓인 벽을 없애 주면서 끈끈한 유대감마저 만들어 낸 것이다.

무엇보다 메이에 대한 감정이 말끔히 사라졌다는 것. 그것이 결정적 증거였다. 오랫동안 키워 왔던 메이에 대한 미운 감정도, 애틋한 그리움도 더는 없었다. 과거의 앙금과 미련 따윈 깨끗이 사라져 버린 것이다.

——뚜앙, 영어 공부 열심히 해요. 그리고 만날 때까지 건강해요.

찬드라가 뚜앙의 눈을 바라보며 한마디씩 떨군 인사말이었다.

그 눈빛과 단어 하나하나가 뚜앙에게는 앞날에 대한 장밋빛 약속처럼 들렸다. 지금껏 그래 왔던 것처럼 뚜앙은 다시 그날을 기다려야 하는, 얄궂은 운명의 주인공이 돼 있는 자신을 보았다.

——뚜앙 아저씨, 자?

요즘 들어 민이 녀석이 뚜앙한테 유난히 신경을 쓰는 것 같았다. 며칠 내내 거친 세상을 떠돌더니 부쩍 철이 난 것일까. 결국 돌아올 곳이 이곳밖에 없다는 걸 깨닫게 된 뒤에 생긴 외로움 때문은 아닐까. 뚜앙은 후자의 생각에 이르자 마음이 짠해졌다.

─아저씨 자!

샤샤가 눈을 감고 있는 뚜앙을 흘끗 돌아보고는 대신 대답했다. 그 말도 뚜앙에게는 아득한 곳에서 들려오는 소리 같았다.

민과 샤샤 두 녀석이 뚜앙의 해먹 양쪽에서 흔들리고 있었지만 뚜앙은 이미 그들과는 다른 세계에 속해 있었다. 뚜앙은 망망대해에서 여전히 누군가를 기다리는 중이었다. 자신을 이 저주받은 운명에서 해방시켜 줄······.

─뚜앙, 실은, 이번 심사에서 자넨 통과가 안 됐어.

털보 선생의 말을 듣는 순간, 뚜앙의 머릿속엔 찬드라와 회색 터번의 얼굴이 동시에 떠올랐다. 알라후 아크바르. 뚜앙의 입에서 반사적으로 그 말이 흘러나왔다. 송환 대기실에서의 일이 파노라마처럼 스쳐 갔다. 알라후 아크바르. 주문처럼 그 말만 되뇌었다.

─뚜앙, 그냥 재심 청구하면 돼. 그마저 안 되면 '인도적 체류 허가'라는 것도 있고.

털보 선생이 위로하듯 말했다.

뚜앙은 말없이 고개만 저었다. 일찍이 예감한 일이었다. 자신은 그저 평생 기다리는 일이 운명인 사람이었다. 이번도 빗나가지 않았을 뿐이다.

─고맙습니다, 늦게 알려 주셔서.

뚜앙은 진심을 담아 말했다. 찬드라가 캠프를 떠나고 난 뒤라 얼마나 다행인지 몰랐다. 그녀의 소식과 같이 발표가 났다면 더 견디기 어려웠을 터였다. 한 사람은 통과하고 다른 한 사람은 그렇지 못했다면 캠프 식구들도 묘한 감정을 느꼈을 것이다. 아니, 무엇보다 찬드라의 기쁨과 축복에 누가 되었을 터였다. 소장과 털보 선생이 두 사람을 위한 배려로 뚜앙의 심사 결과 발표를 미루었을 거라는 것쯤은 알 수 있었다.

─그동안 우리도 대책 마련을 위해 고심하느라 그랬어. 뾰족한 대안이 나오면 그때 알려 주려 했지. 시민 단체나 종교 단체에도 좀 알아보고 하느라……. 범죄 조직과 연관된 일이라 좀 불리한 점도 있었고, 사실 확인도 어려웠던 모양이야.

털보 선생은 그간의 속사정을 털어놓으며 뚜앙을 다독거렸다.

─아직 포기하지는 말고.

─그래 봤자, 결국 마찬가지일 겁니다.

뚜앙은 쓸쓸한 표정으로 고개를 저었다. 지금껏 일생의 절반을 기다리며 보냈던 그에게 반전이 있을 것 같지는 않았다. 이제는 그런 저주스러운 운명에서 벗어나고 싶을 뿐이었다.

자리다툼

―민, 정말 어디 갔었던 거야?

샤샤는 민이 돌아온 후로 곧잘 그렇게 물었다. 며칠 내내 혼자서 바깥을 떠돌아다녔으니 대단한 모험을 하고 왔을 것 같았던 모양이다.

그럴 때마다 민은 딴짓을 하거나 자는 척하며 샤샤의 질문을 피했다. 딱히 할 얘깃거리도 없었던 데다 생각하고 싶지도 않아서였다. 그래도 샤샤는 끈질기게 되물었다.

―민, 어딜 갔던 거야, 정말?

―보물섬.

민이 처음으로 입을 열었다. 일주일 만이었다.

뜻밖의 대답에 놀라 샤샤는 눈을 크게 떴다.

—어떻게?

—물 빠진 개펄을 걷고 또 걸어서 갔지.

민은 끝도 없이 펼쳐져 있던 신도시의 길을 떠올리면서 샤샤가 좋아할 만한 이야기로 적당히 바꾸어 들려주기로 했다.

민이 없는 동안 샤샤가 얼마나 민을 애타게 그리워했는지 뚜앙이 말해 주었다. 그리고 샤샤가 얼마나 열심히 아이디어를 짜내고 정성을 기울였는지도. 그 아이디어와 정성의 결과물이 민을 꺼벙하게 그려 놓은 초상화였지만…….

—그래서, 보물은 찾았어?

샤샤가 호기심 어린 눈으로 물었다.

—이제 유령 마을이 돼 버린 보물섬이야. 해적들이 이미 휩쓸고 가 버렸거든.

해무 속에 우뚝우뚝 서 있던 신도시의 회색 건물들, 그리고 마지막에 보았던 이삿짐 트럭이 민의 머릿속을 스쳤다.

—해적은 어떻게 생겼는데?

민은 만화 영화 「피터 팬」에서 보았던 해적 선장 모습을 그대로 샤샤에게 설명해 주었다.

민이 적당히 꾸며서 들려주면 그 얘기는 샤샤의 그림에 그대로 나타났다. 나중에는 민이 한 이야기보다 샤샤의 그림이 더 흥미로웠다.

──멋져!

감탄이 절로 나왔다. 그새 샤샤의 그림 솜씨가 부쩍 좋아진 것 같았다. 샤샤는 더 이상 이곳 캠프 식구들 얼굴을 그리지 않았다. 찬드라 사건 이후 엄마한테 단단히 다짐을 받은 이유도 있었지만, 이전까지 그리던 그림이 지겨워진 게 더 큰 이유였다. 이제는 풍경이나 민의 이야기를 그림으로 옮기는 걸 더 재미있어 했다. 샤샤는 민의 이야기를 더 세세하게 캐물으며 파고들었다.

*

──이제 여긴 내 자리야.

민이 찬드라의 책상 쪽으로 옮겨 가며 말했다. 샤샤가 그림 그리는 공간을 넓게 차지해서 탁자가 점점 비좁아졌던 것이다.

──안 돼. 찬드라 자리야.

샤샤가 완강한 목소리로 갑자기 민을 막아섰다.

민은 놀랐다. 지금껏 샤샤가 이렇게 정색하며 나선 적이 없었기 때문이다.

──찬드라, 이제 없잖아?

민이 소리를 높였다.

──그러니까 이젠 내 자리야.

샤샤는 그 증거를 보여 주듯 책상 앞 벽에 걸린 그림을 가리켰다. 찬드라가 어느 날 구해 와 걸어 놓았던, 그녀가 가장 좋아한다는 화가, 샤갈의 그림이었다. 한동안 찬드라는 샤갈의 화집을 빌려 와서 샤샤에게 보여 주었다. 그 그림을 보며 샤샤는 눈이 휘둥그레 졌다. 닭과 오리, 염소들이 푸른 하늘을 휘휘 날거나 구름 위에 올라앉아 있는 그림이었다. 만화 영화 속 장면 같았다. 찬드라는 그림은 물론 화가에 대한 이야기도 자세하게 들려주었다.

─이 화가도 우리처럼 난민이었대. 태어나 자란 고향을 떠나 파리에 가서 그림을 그렸지. 하지만 거기에서도 그림은 온통 자기네 고향 마을 사람들과 고향 마을 풍경들로 가득 차 있었어. 그러니까 난민은 가슴 속에 고향이라는 커다란 보물단지를 하나 품고 있는 셈이야. 샤샤와 샤갈, 그러고 보니 이름도 닮았네.

찬드라는 이름으로 샤샤와 그 화가의 연결 고리까지 만들어 주었다. 샤샤가 이해하기 쉽도록 찬드라는 늘 손짓 발짓에다 예까지 들어가며 천천히 말을 했지만, 샤샤가 완전히 알아듣기는 어려웠다. 찬드라 이야기를 완전히 알아듣고 이해한 건 사실 민이었다. 그래서 민은 자신이 찬드라와 더 가깝다고 생각했다.

민은 막아서는 샤샤를 밀쳐 내고 기어이 찬드라 책상에 앉았다. 샤샤는 민에게 떠밀려 바닥에 나뒹굴었다. 바닥에서 샤샤는 민을 노려보았다.

─너 때문이야, 민! 찬드라가 떠난 거!

샤샤의 말에 민의 얼굴이 시뻘겋게 달아올랐다.

─거짓말. 다들 찬드라가 좋은 데로 갔다고 축하했잖아!

민이 발끈하며 소리쳤다.

그래도 샤샤는 물러나지 않았다.

─강민, 너 때문이야. 천사를 괴물로 만들었잖아!

샤샤가 기어이 민의 치부를 들췄다.

민은 탁자로 다가가 샤샤의 그림을 찢어 버렸다.

갈기갈기 찢어진 종잇조각을 허공에 날리는 순간, 번쩍 뭔가가 날아들었다. 샤샤가 머리로 민의 턱을 들이받은 것이다. 민이 샤샤의 머리칼을 움켜쥐고는 귀를 물어뜯자 샤샤는 민의 팔을 깨물었다. 순식간에 둘이 뒤엉켜 바닥을 뒹굴었다.

비릿하고 찝찔한 것이 민의 입속으로 들어왔다. 손으로 만져 보니 코피였다.

피를 본 샤샤는 겁먹은 표정으로 물러섰다.

─너도 네 형이랑 똑같아! 나쁜 새끼.

민이 코를 훔치며 소리쳤다. 피는 계속 뚝뚝 바닥에 떨어졌다.

샤샤는 결국 울음을 터뜨렸다.

민은 울음소리로 가득 찬 무지개 방을 나와 문을 쾅 닫아 버렸다. 다시는 그 방에 오지 않을 생각이었다. 이젠 샤샤 혼자 그 감옥 같은 방에 갇혀 버린 것이다.

민은 뚜앙 아저씨 방으로 향했다. 아저씨한테 모든 걸 알릴 셈이었다. 이젠 더 이상 샤샤와 같은 방에서 지낼 수 없다는 사실도 얘기해야 했다. 아저씨, 샤샤가 드디어 자기 형과 같은 괴물이 돼 버렸어요! 녀석도 자기 형과 똑같은 망나니, 주먹이나 휘두르는 깡패에 지나지 않아요.

민은 녀석의 이빨 자국이 난 피멍 든 팔뚝과 피에 젖은 옷을 바라보며 3층 계단을 오르고 복도를 지났다. 이걸로도 뚜앙은 민의 말을 이해할 것이다. 흥분한 걸음은 금세 민을 뚜앙의 방 앞에 서게 했다.

─아저씨, 샤샤가요…….

민이 흥분한 목소리로 방문을 열어 제치고 안으로 들어섰다. 실내에는 인기척이 없고 아직 불도 켜지 않아 어둑했다. 좁은 마루를 지나 비스듬히 문이 열린 방에서는 악취가 코를 찔러왔다. 프라혹 병이 깨지기라도 했는지 평소보다 훨씬 독한 냄새였다. 아니나 다를까, 바닥에 프라혹 병이 엎질러져 있고 그 옆에는 의자가 넘어져 뒹굴고 있었다. 천장 가운데 걸려 있던 뚜앙 아저씨의 해먹도 웬일인지 보이지 않았다.

어둠에 익숙해진 민의 눈에 뭔가 심상치 않은 장면이 잡혔다. 뚜앙 아저씨의 사라진 해먹이 구석 쪽으로 옮겨가 있었다. 글썽이던 눈을 깜박이며 구석 쪽을 자세히 살펴보던 민은 놀라 그대로 얼어붙었다. 해먹 자락이 바닥에 끌리고 있었고 그 옆으로 허공에 뜬 발이 보였다. 하얀 맨발. 그것은 방 안의 어둑하고 쾨쾨한 공기 속에서 아주 미세하게 흔들리고 있었다.

*

알라후 아크바르. 그윽한 목소리로 읊조리며 그는 노를 저었다. 달이 은은하게 걸린 밤이었다. 우기가 막 끝난 호수의 물은 깊고 잔잔했으며 밤공기는 상쾌하고 부드러웠다. 쪽배는 맹그로브 숲으로 미끄러지듯 들어섰다. 우기 내내 더 깊이 뿌리를 내리며 튼실해진 맹그로브 줄기가 달빛을 배경으로 짙은 실루엣을 드러냈다. 고기 떼가 배 옆을 지나는지 싱싱한 비린내가 물씬 풍겼다. 맹그로브 이파리는 달빛과 어우러져 하늘거리는 그림자를 만들어냈고 그 뿌리는 황토물과 섞여 향긋한 물비린내를 내뿜었다. 그 속을 그는 노를 저어 나아갔다. 길고 긴 숲의 터널을 빠져나오도록 그의 손에 남은 건 노뿐이었다. 물처럼 모든 것이 그를 지나갔다. 고기 떼도 달빛도, 맹그로브 이파리도…….

날이 밝고 있었다. 그는 더 힘껏 노를 저었다. 물속에서 떠오른 해는 하늘로 점점 솟아올랐다. 푸른 하늘 곳곳에는 하얀 뭉게구름이 떠 있는 게 보였다. 밤새 노를 저어 온 그는 지치고 기운이 빠졌다. 그는 목을 길게 빼내어 물에 비친 자기 모습을 보았다. 수염은 희끗희끗해졌고 주름의 골도 깊어졌다. 굳은살투성이 손도 이제 더는 노를 젓기 힘들다는 걸 알려 주었다. 맹그로브 숲의 그늘도 물비린내도 이젠 벗어나고 싶었다.

이젠 좀 쉬어야지.

위로의 말이 자신의 내부에서가 아니라 하늘에서 내려왔다. 알라후 아크바르. 저 높은 곳에 계신 그분의 손길처럼 하얀 뭉게구름 위에서 구원의 밧줄이 드리워졌다. 머리에 얹힌 월계관, 아니 은빛 터번을 풀어 길게 늘어뜨려 준 것 같았다. 그는 노를 내려놓고 물에 손부터 깨끗이 씻었다. 그리고 팔을 내뻗어 그 은빛 터번, 아니 밧줄을 붙잡았다. 이제는 물을 벗어나 포근한 구름 위에 올라앉고 싶었다. 알라후 아크바르. 안식의 세계로 이끄는 그 반짝이는 줄에 그는 자신의 몸을 실었다. 그리고 배의 바닥에서 마지막으로 발을 뗐다. 몸이 둥실 구름을 향해 올랐다. 그가 젓던 노는 쪽배 한쪽에 비스듬히 뉘어져 있었다. 새 주인을 기다리며 쪽배는 물결 위에서 잔잔하게 흔들렸다.

뚜앙의 바위

민은 믿기지 않았다. 손에 쥐어지는 이 가루가 뚜앙 아저씨의 몸이라는 사실이……. 사람의 무엇이 변해 이렇게 가루가 된 것인지, 그 커다란 몸집은 어디로 가고 몇 줌의 가루로만 남을 수 있는지……. 해먹에 올라 있을 때 뚜앙 아저씨는 그물에 걸린 고래처럼 거대하게 보이기도 했었는데.

—그래, 거기야.

털보 선생이 외쳤다.

뚜앙의 바위에 올라선 민이 뚜앙의 뼛가루를 뿌리기 시작하자 샤샤도 민을 흉내 내 그대로 따라했다. 가루는 바다를 향해 날아갔다.

—저 물이 아마, 메콩강까지 흘러가겠지?

―물도 물고기도 뚜앙을 고향에 데려다 줄 거야.

웅가와 미셸이 번갈아 한마디씩 했다.

―저 바다는 다 받아줄 거야, 뚜앙. 국적도 과오도 아무것도 안 묻고, 이젠 헛된 기다림도 없을 테고…….

털보 선생이 중얼거리듯 말했다.

―가는 길이 달라도 너무 다르네. 둘이 잘됐으면 좋았을걸.

옥란이 아쉬워하며 한마디 했다.

―잘되면 뭐, 결혼밖에 더해? 길은 멀어도 마음이 통하면 그게 더 낫지.

모샤르가 냉소적으로 받았다.

다들 뚜앙의 바위 앞에 모여 서서 그를 추모했다. 찬드라를 떠나보냈을 때처럼 캠프 식구 모두가 한자리에 모인 것이다. 그때와는 정반대로 싸늘하게 식은 분위기이긴 했지만…….

―캠프 소장도 이곳 사람들과 같은 운명을 따르게 돼 있나 봐요.

진소희 소장이 대기 발령 중인 자신의 처지를 빗대 말했다.

뚜앙 사건이 불러온 일들은 한두 가지가 아니었다. 심각한 사안인 만큼 그 일은 캠프 전체를 뒤흔들어 놓았다. 급기야 민이 문제까지 불거져 나왔다. 허 경사까지 나서서 상부 기관에 선처를 호소하고 여기저기 도움을 요청했지만 허사였다. 진소희 소장은 일련의 사건에 책임을 지고 소장 자리에서 물러나야 했다.

―이 지구별 위에서 인간은 이래저래 난민일 수밖에 없어.

털보 선생이 소장의 생각에 동조하듯 받았다.

──난민 유전자를 나눈 사람들의 미세한 연대로 이루어진 게 인류 아닐까요.

미셸은 특유의 언어 감각으로 덧붙였다.

──이 난민 캠프야말로 힘든 여행지의 게스트 하우스 같은 곳이지. 누구도 영원히 머물 수는 없다고. 이미 새로운 여행자들이 몰려올 준비를 하고 있거든…….

그러면서 털보 선생은 캠프 관련 소식을 자연스레 전했다. 시리아 출신 난민 수십 명이 입소를 위해 단체로 대기 중이었던 것이다. 조만간 캠프는 유럽 국가의 여느 난민 캠프처럼 새로운 난민들로 북적일 터였다.

지중해

민은 샤샤와 함께 뚜앙의 바위에 올라앉아 있었다. 뚜앙을 떠나보낸 다음 날부터 둘은 매일 이 바위를 찾았다. 맑은 날씨였다. 여느 날보다 바다도 하늘도 선명하게 보였다. 파란 하늘에는 항로를 따라 일정한 간격으로 날아가는 비행기가 보였고 먼바다에는 배들이 오가는 게 보였다. 민과 샤샤는 언제나 개펄에 앉아 조개를 줍거나 바닥에 그림이나 그리며 놀았던 탓에 여기 이런 풍경이 있었다는 걸 처음 알았다. 민은 뚜앙 아저씨가 한 번씩 넋 놓은 듯 이곳에 앉아 있던 이유를 알 것 같았다.

둘은 마침 새로 나타난 비행기를 눈으로 좇던 중이었다. 달리기 선수들이 트랙을 따라 달리듯, 비행기도 하늘의 어느 한 지점에 일정한 간격으로 계속 나타나서는 앞서 간 비행기가 갔던 길을 따라 그대로 날아갔다. 그걸 볼 때마다 민은 신기했다. 자동차처럼 차선이 있는 것도 아닌데 어떻게 허공에서 똑같은 길을 따라 가는지…….

—새들도 그러잖아.

샤샤가 말했다.

자기들이 가야 할 길을 따라 훨훨 날아가는 새들의 모습을 떠올리며 민은 고개를 끄덕였다.

—나도 떠날 거야.

민이 중얼거리듯 말했다. 샤샤는 비행기에 빠져 민의 말을 들은 척도 하지 않았다.

캠프 사람들도 하나둘 떠나고 있었다. 소장은 다른 곳으로 발령받아 떠났고 털보 선생도 새 소장이 오는 다음 주면 다른 곳으로 가게 돼 있었다.

—새로 오시는 소장님이 민이를 잘 돌봐 주실 거야. 나중에 학교 들어갈 때까지 여기 얌전히 머물러 있어야 해.

진 소장이 떠나기 전날, 민에게 당부하듯 말했다.

민은 가만히 듣고 있었지만 속으로는 고개를 가로저었다. 뚜앙도 털보 선생도 진 소장도 없는 캠프에 있을 이유가 없었다. 머지않아 샤샤네 가족도 이곳을 떠날 것이고 미셸과 웅가도 언젠가는 여길 떠날 것이다. 난 이제 더 이상 기다리며 살지 않을 거야. 뚜앙 아저씨가 습관처럼 했던 말을 민도 가슴에 단단히 새겨 놓았다. 누나도 이제 기다리지 않기로 마음먹었다. 그런 건 어린애나 하는 짓이다. 지금껏 누나 없이도 잘 살아왔고 이젠 자신감도 생겼다.

―나도 혼자서 살 수 있어.

민은 다짐하듯 되풀이했다.

그걸 증명이라도 하듯 민은 자리에서 일어나 손에 들고 있던 걸 멀리 바다를 향해 내던졌다.

―어어, 민, 왜 그래?

샤샤가 놀라 외쳤다.

민이 자신의 보물 제1호나 다름없는 큐브를 바닷물에 던져 버렸기 때문이다. 그건 민의 명찰이나 다름없었던 것이다. 민의 모습을 그릴 때도 큐브가 민이라는 걸 알려 주는 징표였다.

―샤샤, 너도 결정해.

민이 샤샤의 눈을 들여다보며 단호하게 말했다.

―곧 시리아 난민들이 캠프로 몰려온다잖아. IS한테 쫓겨 온 사람들.

이슬람 무장 단체인 IS에 대해서는 샤샤도 아빠한테 들어서 잘 알고 있었다.

―그 시리아 난민들도 IS처럼 무지막지한 사람들이래. 그 사람들이 이 캠프에 오면 우리 같은 애들은 끽소리도 못할 거야. 무기도 갖고 있을지 몰라. 기관총이나 수류탄 같은 것.

민의 말에 샤샤는 잔뜩 움츠러들었다. 그러니까 그들이 몰려오기 전에 이 캠프를 떠나야 한다는 말이었다.

─그래. 나도 갈 거야, 강민!

샤샤가 외치듯 말했다.

샤샤도 이젠 가족들 없이 살아갈 수 있을 것 같았다. 그건 형한테 시달리지 않아도 된다는 말이었다.

─됐어, 그럼. 난 누나를 포기하고 샤샤 넌, 엄마 아빠를 포기한 거야.

민은 다짐하듯 말하고는 의형제라도 맺듯 샤샤와 손가락을 걸었다. 샤샤는 낯선 세상이 겁나긴 했지만 그래도 민과 함께라는 사실에 선뜻 손을 내밀 수 있었다. 한국말도 영어도 잘하는 민은 똑똑한 데다 용감하기도 했다.

그때부터 민과 샤샤는 탈출 준비를 해 나가기로 했다.

둘은 날마다 뚜앙의 바위에 앉아 탈출 계획을 세웠다. 날이 점점 추워지고 있었지만 민은 샤샤에게 체력을 단련해야 한다며 바위 위에서 꿋꿋하게 버티자고 했다.

─일단 해먹부터 챙겨다 놓자.

둘은 자신들의 침대나 다름없는 해먹을 옮겨 와 비밀 장소에 숨겨 놓았다. 그 뒤로도 탈출에 필요한 물품들을 계속 가져와 모았다. 찬드라가 쓰던 펜과 노트, 뚜앙의 랜턴과 낚싯대, 주방에서 몰래 빼내 온 비상식량 등등.

*

마침내 그날이 왔다. 시리아 난민들이 단체로 들어오기 바로 전날이었다.

새로운 난민을 맞기 위해 캠프 내부가 바쁘고 어수선할 때를 틈타 탈출하는 게 제일 안전하다고 민은 생각했다.

―근데, 우리 어디로 가는 거지?

그 전날, 샤샤가 물었다.

민은 속으로, 이런 질문을 이제야 하다니 역시 샤샤야, 하면서 혀를 찼다. 한편으로는 그런 샤샤가 다행스러웠다. 진날 밤 민이 목적지를 갑자기 바꿨기 때문이다.

―지중해. 거기가 난민들의 메카래.

―메카?

―온 세상 난민들이 그곳으로 모여든대. 그만큼 멋진 곳이라는 얘기지.

민이 간단하게 둘러댔다. 겁 많은 샤샤에게 곧이곧대로 말할 수는 없었다. 전날 밤 텔레비전에서 민은 난민 수백 명이 탄 배가 가라앉았다는 뉴스를 접했다. 민은 그들이 바다를 잘 몰라서 그런 거라고 생각했다. 물이 가득 차 있다가 빠지는 시간을 택하면 된다는 걸 그들은 몰랐을 것이다. 멀리 낯선 곳에서 왔기 때문에 물이 차고 빠지는 타이밍을 정확히 모른 게 분명했다.

　──여기서 멀어?

　샤샤는 자기가 그린 지도를 펼치며 물었다.

　민은 샤샤가 만화처럼 대충 그려 놓은 세계 지도를 한참 들여다보다가 유럽과 아프리카 대륙 사이의 바다를 대충 가리켜 보였다. 민의 손가락이 가리키는 곳을 뚫어지게 보던 샤샤가 고개를 갸웃했다.

　──그럼 지금 우리가 있는 곳은?

　샤샤의 물음에 민은 지도를 들여다봤지만 아무리 찾아도 토끼 모양의 대한민국이 보이지 않았다.

　──안되겠다. 지도부터 다시 그려야겠어.

　출발 날짜는 그렇게 해서 하루 미뤄졌다.

*

　시리아에서 온 난민들이 캠프로 들어오는 날이었다.

　──지도 잘 챙겼지?

　민의 말에 샤샤는 자신 있게 고개를 끄덕여 보였다.

　둘은 평소처럼 바닷가로 놀러 가듯 정문 경비실 앞을 통과했다.

　정문을 막 통과해서 나오자 멀리 한적한 도로에서 호송 차량 한 대가 들어오는 게 보였다. 차는 굽이진 길로 들어서느라 천천히 오른쪽으로 방향을 틀었다. 민과 샤샤는 한쪽으로 비켜서서 호송 차를 바라보았다. 시리아 난민들이 타고 있는 게 분명해 보였다. 커튼 틈새로 흘끔흘끔 밖을 내다보는 검은 눈들이 있었다. 맨 뒷좌석에 앉은 여자아이는 용감하게도 커튼을 완전히 젖히고 밖을 내다보았다. 민과 샤샤 또래로 보였다. 여자아이는 민과 샤샤를 보더니 환하게 웃으며 손을 흔들어 보였다. 가무잡잡한 얼굴에 하얀 치아가 눈부시게 드러났다.

─이야, 진짜 예쁘다.

샤샤는 여자애한테서 눈을 떼지 못했다.

─빨리 가자니까, 샤샤.

민이 시간이 없다는 듯 재촉했다.

샤샤는 민을 따르면서 자꾸 뒤를 돌아보았다.

수송 차량은 이제 뒷부분만 보였다. 여자아이는 자동차 뒤쪽 유리창 커튼까지 젖히고 뒤를 돌아보며 다시 손을 흔들었다.

머뭇거리던 샤샤가 두 손을 들어 힘껏 흔들며 화답했다.

여자아이의 표정이 더 환해졌다.

─샤샤!

민이 나무라듯 외쳤다.

─민, 우리 내일 출발하면 안 돼?

샤샤가 민을 보며 말했다. 그러고는 민과 호송 차량을 번갈아 쳐다보았다.

─안 돼!

민이 단호하게 고개를 저었다.

샤샤는 시무룩한 표정으로 잠시 생각에 잠겼다.

─그럼, 혼자 가.

샤샤는 마음을 굳힌 듯 짧게 말하고는 정문 쪽으로 돌아섰다.

민은 제자리에 서서 샤샤를 노려보았다. 녀석은 뒤도 한번 돌아보지 않고 성큼성큼 정문을 향해 갔다. 혼자 남겨진 민은 불쑥 겁이 났다.

─알았어, 샤샤. 그럼 내일 꼭 가는 거야!

샤샤를 따라잡으며 민이 말했다.

─응, 내일 꼭.

샤샤는 민이 내민 손가락에 다시 자기 손가락을 걸었다.

둘은 수송차를 따라 다시 캠프 마당으로 들어섰다.

'그 날'은 하루 더 미뤄졌다.

다시 개펄에서

준비를 끝내고 숙소를 막 나서려던 해나는 매니저의 전화를 받았다.

— 강해나 씨, 첫 팀 라운딩 취소예요.

울컥 짜증이 솟구친 해나는 '아니, 지금 알려 주시면 어떡해요?'라는 말이 목구멍까지 치밀었다.

— 막 연락이 왔는데, 고객들이 탄 자동차가 교통사고를 당했다네요.

뒤따른 취소 이유에 짜증은 이내 사그라들었다.

새벽 다섯 시. 도로 침대에 누워 봤자 잠이 올 리도 없었다. 잠시 갈등하던 해나는 그대로 숙소를 나섰다. 문득 바다가 보고 싶었던 것이다.

클럽 하우스 주방 쪽에 마침 배송을 끝낸 탑차가 보였다. 해나는 그 차를 얻어 타고 골프장을 나섰다.

— 저기 세워 주시면 돼요.

— 이 새벽에? 도로 위에서요?

탑차 운전사가 눈을 동그랗게 뜨며 반문했다.

— 네. 저기에 바다로 내려가는 개구멍 같은 게 있어요.

해나는 이 일대를 훤히 꿰고 있다는 듯 말했다.

운전사는 어깨를 으쓱하더니 해나가 원하는 곳에 내려 주었다.

해나는 도로 철책을 타 넘고 어둑한 해안 길로 내려섰다. 넘실대는 바닷물이 보고 싶었으나 물 대신 개펄이 펼쳐져 있었다.

알고 보면 자연도 제멋대로야. 해나는 혼잣말로 투덜거렸다. 물이 언제 들어오고 나가는지 정확한 때를 도무지 예측할 수 없었다. 평생 바다를 끼고 산 어부도 모르는 게 물때라고 했다. 기상청에서 만든, 물때를 알려 주는 표가 있어서 낚시꾼들은 그걸 참고한다는 얘길 듣기도 했지만, 그건 또 어떻게 믿는단 말인가. 일기 예보도 심심찮게 틀리는걸…….

해나는 개펄을 따라 걷기 시작했다. 다음 라운딩은 오후 팀이어서 시간이 많았다. 해안을 따라 섬을 한 바퀴 다 돌 수도 있을 것 같았다. 걷는 것만큼은 자신이 있었다. 늦가을 새벽녘이라 쌀쌀했다. 해나는 걸음을 더 빨리했다. 추위는 차츰 물러갔다. 멀리 난민 캠프 건물이 보이자 해나는 걸음을 늦췄다. 아직 잠에 취한 듯 회색 건물은 새벽 어스름과 안개에 꼭꼭 묻혀 있었다. 다들 잠에 빠져 있을 시간이었다. 해나는 바위 앞까지 와서야 걸음을 멈추었다. 지친 다리를 쉬기 위해 바위에 잠시 걸터앉았다. 고향에 온 것처럼 마음이 가라앉았다.

날이 차츰 밝아 오고 있었다. 바위 앞에 펼쳐진 개펄을 멀거니 바라보던 해나는 개펄 진흙에 묻힌 낯익은 뭔가를 보았다. 자리에서 일어나 그쪽으로 다가간 해나는 바닥에서 그걸 집어 올렸다. 흙이 묻어도 그것이 뭔지는 알 수 있었다. 큐브였다. 손으로 진흙을 말끔히 닦아 냈다. 표면에 매직펜 자국이 여기저기 보였다. 해나가 적어 주었던 전화번호 흔적으로 미루어 민이 것이 틀림없었다. 절대 손에서 놓는 법이 없던, 아이의 분신이나 다름없는 것⋯⋯.

─짜식, 많이 컸나 보네.

해나가 쓸쓸하게 미소 지었다. 뒤를 돌아보았다. 부연 해무 속에 캠프 건물이 보였다. 건물이 거대한 잿빛 큐브 모양을 닮은 것 같았다. 해나는 아직 잠들어 있을 아이를 떠올렸다.

─잘 들어, 강민! 네가 아무리 잘난 척해도, 보호자는 나야. 이 세상 끝나는 날까지, 넌 내 그늘을 못 벗어난다고! 알아?

해나는 목청껏 외쳤다.

소리는 희붐한 허공에서 수증기처럼 번지는 것 같았다.

그때였다. 회색 건물에서 빛이 번쩍하는가 싶더니 건물 위로 무언가 날아오르는 게 보였다. 그것은 이내 바다 위의 하늘로 향했다. 커다란 새인지 비행기인지 형체는 분명치 않았지만 빠르게 허공을 가르며 날았다. 해나는 눈으로 끝까지 그걸 좇았다. 정체불명의 그것은 하늘 어느 지점에서 일순간 사라졌다. 해나는 그 마지막 지점에 시선을 고정했다. 그리고 뚫어지게 응시했다. 해야 나와라. 해나가 주문을 걸듯 중얼거렸다. 해야 나와라, 해야 나와, 해 나와……. 그 주위가 점점 붉게 물드는가 싶더니 마침내 불쑥 해가 얼굴을 내밀었다.

크로아티아에서 헝가리 부다페스트로 돌아가는 열차 안이다. 기차 안에서 이 책의 마지막 원고를 쓰게 될 줄은 몰랐다. 마침 부다페스트에 레지던시 작가로 와 있다가 예기치 않은 문제로 숙소에 머물 수 없게 되어 떠밀리듯 여행에 나섰다. 소설 분위기와 닮은 이런 상황에 놓이고 나니 우연치고도 아주 극적인 우연이라 감회가 깊다.

이 소설은 내가 서울을 떠나 '섬도시'로 이사하면서 싹을 틔우고 얻은 결실이다. 섬도시라는 말이 누군가에겐 생경하게 들릴지도 모르겠다. 두 개의 섬을 연결해 더 큰 섬 하나로 만든 땅에 공항이 들어서면서 형성된 작은 신도시를 내 나름대로 일컬은 말이다.

공항에 가면서 두어 번 지나친 적은 있었으나 한 번도 발 들여놓지 않은 낯선 곳으로의 이사였다. 매립지인 만큼 누구도 살아 보지 않은 새로운 땅이라는 매력에 끌리면서도 섬이 주는 유배지 비슷한 느낌을 완전히 떨치지는 못했다. 처음 한동안은 서울에서 일을 끝내고 막차로 그곳에 내릴 때마다 밤늦게 여행지에 도착한 기분이었다. 서울과는 다른 상쾌한 공기가 반가우면서도 한편으로는 고립감에 가슴이 횅해져 늦은 밤에도 바다로 달려가곤 했다. 바다라곤 해도 동해나 제주 앞바다처럼 푸른 물결 넘실대는 수려한 풍경은 아니었다. 때론 잿빛 개펄이 막막하게 펼쳐져 있었다. 세상 끝에 홀로 서 있는 기분이 들기도 했다. 그럼에도 한참 바닷바람을 쐬고 있으면 가슴 저 밑바닥에서부터 위안이 차올랐다.

이 섬에서 그들을 만났다. 우연히 운명처럼……. 이상하게도 별로 낯설지 않았다. 주위가 온통 낯선 것투성이라 그랬을까. 아니면 내 속 깊은 곳에 있던 '난민 의식'이 살아나 동질감을 느꼈던 것일까. 분명한 것은 글을 쓰면서 내가 그들을 그리는 것이 아니라 나 자신의 얘기를 풀어놓고 있다는 착각이 들 때가 많았다는 사실이다.

난민이라는 말이 예전에는 '추방당한 사람(refugee)'이라는 뜻에 가까웠다면 지금은 '뿌리 내리지 못한 사람(displaced person)'이라는 의미에 더 가깝다고 한다. 사회학적 개념을 따질 능력은 내게 없지만 그 말이 이전보다 훨씬 넓은 의미로 쓰이고 있음은 알 수 있다. 내가 원하는 세계에 들어가고 싶지만 그곳이 나에게 문을 쉽게 열어 주지 않을 때, 또는 그 속에 뿌리 내렸다고 생각했건만 어느새 밀려나 있는 자신을 발견할 때, 나 혹은 당신은 난민이라는 현실을 마주하게 된다. 어느 누구도 예외는 아니다. 난민은 더 이상 '그들'이 아니고, 지중해나 시리아나 아프리카 어느 지역 같은 먼 곳의 문제만도 아니다. 어느 날 문득, 나 혹은 당신은 '그들'과 다르지 않은 처지의 난민임을 깨닫게 될 수도 있다.

기차가 정차하는 걸 보니 국경을 넘어가는 지점인가 보다. 곧 경찰과 역무원이 노크를 할 것이다. 아무리 내가 합법적 체류자이며 한 국가가 보증하는 신분증을 가지고 있어도 제복을 입은 이들이 여권을 내놓으라고 하거나 표를 확인하겠다고 하면 긴장하게 된다. 같은 칸 좌석에서 바로 무릎을 맞대고 앉은 답승객이어도 나만 다른 피부색, 다른 언어를 갖고 있으면 이방인이라는 생각을 떨치기 어렵다. 그럼에도 이상한 것은 한 번이라도 눈이 마주치고 미소가 오고 나면 처음의 경계는 잦아들고 이웃 같은 친근감이 생긴다는 거다. 우리가 지구라는 더 큰 열차에 올라 같은 목적지를 향해 가는 인류임을 서로 확인하게 되는 건, 사실 아주 간단하다.

내 마지막 원고가 자꾸 삼천포로 빠지는 동안에도 기차는 쉬지 않고 어둠을 뚫고 달려가고 있다.

2018년 3월
부다페스트로 가는 열차 안에서
표명희

* 이 작품은 토지문화관 문인 창작실과 더숲 해외 레지던시 부다페스트 집필실에서 쓰여졌음을
  밝힙니다.

창비청소년문학 83

어느 날 난민

초판 1쇄 발행 • 2018년 3월 16일
초판 14쇄 발행 • 2022년 6월 27일

지은이 • 표명희
펴낸이 • 강일우
책임편집 • 이현선 정소영
조판 • 황숙화
펴낸곳 • (주)창비
등록 • 1986년 8월 5일 제85호
주소 • 10881 경기도 파주시 회동길 184
전화 • 031-955-3333
팩시밀리 • 영업 031-955-3399 편집 031-955-3400
홈페이지 • www.changbi.com
전자우편 • ya@changbi.com

ⓒ 표명희 2018
ISBN 978-89-364-5683-2 43810